ANDREAS RUSSENBERGER

Bahnhofstrasse

ANDREAS RUSSENBERGER

Bahnhofstrasse

ROMAN

GMEINER

Personen und Handlung sind frei erfunden.
Ähnlichkeiten mit lebenden oder toten Personen
sind rein zufällig und nicht beabsichtigt.

Immer informiert

NEWSLETTER

Spannung pur – mit unserem Newsletter informieren wir Sie
regelmäßig über Wissenswertes aus unserer Bücherwelt.

Gefällt mir!

Facebook: @Gmeiner.Verlag
Instagram: @gmeinerverlag
Twitter: @GmeinerVerlag

MIX
Papier aus verantwortungsvollen Quellen
FSC www.fsc.org
FSC® C083411

Besuchen Sie uns im Internet:
www.gmeiner-verlag.de

Im Ehnried 5, 88605 Meßkirch
Telefon 07575/2095-0
info@gmeiner-verlag.de

1. Auflage 2021

Lektorat: Katja Ernst
Herstellung: Mirjam Hecht
Umschlaggestaltung: U.O.R.G. Lutz Eberle, Stuttgart
unter Verwendung eines Fotos von: © Zoonar/Kelarius
Druck: CPI books GmbH, Leck
Printed in Germany
ISBN 978-3-8392-2746-6

Die Lüge ist so alt wie die Menschheit selbst. Dennoch überrascht sie uns immer wieder von Neuem.

PROLOG

Deutschland, Herbst 1944

Die beiden Jugendlichen standen am Ufer und blickten auf das rasch vorbeiziehende Wasser. Die starken Regenfälle der letzten Tage hatten den Rhein bedrohlich ansteigen lassen. Doch die eigentliche Gefahr lag nicht vor, sondern hinter ihnen. In der Ferne bellte ein Hund. Wahrscheinlich patrouillierte die Grenzwache gerade. Lichtblitze erhellten den Abendhimmel über Süddeutschland. Ohne das dumpfe Grollen der Flakgeschütze, die sich verzweifelt, aber letztlich chancenlos gegen die Luftangriffe der Alliierten zur Wehr setzten, hätte man ein Wetterleuchten vermutet. Wo würde der nächste Bombenhagel niedergehen? Jetzt, im Herbst des Jahres 1944, konnte es jeden Ort treffen. Vor allem, wenn die Wolken wie heute keinen Schutz boten. Flüchtlinge hatten den Burschen erzählt, dass in den großen Städten im Norden das blanke Chaos herrsche. Nach den heftigen Bombardements brenne dort alles lichterloh, und dunkle Asche lege sich wie eine Decke über die Trümmer und die Toten. Der beißende Rauch versenge die Lungen und der Gestank nach Chlor und verbranntem Fleisch sei schier unerträglich. Alles nur eine Frage der Zeit, bis der Krieg auch hier Tod und Verderben bringen würde, waren sich die Jugendlichen sicher. Nur ein Dummkopf glaubte noch an den vielbeschworenen Endsieg. Der Krieg dauerte schon viel zu lange, weit über sein eigentliches Ende hinaus. Ein sinnloses Weiterkämpfen. Ein riesiges Durcheinander. Und eine einmalige Chance für sie.

In der Dämmerung konnte man die zwei Burschen kaum unterscheiden. Großgewachsen, breitschultrig und dennoch mehr Knaben als Männer. Sie trugen kurze Hosen, grobe Kniestrümpfe, Hemd und Pullunder. Während der eine sich ängstlich umsah, bückte sich der andere zum Wasser und wusch sich Hände und Gesicht. Das verkrustete Blut löste sich auf und verschwand im Rhein. Die Knöchel an seiner rechten Hand waren aufgeschlagen und ließen an einen Kampf oder eine Rauferei denken.

»Ist das Wasser kalt?«

»Nein, nicht kälter als gestern. Und gleich warm wie morgen.«

»Bist du sicher, dass wir …«

»Jetzt hör endlich auf zu heulen.«

Die Brüder blickten eine Zeit lang still auf die andere Flussseite. Die Schweiz. Dort kannten sie niemanden. Und niemand kannte sie.

Gut so.

Würde man sie aufgreifen und nach Deutschland, in den sicheren Tod, zurückschicken? Die Schweizer Grenzwache war diesbezüglich nicht immer zimperlich gewesen, vor allem als die Wehrmacht noch von Sieg zu Sieg gestürmt war. Aber diese Zeiten waren vorbei, was die Erfolgsaussichten der beiden deutlich erhöhte. Die Schweiz hatte begonnen sich anzupassen, sich neu zu orientieren. Zwei Jugendlichen Asyl gewähren und sie damit vor den Schergen des Dritten Reiches retten? Eine schöne Geschichte, die man den Amis unter die Nase reiben konnte: Schaut her, wir sind auf der Seite der Guten.

Und die Brüder waren nicht mittellos. Sie hatten vorgesorgt. Genau genommen war vorgesorgt worden. Namhafte Vermögenswerte warteten in Zürich bei einem Notar auf sie. Alles von langer Hand geplant und gut organisiert. Das würde helfen, ohne Zweifel. Geld half immer, vor allem in der Schweiz. Und getauft waren sie auch – katholisch. Dennoch war die Flucht gefährlich. Das rettende Ufer so nah und doch so fern. Die Strömung war das eine, die Wachtposten mit ihren Maschinengewehren das andere. Trotzdem war in Deutschland zu bleiben keine Option. Dort würde man sie eher früher als später schnappen und in einem Gefängnis verrecken lassen. Die Luft war dünn geworden. Der Moment, auf den sie so lange gewartet hatten, war gekommen. Er fühlte sich richtig und falsch an. Das alles spielte keine Rolle mehr. Die Brüder wollten leben. Die Angst und den Hass hinter sich lassen.

»Jetzt oder nie«, sagte der Bestimmtere der beiden. Sie blickten ein letztes Mal zurück. Dann zogen sie sich bis auf die Unterwäsche aus und steckten die Kleidung in einen Reisebeutel. Diesen banden sie an einem der morschen Holzstämme fest, der an der Uferböschung herumlag. Leise ließen sie den Strunk ins Wasser gleiten, klammerten sich mit ängstlicher Entschlossenheit daran fest und verschwanden unbemerkt in der Dunkelheit.

ERSTER TEIL

DER ANRUF

Zürich, 16. September

»Professor Humboldt, kommen Sie bitte sofort in mein Büro!«

»Guten Morgen, Frau Rektorin. Danke für die freundliche Nachfrage an diesem regnerischen Montagmorgen. Ich hoffe, Sie hatten erholsame und vor allem produktive Semesterferien.«

Für einen Augenblick herrschte Stille am anderen Ende der Leitung.

Volltreffer.

Höflichkeit, zumal richtig gesetzt, war immer eine wirkungsvolle Waffe. Philipps Mundwinkel zuckten nach oben. Aber nur kurz. In nicht einmal einer Stunde würde seine erste Vorlesung des Herbstsemesters beginnen, und was bis anhin feststand, waren Titel, Zeit und Ort. Philipp spürte, wie seine Hände feucht wurden. Er war gewohnt, unter Stress zu arbeiten, und das sogar ausgesprochen effizient, geradezu teuflisch fokussiert. Schon zu seiner Schulzeit hatte er sich den vorgegebenen Stoff immer erst auf den letzten Drücker ins Kurzzeitgedächtnis geprügelt und dann die Ablative und Subjunktive förmlich auf die Prüfungsunterlagen gespuckt. Im Studium hatte er sein Zeitmanagement weiter perfektioniert und seine schriftliche

Abschlussarbeit in buchstäblich letzter Sekunde abgegeben. Diese Methode hatte sich als gleichermaßen nervenaufreibend wie erfolgreich erwiesen. Allerdings durfte nichts Unvorhergesehenes dazwischenkommen – wie zum Beispiel ein Anruf der Rektorin. Und diese hatte ihre Sprache in der Zwischenzeit wiedergefunden.

»Ja, ja, ich war produktiv. Aber Ferien hatte ich keine. Jemand muss sich schließlich darum kümmern, dass alle Räder in diesem Moloch ineinandergreifen«, sagte sie mürrisch.

Philipp fütterte die Leiterin der Universität Zürich mit einer kleinen Schmeichelei – der süßen Medizin, auf welche Machtmenschen gut ansprechen. »Wir Professoren sind uns Ihres Engagements bewusst und wissen es zu schätzen. So können wir uns auf unsere Forschungen konzentrieren und irgendwann vielleicht den Nobelpreis gewinnen.«

»Hören Sie auf zu schleimen und machen Sie sich endlich auf den Weg. Sonst sehe ich schwarz für Ihre Forschungen ...«

Wenn Höflichkeit das Florett war, so stand die Drohung für den Zweihänder.

Auch nicht zu unterschätzen.

Martha Fries, so hieß die Frau mit bürgerlichem Namen, war bekannt für ihre Wutausbrüche. Das machte sie Philipp durchaus sympathisch. Er mochte Menschen, die mit Leidenschaft bei der Sache waren und aus ihrem Herz keine Mördergrube machten. Doch dadurch wurde das Problem der Vorlesung nicht gelöst. Er versuchte ein letztes Mal zu parieren. »Können wir das Meeting nicht am frühen Nachmittag durchführen oder alles kurz am Telefon besprechen? In …«, er blickte auf seine Armbanduhr, »… 55 Minuten beginnt meine Vorlesung und ich würde mich gerne noch vorbereiten. Um präziser zu sein: Ich muss mich noch vorbereiten.«

»Ist nicht mein Problem. In fünf Minuten bei mir. Und Sie werden rechtzeitig zu Ihrer Vorlesung erscheinen. Versprochen.«

Ohne eine weitere Antwort abzuwarten, hatte die Rektorin aufgelegt. Stille, bis auf den penetranten Summton. Was war der guten Frau über die Leber gelaufen? Philipp fluchte leise vor sich hin. Schließlich packte er die spärlichen Notizen zusammen und stopfte sie in seine Ledertasche. Er klemmte sich seine soeben erschienene Habilitation zur modernen Schweizer Bankengeschichte unter den Arm, hängte sich die Tasche um die Schulter und machte sich hastig auf den Weg.

Vor dem Institut zündete sich Philipp umständlich eine Zigarette an. So viel Zeit musste sein. Er nahm einen tiefen Zug. Sein Büro lag nur einen Steinwurf vom Hauptgebäude mit seiner markanten Kuppel entfernt. Die altehrwürdige Universität war 1832 gegründet worden, und mittlerweile wurden hier fast 30 000 Studenten in allen möglichen und unmöglichen Fachrichtungen unterrichtet. Ganz Zürich war stolz auf die lange Erfolgsgeschichte, die auch einige Nobelpreisträger hervorgebracht hatte. Die Universität war aber in den letzten Jahren, was Ruf und Forschungsgelder betraf, deutlich hinter die benachbarte Eidgenössische Technische Hochschule, kurz ETH, zurückgefallen. Es war ein offenes Geheimnis, dass dieser Umstand die Universitätsrektorin Fries zur Weißglut treiben konnte. In solchen Momenten ging man ihr besser aus dem Weg.

Der Wind hatte aufgefrischt und die kleine Seitenstraße, die zum Haupteingang der Universität führte, war mit goldenen Blättern bedeckt. Der heiße und viel zu trockene Sommer hatte die Bäume in Mitleidenschaft gezogen und sie begannen bereits, ihre farbige Pracht abzuwerfen. Der Nieselregen klebte das Laub am Boden fest. Philipp ärgerte sich, seinen Mackintosh-Mantel im Büro gelassen zu haben. Immerhin trug er das Tweed-Jackett – ein Geburtstagsgeschenk von Sophie. Jeder Professor, der etwas auf sich halte, brauche nun mal ein Tweed-Jackett, hatte seine Frau gemeint. Als langjährige Rechtsprofessorin musste sie es ja wissen. Auf jeden Fall war es ein praktisches Kleidungsstück, von welchem Philipp mittlerweile drei gut sitzende Modelle in leicht unterschiedlichen Farbtönen besaß: Schwarz, Anthrazit, Dunkelgrau. Was seine Kleidung betraf, war er konservativ.

Auf der anderen Seite des Weges kam ihm eine kleine Gruppe entgegen. Der kompakte Schwarm wurde von einer adretten eleganten Frau angeführt. Im Gegensatz zu Philipp hatte sie einen Regenmantel an und diesen eng um ihre Taille zugeknöpft. An ihrem angewinkelten Unterarm hing eine farblich abgestimmte Kelly Bag. Das schwere Gepäck wurde von ihrem Assistenten getragen. Sie winkte Philipp freundlich zu und dozierte weiter. Nadja Schelbert war ihres Zeichens Leiterin der betriebswirtschaftlichen Fakultät. Punkto Kompetenz, Auftreten und Ehrgeiz hätte Philipp seine Kollegin problemlos in einem Verwaltungsrat oder auf der obersten Managementstufe eines internationalen Finanzkonzerns vorstellen können. Aber auch so war sie über den Elfenbeinturm der Universität hinaus bekannt und ein gern gesehener Gast bei Radio, Presse und TV-Sendern. Sie leitete zudem das Prestigeprojekt von Rektorin Fries – »Fit for Future«, wie dieses unbescheiden hieß. Schelbert war ein ausgesprochenes Alphatier und karrierebewusst. Er hätte es ihr nicht übelgenommen, wenn sie ihn als ungebetene Konkurrenz betrachtet hätte. Bis anhin hatte sie sich ihm gegenüber jedoch immer korrekt verhalten, und Philipp wollte sich an der Universität sowieso nicht in politische Grabenkämpfe verwickeln lassen. Er nickte ihr ebenfalls freundlich zu und wartete mit dem nächsten Zug an der Zigarette, bis der Tross an ihm vorbeigegangen war.

Philipp bemerkte aus dem Augenwinkel, wie die Studenten neugierig den Kopf nach ihm drehten. Wie so oft. Er wusste, dass er kein unbeschriebenes Blatt war. Als ehemaliger CEO der Zürcher Investment Bank war er Projektionsfläche für die abenteuerlichsten Vorstellungen. Für die einen verkörperte er den erfolgreichen Exoten, den Idealisten oder zukünftigen Starprofessor, für die anderen den raffgierigen Kapitalisten oder unliebsamen Konkurrenten. Philipp nahm es niemandem übel. Sein Lebenslauf war nun mal nicht 08/15.

Und das war gut so.

Vor dem Eingang zum Hauptgebäude schnippte er die Zigarette auf einen Gully, wo sie auf einer Stahlstrebe wie eine brennende Kinderschaukel die Balance suchte, dann allerdings ins Rollen geriet und mit einem leisen Zischen in der Dunkelheit verschwand. Philipp eilte ins Gebäude und ließ das garstige Wetter hinter sich.

Was mochte die Rektorin so dringend von ihm wollen?

DER AUFTRAG

Das Vorzimmer des Rektorats war das Reich des einzigen Sekretärs der Universität. Fast schon diskriminierend. Irgendwann würde es sicher dafür eine Quotenregelung geben. Der junge Mann hinter dem massiven Schreibtisch war jedenfalls ein Kind alter Schule. Loyal seiner Chefin gegenüber, herablassend gegenüber Assistentinnen und Assistenten, egal welcher Fakultät, neutral gegenüber Professoren und Professorinnen, wobei die Geisteswissenschaftler – also Historiker, Germanisten und Philosophen – eindeutig tiefer in seiner Gunst standen als die Ökonomen oder Juristinnen, was er sie auch spüren ließ, etwa in Form von längeren Wartezeiten oder dem vergeblichen Hoffen auf eine Tasse Kaffee. Als Philipp den Raum betrat, tat der Vorzimmerdrache so geschäftig wie jemand, der gerade nichts zu tun hatte. Er belegte Philipp mit einem vorwurfsvollen Blick. »Der Chef wartet schon auf Sie …«

Ein »Die Chefin, bitte« konnte sich Philipp gerade noch verkneifen. Er spürte, wie sich seine rechte Hand zu einer Faust ballte. Aber er hatte keine Zeit zu vergeuden. Um die Nervensäge würde er sich ein andermal kümmern.

Die Rektorin war klein und zierlich. Ihre funkelnden Augen und die aufrechte Körperhaltung ließen jedoch keinen Zweifel daran aufkommen, wer in diesem Büro das Sagen hatte. Fries strahlte eine Präsenz aus, die manchen einzuschüchtern vermochte. Und dies zu Recht. Es war schon vorgekommen, dass die Rektorin in Ungnade gefallenen Professoren und Professorinnen die undankbarsten Randstunden für deren Seminare und Vorlesungen zugewiesen hatte. Wenn man, verschuldet oder unverschuldet, auf ihre schwarze Liste geraten war, fand man seine Vorlesung im Semesterprogramm schnell ganz hinten, am Freitag um 19 Uhr. Fries hatte in der Vergangenheit einige Karrieren gefördert – und mindestens so viele vorzeitig beendet. Philipp musste bei ihrem Anblick immer an Judi Dench in der Rolle als Chefin des MI6 denken, was Philipp als alten James-Bond-Fan köstlich amüsierte. Er hatte im Tagesgeschäft nicht viel mit der Chefin der Universität zu tun, wusste aber zu schätzen, dass sie ihn als Quereinsteiger unterstützt und so seine Professur erst ermöglicht hatte. Auch bei diesem Vorfall mit dem besoffenen Studenten hatte Fries kein Theater veranstaltet. Philipp wusste natürlich, dass ihre Unterstützung nicht uneigennützig war und dass der gewiefte Machtmensch, welcher die Rektorin nun mal war, früher oder später eine Gegenleistung einfordern würde.

Quid pro quo.

»Nehmen Sie Platz, mein lieber Humboldt«, sagte die Rektorin mit gefährlicher Freundlichkeit und wies auf die dezent arrangierte Sitzgruppe. Philipp setzte sich in einen der bequemen schwarzen Ledersessel. An der gegenüberliegenden Wand hingen kleine Porträts von bekannten Dichtern, Musikern, Forscher und Politikern. Voltaire, Mark Twain, Goethe, Heine, Tucholsky, Lessing, Mozart und Haydn, George Washington, Benjamin Franklin, Roosevelt, Hoover und Churchill, dann auch Clark Gable und Josephine Baker. Eine bunte Mischung ohne erkennbares Schema.

»Interessante Bekanntschaften«, sagte Philipp und zeigte auf die Bildergalerie. »Sie sehen jünger aus als Ihre Freunde, Frau Rektorin.«

Fries war nicht zum Spaßen zumute. Stattdessen bestellte sie über eine altmodische Gegensprechanlage zwei Tassen Kaffee. Danach blätterte sie lustlos in einigen Unterlagen und wartete, bis ihr Assistent die beiden Tassen auf einem Tablett serviert und die schwere Holztür wieder hinter sich geschlossen hatte. Philipp hoffte inständig, dass es nicht das erste Heißgetränk war, welches an diesem Morgen durch das Gerät gelaufen war. Er hasste den fahlen Geschmack nach langem Wochenende, der sich zwangsläufig einstellte, wenn eine Kaffeemaschine einige Tage nicht in Betrieb gewesen war. Eine Fliege schwirrte an seinem Kopf vorbei, um dann mit einem Rückwärtssalto kopfüber an der Bürodecke zu landen. Mit ihren mikroskopisch kleinen Krallen und Haftpolstern drehte sie dort einige Runden. Zweifellos hielt sie sich in diesem Moment für das Zentrum der Welt.

Die Rektorin riss Philipp aus seinen Gedanken. »Sagt Ihnen der Name von Werdenberg etwas?« Dabei betonte sie das »von« überdeutlich.

Die Frage selbst war eine rhetorische. Mochte Alexander von Werdenberg zwar nicht die Klatschspalten der Boulevardpresse füllen und ein skandalfreies Leben führen, so war er trotzdem in der Schweizer Bankenszene und weit darüber hinaus ein Begriff, ja, eine große Nummer. Die von Werdenbergs – zwei Waisen, Flüchtlinge, die sich nach dem Krieg in der Schweiz hochgearbeitet hatten. Die beiden Brüder hatten in den 60er-Jahren des vorherigen Jahrhunderts ihre eigene Firma gegründet. Die Privatbank von Werdenberg war so verschwiegen wie erfolgreich. Die exakten Zahlen zum verwalteten Vermögen und Reingewinn der Bank wurden nie publiziert, aber in der einschlägigen Szene war bekannt, dass einige der wohlhabendsten und einflussreichsten Familien der Schweiz und aus dem Ausland sich bei den von Werdenbergs die Klinke in die Hand gaben. Einer der Brüder war in den 70er-Jahren auf tragische Weise bei einem Autounfall ums Leben gekommen. Der andere, Alexander von Werdenberg, führte die Geschäfte bis heute äußerst erfolgreich. Er mied jedoch die Öffentlichkeit wie der Teufel das Weihwasser. Nach Philipps Wissensstand gab es keine offiziellen Fotos von ihm. Doch genau diese Tatsache machte von Werdenberg zu der bekannten und schillernden Persönlichkeit, die er war. Er verkörperte die wohltuende Antithese zu den modernen Managern, die keine Gelegenheit für eine peinliche Homestory oder einen medienwirksamen Auftritt an sich vorbeigehen ließen.

»Ja, der Name von Werdenberg ist mir ein Begriff«, antwortete Philipp kurz. Das sanfte »von« zeigte den Weltbürger. Es war ihm immer noch schleierhaft, was die Rektorin eigentlich von ihm wollte.

Fries ließ ihn weiter zappeln. Sie schien keine Eile zu haben. »Ich kenne Alexander von Werdenberg nur flüchtig. Wir haben zusammen an einigen, sagen wir mal, inoffiziellen politischen Gesprächen teilgenommen, und von Werdenberg hat die Bildungslandschaft der Schweiz immer wieder großzügig gefördert. Verschwiegen. Altes Geld.

Mäzenatentum wie aus dem Bilderbuch. Wie Sie vielleicht wissen, ist Alexander von Werdenberg nicht mehr der Jüngste. Zwar ist er bis heute topfit, aber das Rad der Zeit kann auch er nicht anhalten.«

Die Rektorin machte eine Pause und rührte in ihrem Kaffee. Dabei wippte sie mit dem rechten Fuß. Ungewöhnlich für die sonst so kontrollierte Frau.

»Er muss fast 90 Jahre alt sein.« Philipp versuchte das Gespräch möglichst schnell zu beenden. Denn die Zeit bis zum Beginn seiner Vorlesung hielt auch niemand an. Die Rektorin machte keine Anstalten, die Katze aus dem Sack zu lassen. Stattdessen ermunterte sie Philipp durch ihr Schweigen weiterzureden.

»Obwohl man in der Öffentlichkeit nicht viel über ihn weiß, gilt sein Arbeitsethos bei den Angestellten der Privatbank von Werdenberg als legendär. Ich habe gehört, dass Alexander von Werdenberg 24 Stunden am Tag erreichbar sei und kaum Essen und Schlaf benötige. Also ein noch größeres Arbeitstier als Sie, Frau Fries.« Philipp wusste, wie er die Rektorin auf die Palme bringen konnte.

»Machen Sie nur Ihre Witze, Humboldt. Allerdings möchte ich Sie daran erinnern, dass ich in dieser Institution das Sagen habe und Sie im akademischen Bereich – mit Verlaub – nach wie vor ein Neuling sind. Ihre Professur, ich meine …«, ihre Lippen formten sich zu einem süffisanten Lächeln, »… Ihre Titularprofessur haben Sie ausschließlich mir zu verdanken. Außerdem habe ich Sie bei dieser unsäglichen Geschichte bei der letztjährigen Abschlussfeier gedeckt.«

Philipp hob entschuldigend die Hände. »Der besoffene Kerl hat mehrere Studentinnen betatscht und außer mir ist niemand eingeschritten. Eigentlich hätten Sie mir einen Orden für Zivilcourage verleihen müssen.«

»Für Zivilcourage muss man keinem Studenten die Nase brechen.«

»Vergessen Sie bitte nicht die Platzwunde auf meiner Stirn«, verteidigte sich Philipp.

Die Rektorin schüttelte den Kopf, konnte sich aber ein Schmunzeln nicht verkneifen. »Es ist mir bis heute schleierhaft, wie der Student, notabene einen Kopf kleiner als Sie, mit seiner Nase gegen Ihre Stirn geschlagen haben soll. Von der gequetschten Rippe gar nicht zu reden.«

»Die Rippe war ein unglücklicher Unfall, als ich den Typen zur Tür begleitet und …«

»… ihn kopfüber auf den Gehsteig bugsiert haben. Nun gut, lassen wir das. Es ist ja nie zu einer Anzeige gekommen.«

Philipp trank seinen Kaffee, der zu seiner Erleichterung nach Koffein und nicht nach Montagmorgen schmeckte. Er blickte der Rektorin offen in die Augen und tippte auf die Uhr. Diesmal verstand Fries die Geste.

»Lassen Sie uns zur Sache kommen, Professor Humboldt. Sie machen einen tollen Job und die Universität ist außerordentlich zufrieden mit Ihnen. Ihre Vorlesungen erfreuen sich großer Beliebtheit, und Ihre Habilitation hat eine wichtige Forschungslücke gestopft. Die Bedeutung der Finanzindustrie für die wirtschaftliche Entwicklung der Schweiz wurde in der Wissenschaft lange vernachlässigt und nicht in der notwendigen Breite erforscht. Darum habe ich Ihren interdisziplinären Lehrstuhl geschaffen. Sie bringen frischen Wind auf die Gänge des Campus. Das gefällt mir. Andererseits ist da natürlich auch die finanzielle Komponente. So ein Lehrstuhl kostet viel Geld. Und da sind wir beim Grund unseres Gesprächs angelangt. Herr von Werdenberg ist an mich herangetreten. Er will seine Firmengeschichte in Auftrag geben. Sein Vermächtnis. Und er will, dass Sie es schreiben, Humboldt.«

Philipp hatte mit vielem gerechnet, aber nicht mit einer banalen Firmengeschichte. Es überkam ihn ein akuter Lachanfall, den er beim besten Willen nicht unterdrücken konnte. Er schüttelte sich vor Lachen und hob entschuldigend die Hände. Währenddessen stieg der Rektorin die Zornesröte ins Gesicht. Ein überhitzter Dampfkochtopf kurz vor dem Bersten. Der Druck entlud sich in einer wüsten Schimpftirade, die Philipp nur noch weiter anstachelte.

»Es ist mir natürlich klar, dass Sie als ehemaliger CEO glauben, etwas Besseres zu sein. Wir sind ja nur dämliche Beamte. Aber ich kann Ihnen jederzeit den Stecker ziehen, Humboldt. Und das werde ich tun, das schwöre ich bei Gott, wenn Sie nicht sofort mit Ihrem dämlichen Lachen aufhören! Ich löse noch heute Ihr kleines Institut auf, und dann können Sie sich Ihre verdammte Vorlesung sonst wo hinstecken!«

Ihr Wutanfall wurde durch ein Klopfen unterbrochen. Der Sekretär steckte seinen Kopf ins Zimmer. »Alles in Ordnung, Frau Fries? Sie wissen doch, dass Sie sich nicht so aufregen sollen. Ihr Arzt hat gemeint …«

»Ich rege mich nicht auf!«, schrie sie und wies ihren Adjutanten mit einer schroffen Handbewegung an, die Tür augenblicklich wieder von außen zu schließen. Fries zitterte wie eine angeschlagene Stimmgabel.

Philipp setzte sich in der Zwischenzeit gegen seinen Lachanfall zur Wehr. Er dachte im Schnelldurchlauf an seine verstorbenen Eltern, an längst vergangene Probleme mit Sophie und weitere dunkle Seiten seines Lebens, was den Lachkrampf milderte. Er schüttelte entschuldigend den Kopf, atmete tief aus und strich sich mit dem Ärmel seines Jacketts die Tränen aus dem Gesicht. »Sorry, Rektorin Fries. Mit einer Firmengeschichte hätte ich wirklich nicht gerechnet. Einmal mit von Werdenberg über das Bankgeschäft diskutieren oder ein Beratungsmandat übernehmen, gerne. Aber eine Firmengeschichte? Da gibt es kompetentere Kandidaten. Warum nicht einen Historiker damit beauftragen? Oder fragen Sie doch Frau Professorin Schelbert. Die freut sich sicher über einen öffentlichen Auftrag. Ich habe so etwas nie gemacht. Zudem hat gerade das Semester begonnen. Mit meiner Vorlesung, dem Seminar und der Betreuung der Doktoranden bin ich voll ausgelastet. Und forschen soll ich ja auch noch.«

Fries stand auf und blickte aus dem Fenster in den grauen Morgenhimmel über Zürich. Der Wind hatte weiter aufgefrischt und drückte nun dicke Regentropfen gegen die Scheiben. Ein feines Klopfen war zu hören, wie auf einer Tischplatte trommelnde Finger. Fries zuckte mit dem Kopf nach rechts, dann nach links. Ein Überbleibsel aus der Zeit, als sie lange Haare getragen hatte. Die Haarpracht war mittlerweile verschwunden, die Phantombewegung geblieben. »Bilden Sie sich nur nicht zu viel auf sich ein, Humboldt. Natürlich habe ich die Schelbert vorgeschlagen, allerdings hat von Werdenberg abgelehnt.«

Philipp wurde hellhörig. »Was hat meine Kollegin dazu gesagt?«

»Was meinen Sie denn?«, fragte die Rektorin gereizt zurück. »Sie hat sich natürlich teuflisch aufgeregt, dass ›der Krieger‹ den Auftrag bekommen hat.«

»Der Krieger?«

Fries verdrehte die Augen. »Ja, Sie – der Krieger. Professor Humboldt, der immer alles kriegt.«

Philipp lächelte böse in sich hinein. Sein Bauchgefühl hatte ihn also nicht getäuscht. Die Schelbert intrigierte gegen ihn. Er würde sie in Zukunft genauer im Auge behalten.

Fries fuhr fort. »Es geht natürlich nicht um eine profane Firmengeschichte. Es steckt mehr dahinter. Viel mehr.« Die Rektorin machte eine bedeutungsschwangere Kunstpause und drehte sich wieder zu Philipp. »Alexander von Werdenberg will seine Bank verkaufen. Und zwar an die Zürcher Investment Bank, die Sie als ehemaliger CEO bestens kennen. Der Gewinn aus dem Verkauf soll in eine Stiftung fließen, die von seiner Tochter geführt wird. Ich muss Sie nicht darauf hinweisen, dass diese Informationen nicht an die Öffentlichkeit gelangen dürfen. Es wird der Deal des Jahres an der Schweizer Börse. Die Privatbank von Werdenberg wird für immer verschwinden. Alexander von Werdenberg will, dass Sie sein Vermächtnis verfassen und ihm für Fragen zur Verfügung stehen.«

Philipp pfiff leise durch die Zähne. Das war wirklich eine große Sache. Die spektakulärste Übernahme seit Langem auf dem Finanzplatz, dazu von dieser diskreten, ja geheimnisvollen Bank.

Fries blieb die Veränderung in Philipps Körpersprache nicht verborgen und sie setzte nach. »Sie werden einmal unser Starprofessor, Humboldt. Darum will von Werdenberg Sie. Nur Sie und niemand anderen. Das passt wie die Faust aufs Auge. Sie beide sprechen dieselbe Sprache, zwei Experten auf Augenhöhe. Für die Detailarbeit bekommen Sie einen Journalisten oder was immer Sie brauchen.«

»Ich dachte, die Ressourcen der Universität seien knapp bemessen? Woher stammt auf einmal das Budget dafür?«

Fries zeigte ihr breitestes Lachen und die kräftigen weißen Zähne kamen zum Vorschein. Ein Raubtier, das jederzeit zubeißen und seine Beute in tausend Stücke reißen konnte. »Dafür ist gesorgt. Von Werdenberg wird alle Zusatzkosten übernehmen. Und nicht nur das: Wenn wir das Projekt nach seinen Wünschen ausführen, wird er uns – und damit auch Ihr Institut – mit einem großzügigen Legat unterstützen. Wir können die Universität voranbringen und unseren Kollegen von der ETH endlich wieder einmal so richtig vors Schienbein treten.«

Daher wehte also der Wind.

Es war der Rektorin ernst. Todernst. Philipp rutschte auf seinem Stuhl hin und her, fand aber keine passende Position. Das Knirschen des Leders, sonst ein Zeichen von Gemütlichkeit, war nun laut und unangenehm. Der angesprochene Deal war interessant, keine Frage. Andererseits war eine prominente Rückkehr in die Bankenwelt genau das, was Philipp unbedingt vermeiden wollte. Keine Steine umdrehen, die Vergangenheit ruhen lassen, und die Toten …

»Wenn es nur ums Geld geht, bezahle ich den Unterhalt meines Institutes aus eigener Tasche.« Philipp hoffte, dass er so von der Aufgabe verschont bliebe. Vergeblich.

»Professor Humboldt. Wir sprechen hier von Zahlen, die sogar Ihr Konto sprengen würden. Es dreht sich hier nicht um einige 10.000 Franken.« Fries kostete den Moment aus und machte sich keine Mühe, ihre Genugtuung zu verbergen.

»Sechsstellig?«

Die Rektorin schüttelte genüsslich den Kopf.

»Siebenstellig?«

Fries blickte zur Decke und ihre Daumen zeigten nach oben. Sie wippte dabei mit den Unterarmen, als würde sie einen Düsenjet auf die richtige Position lotsen. »Achtstellig, Humboldt. Und die erste Zahl ist keine Eins, so viel kann ich Ihnen sagen.«

Jetzt verstand Philipp die Anspannung der Rektorin. Alexander von Werdenberg gehörte zu den reichsten Einwohnern der Schweiz, wobei ein großer Teil seines Vermögens in der Bank steckte. Der Bankier schaffte es in der jährlichen Rangliste der Bilanz jeweils ganz nach oben. Lediglich einige Oligarchen und alteingesessene Industrielle hatten noch mehr auf der hohen Kante.

Aus der strengen Rektorin war nun eine begnadete Verkäuferin geworden und sie wickelte Philipp mit Zuckerwatte ein. »Wir könnten zusammen Ihr Institut auf Vordermann bringen, es mit allen nötigen Ressourcen ausstatten. In den nächsten zehn Jahren würde so der Nukleus der Schweizer Bankforschung hier in Zürich entstehen. Mit Ihnen an der Spitze, Humboldt. Und die Beförderung zum ordentlichen Professor wäre sowieso selbstverständlich – bereits im nächsten Jahr. Ich mag Sie, Philipp. Sie haben eine große akademische Karriere vor sich.«

Philipp war hin- und hergerissen. Was konnte denn schon passieren? Schließlich würde er in von Werdenbergs Vergangenheit stöbern – und nicht umgekehrt. Und über die alten Geschichten musste in der Zwischenzeit nicht nur Gras, sondern längst ein veritabler Wald gewachsen sein. Das Angebot war verlockend. Mit dem Legat könnte er sein eigenes Institut aufbauen. Hatte er das nicht immer gewollt, etwas Sinnvolles leisten, etwas Bleibendes hinterlassen, worauf er dereinst stolz zurückblicken konnte? Dennoch erbat sich Philipp eine kurze Bedenkzeit. Das Projekt höre sich zwar sehr attraktiv an, er müsse aber noch Rücksprache mit seiner Frau halten, da sie schließlich beide für die Erziehung der Kinder verantwortlich seien und mit der Annahme des Projektes ohne Zweifel Arbeitsstunden über das normales Pensum hinaus entstünden.

Die Rektorin gab sich vordergründig verständnisvoll. »Abgemacht. Ich respektiere Ihre Bedenkzeit und werde Herrn von Werdenberg informieren, dass Sie sich morgen für ein erstes Treffen an sein Büro wenden. Die Kontaktnummer werden wir Ihnen zukommen lassen. Jetzt sollten Sie sich aber beeilen, in wenigen Minuten beginnt Ihre Vorlesung.«

Nach einem Blick auf die Uhr blieb Philipp keine Zeit mehr, auf den geschickten Schachzug der Rektorin zu reagieren. Er griff nach seinen Unterlagen und eilte davon.

War er gerade über den Tisch gezogen worden?

Der Vorlesungsraum war zum Bersten voll. Das ganze Ausmaß wurde ersichtlich, als sich Philipp zum Rednerpult durchgekämpft hatte. Der Raum war maßlos überfüllt, vollgestopft wie ein Pendlerzug in Mumbai. Am Eingang hatte sich bereits ein längerer Rückstau gebildet. Die Scheiben waren von innen angelaufen und die Luft war feucht wie in einer Waschküche. Der Sauerstoffpegel lag deutlich unter dem Lärmpegel. Philipp konnte sich ein Schmunzeln nicht verkneifen – die Menschenansammlung war seine Rettung. Unter solchen Umständen war an eine reguläre Durchführung der Vorlesung gar nicht zu denken. Er breitete die Arme aus, wie Jesus bei der Bergpredigt. »Guten Morgen. Ich muss Sie leider enttäuschen. Die Autogrammstunde von George Clooney wurde abgesagt. Hier wird nun stattdessen die Vorlesung ›Geschichte der Schweizer Banken seit 1945‹ abgehalten.«

Schallendes Gelächter.

»Nun gut. Ein Versuch war es wert. Aber ich möchte Sie dennoch warnen. Grundlage meiner Vorlesung ist dieses Buch.« Philipp hob seine soeben veröffentlichte Forschungsarbeit in die Höhe. »500 Seiten. Trocken wie ein alter Zwieback.« Er legte den Schmöker vor sich auf das Pult und fuhr fort. »Ich freue mich natürlich außerordentlich über das rege Interesse an meiner Forschung. Mit diesen prekären Platzverhältnissen können wir heute allerdings keine reguläre Vorlesung abhalten. Ich werde versuchen, bis nächste Woche einen größeren Raum zu organisieren. Lesen Sie bis dahin die ersten beiden Kapitel meines Buches. Sie können es kostenlos auf der Webseite meines Instituts herunterladen.«

Anerkennendes Klopfen. Philipp klemmte sich seine Sachen unter den Arm und blickte dann nochmals ins Plenum. »Die zwei Kapitel beleuchten die Entstehung des Finanzplatzes. Ich lege in meinen Vorlesungen und Seminaren großen Wert auf ein profundes Verständnis der historischen Zusammenhänge. Man lebt das Leben zwar vorwärts, aber verstehen kann man es nur rückwärts. Ich wünsche allen einen guten Semesterstart.«

Philipp atmete erleichtert aus. Er konnte noch nicht ahnen, was auf ihn zukommen würde. Vorwärts gesehen.

DER AUFTRAGGEBER

»Hat er angebissen?« Seine Stimme klang tief und weich, wie eine Felldecke.

»Ja«, sagte die Rektorin. »Aber genau genommen habe ich zugebissen.«

»Gut, wir bleiben in Kontakt.« Er beendete zufrieden das Telefongespräch. Fries war zuverlässig. Wobei das bei der Summe, die er in Aussicht stellte, zu erwarten gewesen war. Er erhob sich aus seinem imposanten Bürosessel und drückte den Rücken durch. Die Schmerzen waren an diesem Morgen fast unerträglich. Die Bandscheibe und das schlechte Wetter – eine unheilvolle Allianz. Trotzdem fühlte er sich wohl in seiner Haut. Er hatte gelernt, mit dem Leiden umzugehen, und wollte es mittlerweile nicht mehr missen. Die Schmerzen waren das untrügliche Zeichen, dass er noch am Leben war. Nichts setzte so viel Adrenalin im Körper frei. Außer vielleicht Todesangst, das reinste Doping. Und wenn man in seinem Leben so viele Stresshormone durch den Körper gejagt hatte wie Alexander von Werdenberg, konnte man schon süchtig danach werden. Sorgfältig entfernte er einen Fussel am Ärmel seinen Jacketts, zupfte das weiße Einstecktuch zurecht und goss sich dann zufrieden ein Glas trockenen Sherry ein. Alles lief nach Plan.

Bis jetzt.

BAHNHOFSTRASSE

Zürich, 17. September

Schon am nächsten Nachmittag stand Philipp an der Bahnhofstrasse und betrachtete den Eingang der Privatbank von Werdenberg. Zwischendurch ratterte eine der blau-weißen Trams vorbei und versperrte ihm für kurze Zeit die Sicht. Der geheimnisvolle Bankier hatte ihn bei ihrem Telefongespräch freundlich gebeten, gleich wenige Stunden später zu ihm ins Büro zu kommen. Der Hauptsitz der Bank lag, wie nicht anders zu erwarten, an der Straße mit den teuersten Uhren der Welt. Mit dem Einzug der beliebigen Kleiderketten und den weltweit bekannten Marken war die Exklusivität der 1,4 Kilometer langen Bahnhofstrasse zwar verschwunden, aber die gediegene Architektur und das schöne Panorama, vor allem dort, wo sich die Sicht auf den See und die Berge zu öffnen begann, waren geblieben.

Philipp betrachtete interessiert die Fassade des stattlichen Gebäudes, das die Privatbank von Werdenberg beherbergte. Vielleicht hatte hier vor hundert Jahren eine wohlhabende Familie gelebt, die ihr Geld in der Industrie gemacht hatte? Wer weiß. Heute gehörten die Gebäude an der Bahnhofstrasse Banken, Versicherungen, ausländischen Konsortien und vermehrt auch Pensionskassen, die ihr Geld im Betongold anlegten.

Philipp war früh dran und flanierte ein wenig durch die Gegend, die lange Zeit seine Heimat gewesen war. Es fühlte sich seltsam fremd und sogar etwas einsam an, wie wenn man nach vielen Jahren einen alten Freund wiedersieht und sich nichts mehr zu sagen hat. Philipp überquerte den fast menschenleeren Bürkliplatz. Die Mittagspause war schon vorbei und der Feierabend stand erst noch vor der Tür. Die meisten der kaufmännisch Angestellten arbeiteten also gerade oder taten zumindest so. Ein junges Elternpaar war mit seinen Kindern unterwegs, ein Hund schnupperte an einem Hydranten und wollte sich von seinem Herrchen partout nicht zum Weitergehen überreden lassen. Ein asiatisches Paar begutachtete die Einkäufe. Zwei Rentner genossen nach dem verregneten Wochenstart die milden Temperaturen auf einer Parkbank und unterhielten sich ruhig mit lauter Stimme. Das Gespräch drehte sich um die Misere eines Zürcher Fußballklubs. Philipp lächelte – sein Sohn David besaß ein Trikot des Rekordmeisters.

Am Seebecken blinzelte Philipp in die Sonne und genoss das herrliche Panorama. Die Berge schienen an diesem föhnigen Tag wie gemalt und zum Greifen nah. Der See roch nach Wasser mit einer Prise Tang. Laute Musik wummerte aus einem vorbeifahrenden Auto. Möwen kreischten und missgönnten sich jede Brotkrume.

Sehr menschlich, diese Tiere.

Philipp entschied sich, einen Kaffee im Hotel Storchen zu sich zu nehmen, und ging zum Weinplatz hinunter. Da Zürich durch keinen der großen Kriege versehrt worden war, konnte das Hotel Storchen auf eine über 600-jährige Geschichte zurückblicken. Es hatte schon illustre Persönlichkeiten wie Richard Wagner oder Grimmelshausen beherbergt. Dank des schönen Wetters und der milden Temperaturen standen einige Tische vor dem Hotel auf dem Weinplatz. Philipp setzte sich auf einen freien Platz und bestellte eine Tasse Kaffee. Genüsslich zog er die frische Luft tief in seine Lungen. Er überlegte kurz, sich eine Zigarette anzuzünden, ließ dann aber davon ab. Er wollte bei seinem ersten Treffen mit von Werdenberg nicht nach kaltem Rauch stinken. Stattdessen studierte er die Gegend und ließ die Seele baumeln. Das Grossmünster präsentierte sich auf der anderen Flussseite unter dem strahlenden Himmel in seiner ganzen Pracht und die beiden blauweißen Fahnen auf den charakteristischen Doppeltürmen bewegten sich sanft im Wind. Philipp glaubte fast, ihr Flattern zu hören. Die Kirche soll der Legende nach von keinem Geringeren als Karl dem Großen gegründet worden sein. Und heute war Kaiserwetter. Postkartenidylle.

Vor dem Hotel herrschte Fahrverbot. Eigentlich. Ein Elektroradfahrer schoss ohne Rücksicht auf Verluste in halsbrecherischem Tempo an den Fußgängern vorbei. Er war dabei so auf die Beherrschung seines Gefährts konzentriert, dass er die eindeutige Geste des Kellners, den er beinahe überrollt hatte, nicht bemerkte. Die militanten Radfahrer waren zu einer regelrechten Plage geworden, fand Philipp. Was ihn vor allem ärgerte, war deren heuchlerische Selbstgerechtigkeit, das Gefühl moralischer Überlegenheit gegenüber allen, die sich anders fortbewegten. Dabei bleibt ein Idiot ein Idiot, egal ob er im Auto, auf einem Fahrrad oder sonst wo sitzt. Die Szene war aber in dem Moment schon wieder Geschichte, als Philipp den Kaffee serviert bekam. Sein Lieblingsgetränk, einmal von Rotwein abgesehen, war schon lange zu einer Sucht geworden. Er nahm sofort einen kleinen Schluck. Kaffee musste heiß sein. Kalter Kaffee war für ihn ungenießbarer als die Zeitung von gestern.

An einem Nebentisch saßen einige Banker in dunklen Anzügen. Sie tuschelten und schauten zu Philipp hinüber. Er nickte ihnen kurz zu. Wahrscheinlich hatten sie ihn erkannt oder sogar für ihn gearbeitet. Die Gesichter kamen ihm nicht bekannt vor. Als CEO hatte er viele tausende Mitarbeiter unter sich gehabt. Es konnte allerdings auch an diesen unsäglichen Hipsterbärten liegen, die sie allesamt trugen, dass er sie nicht unterscheiden konnte. Ursprünglich vielleicht einmal als Zeichen von Individualität gedacht, waren die Bärte mittlerweile nur noch Mainstream. Was mochte wohl die Botschaft sein: Hallo, ich bin eigentlich ein unerschrockener Hockeyspieler?

Nun gut.

Philipp schloss die Augen und atmete tief durch. Nicht negativ werden. Er hatte nach seinem Abschied als CEO der Zürcher Investment Bank vor rund vier Jahren einige Zeit gebraucht, um all den Stress und schizophrenen Verfolgungswahn loszuwerden. Er hatte nicht vor, sich wieder dort hineinziehen zu lassen, und zündete sich jetzt doch eine Zigarette an. Er war gespannt auf die erste Begegnung mit dem legendären von Werdenberg. Die Webseite der Bank hatte nicht viel preisgegeben. Es war von einigen hundert Mitarbeitenden zu lesen, die meisten davon arbeiteten in der Peripherie. Lediglich der innerste Zirkel hielt sich an der Bahnhofstrasse auf. Ansonsten fand man die üblichen Floskeln. Transparent wolle man sein. Nichts versprechen, was man nicht einhalten könne. Man konzentriere sich auf die Dinge, die man beeinflussen könne. Philipp kannte die Marketingsprüche bestens aus eigener Erfahrung. Schlussendlich kochten aber alle Finanzinstitute nur mit Wasser. Die einen besser als die anderen, keine Frage. Und die Privatbank von Werdenberg gehörte definitiv zu denen mit vielen Gault-Millau-Punkten.

30 Minuten, zwei Zigaretten und eine weitere Tasse Kaffee später machte sich Philipp auf den Weg zu seinem Termin. Vor dem Gebäude kontrollierte er Krawatte, Hemd, Jackett und Schuhe. Der anthrazitfarbene Anzug saß perfekt, wie gestern gekauft. Die Krawatte hatte er mangels Übung dreimal binden müssen, bis die Länge passte, bündig mit der Gürtelschnalle. Keinen Zentimeter länger, keinen kürzer. Er trat näher an den Eingang heran. Keine Tafel oder sonstige Beschriftung wies darauf hin, dass sich hier ein Geldinstitut befand. Offensichtlich war man nicht an Laufkundschaft interessiert. Und Diskretion hatte in diesem Geschäft bekanntlich noch nie geschadet.

Philipp drückte den unscheinbaren Klingelknopf, nachdem er vergeblich nach einer Klinke Ausschau gehalten hatte. Als habe man bereits auf ihn gewartet, öffnete sich die gusseiserne Tür und er betrat das Gebäude. Dort empfing ihn eine Sicherheitsschleuse mit Gegensprechanlage und einer kleinen Überwachungskamera.

»Sie wünschen?«, ertönte eine sonore Stimme aus dem Nichts.

Philipp bückte sich leicht in Richtung des Mikrofons. »Humboldt. Herr von Werdenberg erwartet mich.« Mit einem lauten Summen, gefolgt von einem metallenen Klicken, wurde die Glastür entriegelt. Auf einer massiven Bronzeplatte stand geschrieben, was alle, die es bis hierhin geschafft hatten, ohnehin schon wussten: »Privatbank von Werdenberg«. An der weißen Wand war ein herrliches Bergrelief abgebildet, wahrscheinlich eine Szenerie aus dem Engadin. Die Werdenberg-Brüder, so viel hatte Philipp in Erfahrung bringen können, hatten dort ein Internat besucht. Das Bild mochte daher eine Reminiszenz an diese Jugendzeit sein. Oder die Marketingabteilung versuchte mit einer guten Portion Swissness davon abzulenken, dass die Privatbank von Werdenberg deutsche Wurzeln hatte.

Philipp ging zum Empfang im ersten Stock. Seine Schritte hallten laut durch das Gebäude. Zu seiner Überraschung wurde er oben an der Treppe nicht von einer der für das Private Banking sonst üblichen ansehnlichen Empfangsdamen begrüßt. Stattdessen nahm ihn ein imposanter älterer Herr mit dem Händedruck eines Holzfällers in Empfang.

»Grüß Gott, Herr Professor Humboldt. Alexander von Werdenberg. Ich freue mich, Ihre Bekanntschaft zu machen.«

»Die Freude ist meinerseits«, erwiderte Philipp freundlich. Neugierig betrachtete er den geheimnisvollen Bankier. Von Werdenberg musste in seiner Jugend eine geradezu furchteinflößende Erscheinung gewesen sein, denn noch heute war er kräftig, vital und strotzte vor Gesundheit. Er war trotz seines Alters immer noch gleich groß wie Philipp, der mit seinen 1,90 Meter nicht zu den Kleinsten gehörte. Die Augen des Patrons leuchteten klar und wach, ohne Anzeichen einer Eintrübung. Die Körperhaltung aufrecht, Rücken und Schultern durchgestreckt. Das scharfe Rasierwasser von Werdenbergs stach Philipp sofort in die Nase, keine Spur von dem leicht süßlichen Geruch, der bei Menschen ab einem gewissen Alter oft wahrzunehmen war. Von Werdenberg war ohne Zweifel der rüstigste Senior, den sich Philipp vorstellen konnte. Was mochte wohl sein biologisches Alter sein? 65? Höchstens. Seine Konstitution war geradezu beängstigend.

Von Werdenberg war sich seiner Wirkung zweifellos bewusst und kam dem obligaten Kompliment zuvor: »Ich war Schwimm- und Fechtmeister an der Universität. Aber das ist lange her. Mittlerweile bin ich auf der falschen Seite der 80. Mein Gelenke knacken am Morgen wie ein antiker Holzstuhl.« Seine Stimme war tief und warm.

Philipp quittierte seine Aussage mit einem ehrlichen Lachen.

Von Werdenberg legte die Hand schwer auf Philipps Schulter und schob ihn vom Treppenhaus in den offiziellen Empfangsbereich. Das Gebäude war in einem Topzustand, als wäre erst gestern eine umfassende Renovierung abgeschlossen worden. Frisch gebohnerte Holzböden, weiße Steinwände, schwarze Designermöbel. An den Wänden hingen Bilder des sonst so fotoscheuen Bankiers, die von Werdenberg mit bekannten Persönlichkeiten zeigten: von Werdenberg kaffeetrinkend mit Helmut Kohl, von Werdenberg in einer Bibliothek neben Johannes Paul II., von Werdenberg zigarrerauchend mit Franz Josef Strauß, von Werdenberg lachend in einer größeren Gruppe um Ronald Reagan, der noch junge von Werdenberg mit sieben älteren Herren, Philipp erkannte Willi Ritschard und Kurt Furgler. Daneben gab es noch kleinere Bilder mit Willy Brandt, François Mitterrand, Margaret Thatcher, Prinzessin Diana und Elizabeth Taylor. So viel Intimität war ungewöhnlich für die sonst auf Diskretion bedachte Privatbank.

Von Werdenberg stellte sich neben Philipp. »Zugegebenermaßen etwas eitel von mir. Alles Unikate. Die Negative liegen in meinem Safe und es gibt keine weiteren Abzüge. Ich habe immerhin gewartet, bis die Damen und Herren von uns gegangen sind. Also eine zweifelhafte Ehre, hier zu hängen.«

»Da haben wir ja dann schon einige Seiten für Ihre Firmengeschichte«, sagte Philipp.

»Sie kommen ja gleich zur Sache, junger Mann. Das gefällt mir. Keine Lebenszeit vergeuden. Vor allem, wenn – wie bei mir – der obere Teil der Sanduhr bald leer ist.« Von Werdenberg sprach ohne Wehmut, eher wie ein Wissenschaftler, der nüchtern ein Faktum erklärt. »Aber diese Persönlichkeiten werden natürlich nicht in unserem Buch auftauchen. Glauben Sie mir, Professor, ich hätte nicht viel Spannendes über die Herrschaften zu berichten, im Gegensatz zu den Damen.« Für einen kurzen Augenblick huschte ein Ausdruck von Melancholie über sein Gesicht.

Von Werdenberg erinnerte Philipp an einen Schauspieler, dessen Name ihm partout nicht einfallen wollte. Es blieb keine Zeit nachzudenken, denn zwei Frauen traten aus einem der Sitzungszimmer, die sternförmig um den Empfangsbereich angeordnet waren. Beide waren dunkel gekleidet. Die eine trug ein elegantes schwarzes Deux-Pièces. Mit den hohen Schuhen und kurzgeschnittenen blonden Haaren hätte sie auf das Titelbild jeder Bankbroschüre gepasst. Die andere wirkte in ihrem schwarzen

Hosenanzug und mit den offenen langen Haaren eher wie eine Künstlerin oder Journalistin.

Von Werdenbergs Augen strahlten noch heller. Er winkte die Frauen zu sich. »Darf ich Ihnen vorstellen: Da wäre einmal Julia von Werdenberg, meine Tochter, und Frau Loppacher, freischaffende Journalistin, aber de facto schon fast eine feste Mitarbeiterin bei uns. Frau Loppacher wird Sie beim Schreiben unserer Firmengeschichte unterstützen. Sie ist quasi Ihre Ghostwriterin und wird die relevanten Information rasch in eine gut leserliche Form bringen.«

Philipp nickte den Damen zu. »Na dann, auf eine gute Zusammenarbeit«, sagte er freundlich zu der Frau mit den offenen Haaren. Diese quittierte mit einem verlegenen Lächeln und schielte zu ihrer Begleiterin. Philipp bemerkte seinen Fauxpas.

Von Werdenbergs Tochter reagierte souverän. »Es hat mich gefreut, Sie kennenzulernen, Herr Professor Humboldt. Wir lassen Sie jetzt in der Obhut meines Vaters. Sie haben sicher einiges zu besprechen.« Sie drückte den Knopf des Personenaufzuges. Julia von Werdenberg hielt offensichtlich wenig von Smalltalk.

Sehr sympathisch.

Sie verabschiedeten sich und Philipp betrat mit von Werdenberg den Lift. Der Patron hielt eine Karte an den Sicherheitssensor und drückte auf den Knopf neben der Aufschrift »Privat«. Danach verschwanden die Damen hinter der Fahrstuhltür, die sich mit einem sanften Summen schloss.

Der Privatraum des Firmenchefs beherbergte eine stattliche Bibliothek. Die schwarzen Regale mit den glänzenden

Chromstahlverstrebungen waren perfekt auf das moderne Design des Raumes abgestimmt. Von Werdenberg war offensichtlich jemand, dem die Details wichtig waren. Er schätze hier oben, hoch über der hektischen Bahnhofstrasse, die Kraft der Ruhe, erklärte von Werdenberg. Das habe nichts mit seinem Alter zu tun, schob er rasch nach. Schon zu Beginn seiner Karriere habe er Menschenansammlungen nach Möglichkeit gemieden. Diesen Wunsch nach Diskretion teile er mit vielen seiner Kunden. Leider hätten in letzter Zeit eitle Selbstinszenierung und schlechte Manieren die Oberhand gewonnen. Er selbst habe sich immer an den Maximen orientiert, die Marc Aurel in seinen Aphorismen formuliert habe: hart an sich arbeiten und die einem auferlegten Pflichten erfüllen. Er ging zur Bücherwand, die sicher einige hundert Werke umfasste, und winkte Philipp zu sich. Mit sichtlichem Stolz wies er darauf. »Alles Erstausgaben. Einige datieren bis ins Mittelalter zurück.«

Philipp war ehrlich beeindruckt. »Nach welchen Kriterien haben Sie Ihre Sammlung angelegt?«

Von Werdenberg nickte zufrieden. »Endlich jemand, der die richtigen Fragen stellt und nicht mit irgendwelchen Gemeinplätzen seine Unwissenheit zu kaschieren versucht.« Beinahe zärtlich strich er mit der Hand über die ledernen Buchrücken. »Der Schwerpunkt der Sammlung befasst sich mit den verschiedensten Aspekten der Macht und des Bösen. Ein erfolgreicher Manager, der nicht mindestens einmal Machiavelli gelesen hat? Undenkbar. Ein CEO, der nicht mit den Schattenseiten des Lebens Erfahrungen gesammelt hat? Unwahrscheinlich.« Der Patron war in seinem Element. Sei es denn nicht die Kraft und die

Vitalität des Bösen, die uns Menschen fasziniere? Hätten nicht alle eine dunkle Seite in sich, der man nur zu gerne einmal Auslauf gewähren würde? Wer wolle nicht aus den tristen Routineabläufen ausbrechen, die einem von Kindesbeinen an durch Eltern, Schule, Staat und Kirche vorgegeben würden? Die Beschäftigung mit dem Bösen bedeute doch nur, dass man sich selbst auf der Spur sei. Man stelle sich Faust ohne Mephisto vor oder den Fledermausmann ohne den Joker. Kafka habe mit Fug und Recht behauptet, dass das Gute allein trostlos sei. »Aber verzeihen Sie, Herr Professor. Ich langweile Sie sicher mit dem dummen Geschwätz eines alten Mannes.«

Philipp war elektrisiert. Er hatte den Ausführungen von Werdenbergs nichts hinzuzufügen. Jeder hat seine dunkle Seite, niemand wusste das besser als er selbst. Philipp zeigte sich als guter Zuhörer. »Nein, Sie langweilen mich gar nicht, im Gegenteil. Ich muss gestehen: Machiavelli habe ich mehrmals gelesen. Bücher haben mich immer fasziniert. Schon mein Deutschlehrer am Gymnasium hat uns geraten, niemandem zu trauen, dessen Fernseher größer ist als die Bibliothek.«

Der Patron lachte herzhaft.

Damit war das Thema abgehakt. Von Werdenberg setzte sich ohne weitere Worte in einen modernen italienischen Designerstuhl und wies Philipp an, ebenfalls Platz zu nehmen. Er goss beiden einen Whiskey ein und trank nach britischer Manier, ohne anzustoßen. Das Getränk roch nach Torf und Holz. Das lodernde Feuer in von Werdenbergs Augen war verschwunden und professioneller Nüchternheit gewichen. Der Verkauf seines Lebenswerks an die Zürcher Investment Bank sei für ihn, so von Werdenberg, nach langer Überlegung die beste Lösung. Er wolle »die vom Paradeplatz« aber noch etwas zappeln lassen und den Preis in die Höhe treiben. Die Schallgrenze von einer Milliarde Schweizer Franken sei durchaus realistisch. Er zeigte sich jetzt als der knallharte Geschäftsmann, der er war. Das Geld sei ihm so wichtig, weil der größte Teil des Erlöses in die Stiftung seiner Tochter fließen solle. Eine fundierte Publikation über sein Unternehmen käme ihm und vor allem seiner Tochter gelegen.

»Sie sehen also, Herr Professor, ich will etwas Positives hinterlassen. Es geht um nichts Geringeres als mein Vermächtnis.« Von Werdenberg machte eine kurze Pause und drückte den Rücken durch. »Meine Tochter will das Familienunternehmen nicht weiterführen. Nicht aufgrund fehlender Fähigkeiten, sondern weil sie andere Interessen hat. Das Sein war für sie schon immer wichtiger als das Haben. Ganz die verstorbene Mutter. Ich muss den letzten Schritt nun initiieren, solange ich den Prozess noch selber in der Hand habe. Ich konnte mich bis jetzt auf meine robuste Gesundheit verlassen, aber machen wir uns nichts vor. Ich bin in einem Alter, in dem man bei jeder Todesanzeige unwillkürlich auf den Jahrgang des Verstorbenen blickt.«

Es wurde kurze Zeit still wie in einem vollbesetzen Wartezimmer. Dann nahm von Werdenberg den Faden wieder auf. »Bitte erzählen Sie mir doch einmal, warum Sie vor vier Jahren die Zürcher Investment Bank als CEO verlassen haben. Ihr mutiger Schritt hat für einigen Wirbel gesorgt auf dem Bankenplatz. Gibt es irgendwelche Leichen im Keller der Bank, von denen ich wissen müsste?«

»Nein, es sind keine Leichen begraben«, log Philipp, ohne zu zögern. »Die Zürcher Investment Bank ist kerngesund«, ergänzte er wahrheitsgetreu. »Ich wollte damals aus meiner Komfortzone ausbrechen. Etwas Neues ausprobieren, Adrenalin spüren, spannende Dinge lernen. Und vor allem mehr Zeit für meine Familie haben. Bereut man dereinst nicht die Dinge, die man nicht getan hat?«

Von Werdenberg nickte kaum wahrnehmbar. »Sie haben so recht, mein lieber Professor. Die meisten Menschen kleben in ihrer Komfortzone wie die Fliege im Netz. Und erst die Ausreden, warum man nicht das Leben führen kann, von welchem man als Kind geträumt hat: Immer ist es gerade zu heiß, zu kalt, zu früh, zu spät, zu einfach oder zu kompliziert, um sein Leben in die eigene Hand zu nehmen.«

Eine Frage brannte Philipp unter den Nägeln: »Warum ist Ihre Wahl auf mich gefallen? Es gibt sicher Professoren und Journalisten, die mindestens so gut, wenn nicht sogar besser für die Aufgabe geeignet wären.«

Von Werdenberg zögerte keine Sekunde mit der Antwort. »Sie kennen die Zürcher Investment Bank und deren Führungsetage wie kein Zweiter. Ich kann mir beim besten Willen keinen idealeren Sparringspartner vorstellen. Und als ehemaliger Topmanager können Sie mit Zeitdruck umgehen. Die Arbeit muss Ende Januar fertiggestellt sein. Besser schon früher. Wir wollen ja nicht den Pulitzer-Preis gewinnen.«

Philipp legte die Stirn in Falten. »Das wird sehr knapp werden.«

Von Werdenberg machte deutlich, dass der Termin nicht verhandelbar sei. »Alle Informationen liegen auf dem Tisch. Wir werden uns so oft treffen, wie Sie es für nötig halten. Bei diesen Meetings werde ich Ihnen alle Fragen beantworten. Ihr Team wird Zugang zu meinem Bankarchiv erhalten. Wir haben bereits viele Unterlagen aufgearbeitet. Alle bekannten Hintergrundinformationen findet man in den üblichen Pressearchiven. Darüber hinaus werden wir Ihnen ja Frau Loppacher zur Seite stellen. Sie werden von ihr begeistert sein. Und Sie haben sicher einen Assistenten, den Sie abkommandieren können. So werden Sie in kurzer Zeit ein Manuskript verfassen. Ich besitze einen eigenen Verlag in Deutschland, der die Abschlussarbeiten übernehmen wird. Ich will das Projekt vorantreiben, solange ich noch kann. Jeder stirbt an einem Tag.«

»Aber an allen anderen nicht«, dachte Philipp laut.

»Schön gesagt! Von wem ist dieser Satz? Shakespeare?«

»Nein. Snoopy …«, antwortete Philipp trocken.

Von Werdenberg hob die Augenbrauen und zögerte einen Moment. Dann lachte er schallend und nahm einige Dokumente aus einer Ledermappe. »Hier sind die üblichen Formulare hinsichtlich Vertraulichkeit. Ich bitte Sie, diese zu unterschreiben und an uns zu retournieren. Es wartet leider ein Kunde auf mich. Haben Sie sonst noch Fragen, Herr Professor Humboldt?«

»Nein. Aber ich möchte mich nochmals für Ihr Vertrauen und die großzügige Spende bedanken. Ich hoffe, ich werde alles zu Ihrer Zufriedenheit erledigen.«

»Daran habe ich keine Zweifel. Wir haben Ihre Karriere mit großem Interesse verfolgt, Herr Humboldt. Wir sind uns ähnlich. Ähnlicher, als Sie ahnen.«

Philipp nahm diese Aussage als Kompliment. Dass sie auch eine versteckte Drohung sein könnte, wäre ihm zu diesem Zeitpunkt nie in den Sinn gekommen.

DAS SPIEGELBILD

Alexander von Werdenberg stand am Fenster und beobachtete mit dem nachgefüllten Whiskeyglas in der Hand, wie Philipp Humboldt das Gebäude verließ und um die Ecke des Hotel Savoy verschwand. Er bemerkte gerade noch rechtzeitig die kleine Biene, die – angezogen vom intensiven Geruch des Getränks – in ebendiesem um ihr Leben strampelte. Von Werdenberg befreite das emsige Arbeitstier mit dem Zeigefinger, öffnete das Fenster und beförderte die Biene vorsichtig auf den Fenstersims, wo sie sich nach einer kurzen Verschnaufpause aus dem Staub machte.

Zufrieden ging von Werdenberg in den Nebenraum, in dem er über die Jahre unzählige Nächte verbracht hatte. Boxspringbett, Waschraum, Ankleide, ein ultramodernes Kinesis-Trainingssystem, was zum Teil seine kräftige Statur erklärte. Hinter einer weiteren Tür verbarg sich eine schmale Wendeltreppe, die das Réduit mit der privaten Tiefgarage unter dem Gebäude verband. So konnte von Werdenberg ungesehen kommen und gehen, wann er wollte. Der Bankier wusch sich sorgfältig Hände und Gesicht. Dann drehte er sich um und blickte in die Augen seines Gegenübers. In seine Augen.

»Was ist, wenn er es herausfindet? Dieser Humboldt ist nicht auf den Kopf gefallen. Und seine Visage gefällt mir gar nicht. Müsste mal bearbeitet werden.« Alexander von

Werdenbergs Ebenbild hatte etwas Sardonisches, Grobes. Und die Hautfarbe war fahler als beim Original.

»Ich muss Gewissheit haben, dass unser Geheimnis nie an die Öffentlichkeit gelangt. Es ist an der Zeit, einen Schlussstrich zu ziehen. Julia kann mit ihrer Stiftung viel bewirken. Aus Bösem wird so Gutes entstehen. Wir beide sind dem Namen von Werdenberg etwas schuldig. Glaub mir, der Professor ist unser Mann.« Alexander von Werdenberg schloss die Augen und versuchte, sich an die Geschehnisse jener Zeit zu erinnern. Es war ein Abgrund, der ihn jederzeit verschlingen konnte. Hastig katapultierte er sich in die Gegenwart zurück.

Der Fahle war nach wie vor nicht überzeugt. »Um unser Geheimnis zu schützen, soll Humboldt die Firmengeschichte schreiben? Das macht keinen Sinn! Lassen wir die schlafenden Hunde ruhen. Du wirst im fortgeschrittenen Alter noch zum Reichsbedenkenträger.«

»Kann sein«, murrte von Werdenberg zurück. »Doch nur dank meiner Kunst des Zweifelns ist unser Geheimnis bislang unentdeckt geblieben. Und so soll es auch bleiben. Durch den Verkauf der Bank wird unser Name sowieso an die Öffentlichkeit gezerrt. Sollte es also wirklich schlafende Hunde geben, die unser Geheimnis kennen, will ich sie aufstöbern, bevor sie zu kläffen beginnen. Jetzt können wir noch angemessen reagieren, sie zum Schweigen bringen. Vertrau mir. Ein letztes Mal. Wenn dieses Kapitel geschrieben ist, sind wir sicher. Und wenn Humboldt uns tatsächlich auf die Spuren kommen sollte, dann hat er mindestens so viel zu verlieren wie wir. Wenn nicht mehr. Er ist wie eine Marionette in unserer Hand. Und für den Notfall haben wir ja Horowitz.«

»Es ist dein Plan. Aber er beginnt mir zu gefallen. Wenn nötig, kann ich auch selber Hand anlegen. Es wäre nicht das erste Mal!« Das Ebenbild verzog sein Gesicht zu einem bösartigen Grinsen.

DER NOTAR

Zürich, Winter 1952

»Da kann ich leider nichts für euch tun, Jungs. Die Bank braucht einen Totenschein. Ohne das Dokument ist nicht bewiesen, dass eure Eltern wirklich im Konzentrationslager gestorben sind. Und ohne Totenschein keine Erbübertragung. Aber macht euch deswegen mal keine Sorgen. Ich werde weiterhin im Sinne der Familie von Werdenberg agieren und euch nach bestem Wissen und Gewissen unterstützen.« Die geröteten Augen und die feisten Wangen des Notars erinnerten an einen Schweinekopf.

George Orwell lässt grüßen.

Genüsslich schloss der Wanst sein üppiges Mittagessen mit einem Schluck Portwein ab. Der Schweinekopf war durch ein imposantes Doppelkinn mit dem Körper verbunden, welcher die Nähte des maßgeschneiderten Anzugs aus edler englischer Seide arg strapazierte. Draußen pfiff ein eisiger Wind um die herrschaftliche Villa, und auf den Fensterscheiben hatten sich skurrile Eiskristalle gebildet.

Der Notar stand wankend auf und balancierte auf seinen dürren Beinen. Schulmeisterlich legte er seine fettigen, feuchten Hände auf die Schultern der beiden konsternierten Brüder und schob sie sanft ihn Richtung der herrschaftlichen Treppe. Er pflegte sein Mittagessen in der

Bibliothek im ersten Stock einzunehmen. Der Salon im Parterre war für seine exklusiven Abendempfänge reserviert. »Meine Haushälterin hat Zimmerstunde. Ich bringe euch noch zur Tür. Dann müsst ihr mich aber entschuldigen. Ich hatte gestern einen strengen Abend und möchte mich ein wenig hinlegen. Das schreckliche Wetter ist Gift für meine Gelenke«, jammerte der Wanst weinerlich.

Alexander von Werdenberg blieb abrupt stehen und schüttelte den Kopf. Er konnte seinen Ärger nicht mehr zurückhalten. »Wie stellen Sie sich das denn vor? Mein Gott – unsere Eltern wurden von den Nazis umgebracht. Meinen Sie etwa, man hätte in den Konzentrationslagern feinsäuberlich Totenscheine ausgefüllt?«

Der Notar lächelte scheinheilig und legte theatralisch seine Handgelenke übereinander. »Mir sind leider die Hände gebunden. Der Bankdirektor der Schweizerischen Bankgesellschaft war diesbezüglich unmissverständlich. Ich begreife ihn. Da könnte ja jeder kommen und ...«

Er war nicht in der Lage, den Satz zu Ende bringen. Der jüngere der von Werdenbergs hatte den selbstherrlichen Gauner am Kragen gepackt und schrie ihn an. »Du verdammter Kriegsgewinnler! Wir sind nicht irgendwelche Dummköpfe, die sich von dir noch länger an der Nase rumführen lassen. Du hast lange genug auf unsere Kosten gefressen und rumgehurt! Dir werde ich es zeigen ...«

Der Notar war tot, bevor er unten an der Treppe ankam. Wahrscheinlich hatte er sich bereits beim ersten Aufprall das Genick gebrochen. Fett schützt nun einmal weniger gut als eine robuste Muskulatur. Das rechte Bein stand in einem unnatürlichen Winkel ab. Die Brille lag zerschlagen ein Stück weiter Richtung Tür, und um den leblosen Körper bildete sich rasch eine Pfütze mit gelber Flüssigkeit.

Nicht jedem ist ein so schneller und schmerzloser Tod vergönnt.

Die beiden Windhunde des soeben verstorbenen Notars trotteten aus dem Salon, schnupperten an dem leblosen Bündel und schlichen mit eingezogenem Schwanz zu ihren Wolldecken neben der Eingangstür. Dort legten sie sich ruhig und elegant hin, als wären sie Komparsen eines Filmsets, die auf ihren Einsatz warteten.

»Na, bravo, kleiner Bruder! Gut gemacht. Glaubst du, wir kommen jetzt schneller an unser Geld?« Alexander von Werdenberg schaute seinen Bruder tadelnd an.

Dieser zuckte nur mit den Schultern. »Dir wird schon etwas einfallen. Lass uns schnell verschwinden, bevor die Haushälterin auftaucht. Ich würde die nette Dame nur ungern ins Jenseits befördern.«

Sie traten hinaus, schlugen den Mantelkragen hoch und verschwanden im heftigen Schneesturm.

STÖCK, STICH, WYSS

Kilchberg, 3. Oktober

»Vierblatt«, sagte Martin laut und deutlich. Es war kurz vor Mitternacht und es ging nun um alles oder nichts. »Alles« war in diesem Fall die Ehre, »nichts« der Abwasch. Er warf die Karte mit einer schwungvollen Handbewegung auf den grünen Spielteppich.

Philipp atmete laut aus. »Nein, das darf doch nicht wahr sein. Jetzt schnappen die uns den Sieg vor der Nase weg.« Resigniert spielte er seine Karte.

Vincent, Martins Spielpartner, ballte seine freie Hand euphorisch zu einer Becker-Faust. »Endlich! Ich habe schon geglaubt, nur die anderen beiden schnorren ihre Punkte heute Abend … Aber Qualität setzt sich eben langfristig immer durch. Auch beim Jassen!«

Er knallte seine Karte genussvoll auf den Tisch, und Armand, der Vierte im Bunde, folgte ihm, wenngleich weniger theatralisch.

»So, das sollte reichen«, griente Vincent zufrieden. Er zählte sorgfältig die Punkte auf der schwarzen Schiefertafel zusammen und blickte triumphierend in die Runde. »Geschafft! Meine Herren, viel Spaß beim Abwaschen!«, sagte er schadenfreudig.

»Stopp, stopp, stopp. Nicht so eilig«, intervenierte Armand mit ruhiger Stimme, fast schon staatsmännisch. »Ich will ja nicht den Spielverderber geben, aber hier und heute gilt doch die Regel: ›Stöck, Stich, Wyss‹ – oder habe ich mich da vor fünf Stunden verhört?«

Er versuchte, seine Euphorie zu unterdrücken, was ihm misslang. Er strahlte über das ganze Gesicht. Der Staatsmann war dem Kinde im Mann gewichen. Vincent sah ihn ungläubig an und rechnete nach. Seine Mundwinkel zeigten gegen Süden. Sein Körper verlor an Spannung und sank leicht nach vorne, als wollte er Abbitte leisten. Die Euphorie war so rasch verschwunden, wie sie gekommen war.

»Das darf nicht wahr sein. Sag mir, dass das nicht wahr ist. Bitte!«, flehte Vincent seinen Freund an.

Doch alles Bitten half nichts. Armand hielt den Trumpfkönig und den passenden Ober in die Luft, was zum Sieg reichte. Er bedankte sich nun seinerseits, was beim Jassen so viel bedeutet wie: »Wir haben gewonnen!«

Philipp und Armand sprangen auf und klatschten sich ab. Nur wer mit dem traditionellen Schweizer Kartenspiel vertraut ist, kann diese spontane Emotion nachvollziehen. Am ehesten ist sie vergleichbar mit dem Siegestor in letzter Sekunde bei der Fußballweltmeisterschaft. Obwohl das Glück einen maßgeblichen Einfluss auf das Spiel hat, ähnlich wie beim Fußball, wo oft lediglich Zentimeter über Glück oder Unglück, Sieg oder Niederlage, ewigen Ruhm oder Depression und dies notabene einer ganzen Nation entscheiden – also trotz oder vielleicht gerade wegen all dieser Zufälligkeiten, die man sicherlich mit Können und geschickten strategischen Winkelzügen beeinflussen kann –, ist für einen eingefleischten Kartenspieler an einem kompetitiven Abend nichts so wichtig wie der Sieg. Ein Sieg, der zu genau diesem Zeitpunkt alles andere in den Schatten stellt – Karriere, Familie, Stress, Probleme jeglicher Art – und der sich in ebendieser kurzen Euphorie entlädt, die von der Dauer her in etwa mit einem Feuerwerksvulkan mittlerer Größe (Modell Everest) vergleichbar ist.

Nachdem diese Zeit verstrichen war, zeigten sich Vincent und Martin – beides enge Freunde Philipps aus der gemeinsamen Studienzeit – als gute Verlierer und machten sich zügig an den Abwasch, wobei die größte Arbeit die Spülmaschine übernahm, die nichtsdestotrotz sorgfältig gefüllt werden musste.

Währenddessen schenkte Philipp sich und Armand den letzten Schluck Guado al Tasso ein. Die drei leeren Flaschen zeugten von einem gemütlichen Abend im Freundeskreis und hatten das Rinderfilet mit Risotto perfekt begleitet. Der Kartenabend fand heute turnusgemäß bei Philipp zu Hause statt. Da er der beste Koch der Männerrunde war und sich bei der Weinauswahl nie lumpen ließ, war dieser Anlass für sie ein Jahreshighlight. Sophie und die Kinder hatten den Abend in den anderen Räumen des großzügigen Hauses verbracht.

Armand hielt seinem Freund eine Zigarette hin, und die beiden gingen in den Garten hinaus, um im Schutz der Lounge zu rauchen. Armand trat kurz ans Küchenfenster, klopfte und hob jubelnd die Arme in die Höhe. Vincent quittierte, über die Spülmaschine gebückt, mit dem Wetzen von zwei Fleischmessern.

»Lass es gut sein, Armand, sonst macht unser Vinc heute Abend kein Auge zu.«

Philipp öffnete nochmals die Verandatür, um den Beagle rauszulassen, der an der Scheibe gekratzt hatte. Philipp erinnerte sich gerne daran, wie er die kleine Bella vor einigen Jahren im Appenzellerland zum ersten Mal gesehen hatte. Diese Rasse sei, so die Leiterin des Tierheims, ausgesprochen familienfreundlich, intelligent und treu. Bella im Speziellen sei immer fröhlich, spielbereit und pflege einen äußerst harmonischen Umgang mit ihrem Herrchen. Sogar von einer unglaublichen Problemlösungskompetenz war die Rede. Alle Attribute stellten sich als wahr heraus, einmal abgesehen von der Problemlösungskompetenz. Bella war jedenfalls zu einem festen Bestandteil der Familie geworden. Das nasskalte Wetter behagte der alten Hundedame wenig, sodass sie nach einem kurzen Abstecher ins Gras sogleich wieder in die warme Stube verschwand.

»Schwupp und weg. Schläft neuerdings bei unserem Jungen im Bett. Dort hören sie zum Einschlafen zusammen die Geschichten der Drei ???. Wir haben den Widerstand aufgegeben. Chancenlos.«

»In meinem nächsten Leben wäre ich auch gerne ein Hund. Aber nur bei euch. Fressen, saufen, schlafen, ein bisschen die Beine vertreten und rund um die Uhr verwöhnt werden. Und zum Einschlafen dann sogar noch Justus, Peter und Bob! Was will man mehr …«

Philipp lachte laut auf. Er hielt die Zigarette in der hohlen Hand, um sie vor dem Wind zu schützen, nahm einen tiefen Zug und blies den Rauch in den trüben Nachthimmel.

»Gehe ich recht in der Annahme, dass du und Verena nach wie vor Stress habt? Ich kann mir beim besten Willen nicht vorstellen, warum du sonst aus einem Napf unter meinem Tisch fressen willst.«

Ein trauriges Lächeln huschte über Armands Gesicht. Er blickte gedankenverloren auf die andere Seeseite. Nur wenige Lichter brannten um diese Zeit, sodass sich dunkle Löcher in die exklusiven Hügel der Goldküste fraßen.

»Gut geraten, Sherlock. Ich glaube, Verena wird mich verlassen. Vielleicht hat sie das schon getan und ich habe es einfach nicht gemerkt. Wer kann es ihr verdenken? Sie hat sich in einen Priester verknallt und einen Bullen bekommen. Früher habe ich den armen Teufeln die Beichte abgenommen, heute jage ich sie.«

Philipp suchte nach tröstenden Worten für seinen Freund. Den Gemeinplatz, dass jede zweite Ehe geschieden werde und die Trennungsquote von unverheirateten Paaren wie bei ihnen noch wesentlich höher liege, nahm Armand schweigend zur Kenntnis. Auch die Vorschläge, es mit einer längeren gemeinsamen Reise zu versuchen, hellten seine Stimmung nicht auf. Trübsinnig fuhr er fort.

»Als wir uns in meiner Priesterzeit kennenlernten, hat Verena etwas in mir gesehen, etwas in mich hineininterpretiert, was ich nun mal nicht bin. Vielleicht hat auch das Verbotene damals einen gewissen Reiz ausgeübt. Gereist sind wir übrigens zur Genüge: Argentinien, Kanada, Japan, Paris, Rom, London, Lissabon … Du hast mich ja finanziell gut unterstützt.«

Philipp wiegelte ab. Die Sache mit der Tasche hatte ihr erstes gemeinsames Abenteuer beendet. Philipp hatte sich damals bei Armand großzügig für dessen Hilfe bedankt. Mit einer Sporttasche – gefüllt mit Tausendernoten. Die beiden Freunde sprachen selten darüber. Eine informelle Abmachung.

»Versteh mich richtig, Philipp, Verena und ich werden hoffentlich Freunde bleiben. Aber unsere Beziehung hat keine Zukunft. Sie muss ihr Leben neu sortieren und ich meines.«

Sie standen eine Weile still unter dem Vordach und lauschten dem Geschirrgeklapper in der Küche.

»Genug Trübsal geblasen«, sagte Armand und drückte seine Zigarette im Gras aus. »Wie geht es der Familie? Die haben sich ja gut versteckt heute.«

Philipp nickte schmunzelnd. »Gut erzogen halt.« Dann drückte er seine fast runtergerauchte Zigarette ebenfalls aus, hielt Armand die offene Hand hin und entledigte sich beider Kippen in einem leeren Blumentopf. »Die Kleine ist Zucker. Mit zwölf zwar kurz vor der Pubertät, aber da mache ich mir keine Sorgen. Michelle ist gut im Gymnasium, weiß, was sie will, und kommt ganz nach ihrer Mutter. Die zwei sind ein Herz und eine Seele. Ich könnte sie tagelang nur ansehen und es würde mir keine Sekunde langweilig werden. Und Sophie als Rechtsprofessorin hat zu Hause natürlich immer Recht. Na ja, das kennst du ja.«

»Und der kleine Wildfang?«

Philipp atmete laut aus und schnorrte vor der Antwort eine weitere Zigarette von Armand. Ratlos zog er die Schultern und Augenbrauen hoch. »David kommt definitiv nach mir! Mit neun ist er natürlich noch voll in der Persönlichkeitsentwicklung. Er steht sich manchmal selbst im Weg und ist unkontrollierbar wie eine V2-Rakete. Er hat zwei Gesichter. Einmal farbig, dann wieder schwarzweiß, wie die Seiten bei den alten Micky-Maus-Taschenbüchern. Neulich hat er den Sohn des Dorfmetzgers verdroschen, der notabene einen Kopf größer ist als er selbst. Anscheinend hat der Junge unsere Michelle auf dem Schulhof gehänselt, und das kann David nicht leiden. Weckt seinen Beschützerinstinkt.«

»Ist doch super, wenn er seine Schwester verteidigt«, sagte Armand und versuchte, sein Patenkind in Schutz zu nehmen.

»Schön und gut. Aber deshalb muss man ja nicht gleich zuschlagen. Weißt du, was er zu dem Metzgersohn gesagt hat, als dieser mit blutiger Nase unter ihm am Boden lag? Ob es denn gern noch ein bisschen mehr sein dürfe …«

Sie mussten laut lachen. Die Erinnerungen an die Metzgereibesuche in ihrer eigenen Jugendzeit waren noch sehr präsent. Armand klopfte seinem Freund auf den Rücken.

»Mach dir mal keine Sorgen, das wird alles gut mit dem Kleinen. Und sonst hat er ja einen strengen Patenonkel! Apropos Sorgen.« Armand dämpfte die Stimme. »Mir gefällt dein neuer Nebenjob bei dieser Werdenberg Bank überhaupt nicht. Als du vor einigen Jahren die Zürcher Investment Bank verlassen hast, war das der richtige Schritt zum idealen Zeitpunkt. Du führst jetzt das Leben, das du immer wolltest. Warum etwas riskieren? Lass deine Vergangenheit hinter dir. Ich habe echt ein ungutes Gefühl. Es ist gefährlich, in trüben Gewässern zu fischen, man weiß nie, was man an Land zieht.«

Philipp hatte geahnt, dass sein Freund ihm bei der erstbesten Gelegenheit ins Gewissen reden würde. Armand war es damals gelungen, Philipp zu helfen, seine Dämonen zu kontrollieren. Philipp hatte ihn dafür aus der scheinheiligen Welt der Engel befreit, in der er sich als Priester bewegt hatte. Daraus war eine tiefe Freundschaft entstanden. Er vertraute seinem Freund blind. Beide hatten den Schritt aus ihrer Komfortzone gewagt und ihr Outfit getauscht – Philipp den Anzug gegen die Tweedjacke und Armand den Talar gegen die Polizeiuniform. Die Kriminalpolizei Zürich hatte ihren ehemaligen Beamten gerne wieder aufgenommen, trotzdem musste sich Armand wegen seines Abstechers in die klerikale Welt so einige Sprüche anhören.

Die zwei Freunde betrachteten eine Weile die Lichter auf der gegenüberliegenden Seeseite. Die Löcher in der weihnachtlichen Lichterkette waren noch größer geworden. Philipp versuchte, seinen Freund zu beruhigen.

»Ich habe mir das Projekt nicht ausgesucht. Die Rektorin hat mir sozusagen die Pistole auf die Brust gesetzt. Aber die Vorteile sprechen für sich. Die Universität bekommt ein riesiges Legat und ich mein eigenes Institut. Das ist eine einmalige Gelegenheit, bei der ich einfach zugreifen muss. Und vor allem geht es bei diesem Projekt ja nicht um meine Vergangenheit, sondern um die der Familie von Werdenberg. Da wird schon nichts passieren. Alexander von Werdenberg ist ein Patron alter Schule, der könnte keiner Fliege etwas zuleide tun. Aber ich werde vorsichtig sein. Versprochen.« Er legte seinem Freund die Hand auf die Schulter. »Und glaub mir, ich habe nicht vor, die alten Geister wiederauferstehen zu lassen.«

Armand nickte nachdenklich, war allerdings nicht wirklich beruhigt. »Vielleicht habe ich auch eine kleine Paranoia entwickelt, seit ich wieder bei der Polizei bin. Déformation professionnelle. Ich habe mich jedenfalls ein bisschen umgehört und außerdem meine Assistentin auf die Privatbank von Werdenberg angesetzt.«

»Und?«

»Die Bank scheint tatsächlich nie in große Skandale verwickelt gewesen zu sein. Keine Bußen wegen Geldwäsche, keine Berichte über nachrichtenlose Vermögen, keine Kartellabsprachen. Einzig im Zusammenhang mit einigen verschwundenen Personen ist sie indirekt erwähnt worden.« Armand legte eine Kunstpause ein. Mit Erfolg.

»Das musst du mir erklären«, sagte Philipp prompt.

»Meine Assistentin ist nicht nur Profilerin, sondern auch ein richtiger Computerfreak. Sie ist zufällig darauf gestoßen, als sie alle Personen, die im Zusammenhang mit der Bank von Werdenberg irgendwo elektronisch erfasst sind, mit unserer Datenbank bei der Kriminalpolizei abgeglichen hat. Frag mich bitte nicht, wie sie das gemacht hat. Auf jeden Fall sind zwischen 1980 und 2016 vier vermögende Personen spurlos verschwunden, die als großzügige Spender bei der Werdenberg Stiftung verdankt worden sind. Wahrscheinlich hat das nichts mit der Bank zu tun. Jedenfalls wurden die Fälle damals von den jeweiligen Staatsanwaltschaften untersucht, die Erben bekamen ihr Geld und es gab keine Verdachtsfälle irgendwelcher Art gegen die Bank. Wo kein Motiv, da keine Tat. Lektion eins in der Polizeischule.«

Philipp schüttelte den Kopf. »Multimillionäre und Milliardäre können exzentrisch sein. Ich kenne das aus eigener Erfahrung. Muss wirklich nichts bedeuten. Vielleicht wurden sie von ihren korrupten Regimen aus dem Weg geräumt und leben heute irgendwo in der sibirischen Tundra.«

Armand lachte. Die Unbeschwertheit seines Freundes hatte ihn beruhigt. »Wenn es dir recht ist, werde ich weiterhin die Ohren offenhalten. Nur für den Fall, dass dieser von Werdenberg doch etwas im Schilde führt.«

Die Freunde nickten sich zu und gingen wieder ins Haus. Im Wohnraum zog sich Vincent gerade seine Jacke über. Martin und Armand taten es ihm gleich. Armand klopfte Vincent dabei kräftig auf den Rücken.

»Glück im Spiel, Pech in der Liebe – oder umgekehrt. Ich gehe jetzt in meine verwaiste Bude und Vincent zu seinem Unterwäschemodel.«

Der Angesprochene griente über beide Ohren. »Und weißt du, was das Beste ist? Sie schläft nie in ihrer Arbeitskleidung.«

Lachend verabschiedeten sie sich von ihrem Gastgeber.

Philipp hatte es sich auf dem Sofa gemütlich gemacht und unvernünftigerweise noch eine Flasche Wein geöffnet. Er wusste, dass er es am nächsten Tag bereuen würde. Bereits der letzte Schluck war einer zu viel gewesen und der davor ebenfalls. Aber es ging ihm zu viel durch den Kopf. Ruhig schwenkte er die dunkle Flüssigkeit in dem tiefen Glas und sog den würzigen Duft ein. Die letzten Jahre waren die glücklichsten in seinem Leben gewesen. Obwohl viel passiert war und seine Kinder unglaublich schnell heranwuchsen, spürte Philipp ein behagliches Gefühl von Zeitlosigkeit, als wenn sein Leben immer so bleiben würde. Es ging stetig bergauf, vorwärts. Sein Rucksack füllte sich mit Erfahrungen und Eindrücken, positiven und negativen, wurde dabei jedoch auf seltsame Weise leichter. Philipp war dankbar für sein Leben. Nicht auf eine religiöse Art und Weise, es war einfach nur eine tief empfundene Zufriedenheit, sein Glück auch als solches wahrzunehmen und sich nicht an unbedeutenden Kleinigkeiten aufzureiben. Neid oder Unzufriedenheit hatte er seit Ewigkeiten nicht mehr verspürt. Konnte man sich das antrainieren oder wurde einem diese Gabe in die Wiege gelegt? Philipp wusste es nicht.

Er nahm einen großen Schluck Rotwein. Seine Gedanken schweiften zur Privatbank von Werdenberg. Philipp hatte die Bankenwelt mit ihren Statussymbolen und Eitelkeiten nie vermisst und die Kontakte seiner alten Netzwerke über die Zeit einschlafen lassen. Alle seine Erinnerungen lagen im Keller in einer kleinen Kartonschachtel: Visitenkarten mit seinen vielen Beförderungsstufen, Präsentationen aus der Anfangszeit, Erinnerungsstücke von exotischen Geschäftsreisen, einige Werbegeschenke. Dennoch freute er sich auf das zeitlich beschränke Projekt in seinem alten Milieu. Er hatte der Bankenwelt schließlich einiges zu verdanken, was er nie vergessen hatte. Und wie er bereits Armand gesagt hatte – das Projekt ermöglichte ihm, auf dem Weg zum Professorenolymp einige Etagen zu überspringen.

Sophie gesellte sich zu ihm und setzte sich auf seinen Schoß. Sie nahm seinen Kopf in beide Hände und küsste ihn auf die Stirn.

»Die Kinder schlafen tief und fest. Und Bella ist wieder in Davids Bett gehüpft …«

Philipp lachte. Als Sophie einmal ein Wochenende mit den Kindern zu ihren Eltern gereist war, hatte er den Hund zu sich in Bett gelassen. Das war aber sein Geheimnis geblieben. Er konnte die kindliche Freude seines Sohnes über die Gesellschaft des treuen Vierbeiners daher nur zu gut verstehen.

Sophie nahm Philipp das Weinglas aus der Hand und trank einen Schluck. Ihr Pyjama fühlte sich warm und flauschig an. Philipp liebte den Geruch ihrer Bodylotion – er musste dabei immer an Zuckerwatte denken.

»Na, wie geht es meinem schlagfertigen Professor Jones?« neckte Sophie ihn und zeigte dabei die kleine Zahnlücke zwischen ihren Schneidezähnen, die bei Philipp auch nach so vielen Jahren noch ein wohliges Kribbeln auslöste – wie bei ihrem ersten Date in der Oper. Das sanfte, kaum wahrzunehmende Lispeln erinnert ihn an das Summen einer Honigbiene.

Er sah seine Frau ehrlich überrascht an. »Von wem hast du das denn? Ist dir unsere gute Rektorin zufälligerweise über den Weg gelaufen? Sie nannte mich neulich sogar einen Krieger.«

»Nein, aber anscheinend wirst du von deinen jungen Verehrerinnen Indiana Jones genannt. Habe ich gehört. Irgendwo auf dem Flur. Du kennst ja die Uni – überall gibt es Augen und Ohren, wie in einem mittelalterlichen Schloss. Hast du dich nie gefragt, warum so viele Studenten und vor allem Studentinnen deine Vorlesungen besuchen? Am Thema kann es ja nur schwerlich liegen.«

Philipp küsste seine Frau innig und lang. »Ist da jemand eifersüchtig?«

»In your dreams. Aber warum nennt Fries dich einen Krieger? Du hast doch nicht schon wieder jemanden verprügelt?« Sie sah Philipp sorgenvoll an.

»Nein, nein«, antwortete dieser wahrheitsgetreu. »Schelbert, die Ökonomieprofessorin, nennt mich so, weil ich gemäß ihren Aussagen alles kriege, was ich will.«

»So, so, die Schelbert. Wenn sie dir zu nahe kommt,

kriegt sie auch etwas. Nämlich ein Problem – mit mir!« Sophie lachte laut.

»Ich glaube, das Gegenteil ist der Fall. Ich bin der Schelbert sicher ein Dorn im Auge und traue ihr nicht so richtig über den Weg. Du arbeitest doch in dieser interdisziplinarischen Kommission mit ihr zusammen. Verhält sie sich dir gegenüber korrekt? Sonst kriegt sie es mit mir zu tun«, sagte er schmunzelnd. Es war ihm ernst. Für seine Familie würde er alles tun.

»Danke, dass du mich verteidigen würdest, mein kleiner Raufbold. Aber ich kann mich gut selber wehren und bis jetzt hat sie sich immer freundlich verhalten.«

Sie küssten sich lange und innig. Philipp liebte es, in den dunkelblauen Augen seiner Frau zu versinken.

»Dafür weiß ich jetzt, was ich dir zu Weihnachten schenke.«

»Eine Peitsche wie Indiana Jones?«, fragte Philipp freudig.

»Nein, einen Filzhut«, antwortete Sophie fröhlich und zog ihn an sich.

DAS VERSCHWINDEN DES MONSIEUR LAURENT

Zürich, Sommer 1988

»Monsieur Laurent, einen Augenblick, bitte.«

Der angesprochene Mittfünfziger drehte sich an der Tür noch einmal zu von Werdenberg um und blickte ihn fragend an. Er hatte mehr von dem Bankier bekommen, als er sich je hätte vorstellen können. Die Privatbank von Werdenberg war jeden Rappen wert. Genauer – jede Million.

»Sie wünschen?«, fragte der galante Franzose, der ohne Zweifel aus bestem Hause stammte und die teuersten französischen Privatschulen besucht hatte, leicht von oben herab. Sein graumeliertes Haar war sorgfältig mit reichlich Brillantine nach hinten gekämmt worden und klebte am Kopf wie ein Motorradhelm. Er gehörte ganz offensichtlich zu der Gattung von Männern, die ihre Größe auf- und ihr Gewicht abrundeten.

»Sie enttäuschen mich zutiefst, Monsieur«, rügte ihn der Besitzer der Privatbank von Werdenberg streng. Er hielt den Zeigefinger in die Luft wie einen Taktstock, und seine Halsschlagader pulsierte gefährlich. Sein Gesicht war rot angelaufen. Der ganze Raum schien sich zu verdunkeln. »Wenn ich nicht ich wäre, dann hätten Sie soeben die Arbeit von zwei Jahren und viele Millionen Schweizer

Franken zerstört! Monsieur Laurent existiert nicht mehr, haben Sie das bereits vergessen? Er ist heute spurlos verschwunden und wird nie wieder auftauchen. Zumindest nicht lebendig.« Die Stimme des Bankiers hatte einen drohenden Ton angenommen.

Der angesprochene Privatkunde lief rot an wie eine Tomate. Er öffnete den Mund, brachte aber keinen Ton heraus. Er hatte das Gefühl, auf die Größe eines Erstklässlers zu schrumpfen. Sein zweifellos maßgeschneiderter Anzug war ihm von einer Sekunde auf die andere eine Nummer zu groß geworden. Von Werdenberg zeigte keinerlei Mitleid und überfuhr den bemitleidenswerten Franzosen wie eine Dampfwalze. Der Kunde wusste nicht, wie ihm geschah.

»Sie waren es doch selber, der Monsieur Laurent für immer verschwinden lassen wollte. Haben Sie schon vergessen? Monsieur Laurent, der arme Mann – so reich und dennoch so unglücklich! Die nervende Verwandtschaft? Seine gar so böse Frau? Die Firma, die unverschuldet in Schieflage geraten ist? All der Ärger, der Stress und die permanenten Angstzustände? Dieser Monsieur Laurent existiert nicht mehr. Es ist nicht schade um diesen weinerlichen Waschlappen. Und um diesen Kerl endlich loszuwerden, haben Sie viel investiert. Wir haben viel investiert. Wir haben dem armen Tropf eine neue Identität aufgebaut, Victor Hubert erschaffen, für ihn und seine Freundin vorgesorgt, sogar einen chirurgischen Eingriff organisiert. Monsieur Laurent ist Geschichte. Seit heute. Außer Sie selber lassen ihn wiederauferstehen. Ich warne Sie nochmals ausdrücklich. Sie sind ab sofort Victor Hubert, erfolgreicher Geschäftsmann aus Belgien, der sich auf seinem neuerworbenen Anwesen in der Bretagne niederlässt. Dort wird er für einige Zeit ein zurückgezogenes Leben führen. Zusammen mit seiner Geliebten, jung und schön. Monsieur Hubert lebt dort reich, sorgenfrei und diskret. Sollten sich seine neuen sozialen Kontakte, die sich mit der Zeit unweigerlich ergeben, über ihn informieren, so werden sie die Details zu seinem Lebenslauf so vorfinden, wie es Victor Hubert ihnen erzählt hat. Haben wir uns verstanden?«

Der Gescholtene begann, sich stotternd zu verteidigen, da er eine solche Predigt wahrlich noch nie hatte über sich ergehen lassen müssen. Das klägliche Bild, das der Kunde abgab, stachelte von Werdenberg weiter an. Er unterbrach ihn grob: »Es gibt kein Zurück. Sollte dieser Nichtsnutz Laurent irgendwann doch noch einmal auftauchen, werde ich ihm eigenhändig das Genick brechen. Haben wir uns verstanden?«

Von Werdenberg atmete schwer aus. Er hatte sich wortwörtlich ausgekotzt. Sein Gegenüber nickte gebrochen. Die Nachricht war angekommen. Von Werdenberg hatte sich wieder etwas besser im Griff und half seinem Kunden aus dem Tal der Tränen. »Sind Sie sich der Absolutheit unseres Deals bewusst? Nur wenigen Auserwählten ist es vergönnt, in unser Netzwerk aufgenommen zu werden. Ein Netzwerk, das nicht exklusiver und einflussreicher sein könnte. Versteckt hinter dem Mantel unserer Bank. Und unsere Bank wird auch dafür sorgen, dass es Ihnen bis an Ihr Lebensende an nichts mangeln wird. Die Konten unseres neuen Kunden – Victor Hubert – sind prall gefüllt und jederzeit von überall abrufbar. Die bestehenden Vermögenswerte vom verschwundenen Monsieur Laurent werden ordnungsgemäß der trauernde Verwandtschaft übergeben.«

Der Angesprochene hatte in der Zwischenzeit seine Fassung wiedergefunden, schnaubte verächtlich und reckte sein Kinn trotzig in die Luft. »Sie müssen mich mit jemandem verwechseln, mein lieber von Werdenberg. Mein Name ist Hubert. Victor Hubert. Und es freut mich, in Zukunft mit Ihnen Geschäfte zu machen. Kommen Sie uns doch bei Gelegenheit in Frankreich besuchen.«

Von Werdenberg nickte zufrieden, wobei er dem eingebildeten Pinsel gerne eine verpasst hätte. Die beiden Männer verabschiedeten sich mit einer angedeuteten Verbeugung. Der neugeborene Victor Hubert setzte sich seine Ray-Ban-Aviator auf die Nase und verschwand hinter den sich sanft schließenden Lifttüren.

Nachdem Victor Hubert gegangen war, trat von Werdenberg in den Nebenraum und stellte sich vor einen Spiegel.

»Gut gemacht. Ich wüsste nicht, was ich ohne dich anfangen sollte. Diese grobschlächtigen Szenen liegen mir einfach nicht.«

Von Werdenberg lachte bis über beide Ohren. »Du bist dafür Meister in der Diplomatie. Und zusammen sind wir …«

»… unschlagbar«, beendete das Spiegelbild den Satz.

CORDON BLEU

Zürich, 8. Oktober

Professor Humboldt lief zügig die Rämistrasse hinunter. Seit seinem ersten Gespräch mit von Werdenberg waren drei Wochen vergangen. Sie waren gut vorangekommen, vor allem dank Frau Loppacher, die sich tatsächlich als äußerst effizient und scharfsinnig herausgestellt hatte. Sie waren im Soll, aber es stand ihnen noch ein arbeitsreicher Weg bevor.

Philipp erreichte die Kreuzung vor dem Schauspielhaus. Hier hatte er schon viele schöne Abende mit Sophie verbracht. Irgendwann war das Programm aber aufgrund der offensichtlichen Suche nach Originalität und Provokation nur spießig geworden. Es gab immer wieder Intendanten, die sich über- und das Publikum unterschätzten. Zumindest konnte Philipp es sich nur so erklären, dass man in vollem Ernst glaubte, die heutigen Zuschauer noch mit nackter Haut und Fäkalsprache zu schockieren. Um das zu sehen oder zu hören, brauchte man ja nur den Fernseher anzustellen oder mit offen Augen durch die Welt zu gehen. Aber in der Zwischenzeit hatte die Leitung des Hauses gewechselt. Vielleicht sollten sie wieder mal eine Vorstellung besuchen? Sophie wäre sicher mit von der Partie.

Jeder verdient eine zweite Chance.

Philipp bog scharf rechts ab, überquerte den Platz vor dem Kunsthaus und ging am Bezirksgericht, dem Grossmünster und dem Stadthaus vorbei in Richtung Kuttelgasse. Er mied die Tram wie der Teufel das Weihwasser und war, wann immer möglich, zu Fuß unterwegs – oder natürlich mit dem Auto. Einerseits konnte er dem Wettbewerb in der Straßenbahn, wer am unfreundlichsten dreinschaute, wenig abgewinnen, vom unerwünschten Körperkontakt ganz zu schweigen. Andererseits hatte er in der Vergangenheit wirklich Pech gehabt und kaum je eine Fahrt ohne Zwischenfall hinter sich gebracht. Die betrunkene Dame, die ihn unverhofft küsste und nicht mehr loslassen wollte – eine lustige Szene für die unbeteiligten Fahrgäste –, hätte er noch vergessen können. Der verwahrloste Clochard, der sich neben ihm während der Fahrt erleichterte, war dann schon sehr unangenehm – wobei sich Philipp damals keineswegs aus der Ruhe bringen ließ und dem armen Kerl vor dem Aussteigen noch hundert Franken zusteckte, um ihm etwas Gutes zu tun, im Wissen, dass der arme Teufel das Geld höchstwahrscheinlich in Hochprozentiges investieren würde. Damit wurde ein Vergessen bereits schwieriger. Doch das Fass zum Überlaufen, respektive den Wunsch zum Vermeiden der Tram, brachten ein Tänzer und eine rüstige Seniorin. Der besagte Mann tanzte in einem fast menschenleeren Tram auf offensichtliche Weise die Dame an und bemächtige sich ihrer Brieftasche. Philipp sah dem Geschehen etwas entfernt kopfschüttelnd, aber noch unbeteiligt zu, bis der tanzende Gauner durch die Straßenbahn zur Tür schwebte, wo Philipp nun einmal stand – er konnte sich ja nicht in Luft auflösen – und den Kerl, wie es sich für einen Menschen mit Zivilcourage gehörte, am Kragen packte und so lange schüttelte, bis der um zwei Köpfe kleinere Ganove das Diebesgut herausrückte. Darauf folgte eine üble Schimpftirade, die Philipp dazu bewog, sich der ungebetenen Begleitung beim nächsten Stopp zu entledigen und den Dieb in hohem Bogen aus dem Wagon auf die Straße zu bugsieren, wo dieser hart aufprallte und sich Zeter und Mordio schreiend aus dem Staub machte. Nein, dieser Vorfall isoliert betrachtet wäre ja noch okay gewesen, was Philipp die Freude am Tramfahren endgültig verdarb, war die Reaktion der alten Dame, die ihm für sein beherztes Einschreiten nicht etwa dankte, sondern ihn vielmehr als Rassisten beschimpfte – der Tänzer stammte, wie seine französischen Schimpfwörter vermuten ließen, mit großer Wahrscheinlichkeit aus dem Maghreb – und mit einer Anzeige drohte. Philipp überreichte ihr daraufhin ruhig die Geldbörse, war aber für einen Moment nicht sicher, ob er wirklich die richtige Person aus der Straßenbahn befördert hatte. Seither hatte er keine Straßenbahn oder Tram, wie man in Zürich zu sagen pflegt, mehr betreten.

Aber Laufen ist sowieso gesünder.

So erreichte Philipp bald darauf die von oben in die Bahnhofstrasse mündende Kuttelgasse und betrat das Restaurant mit dem Wirt in den bunten Hemden. Er hatte sich hier mit Emma Loppacher und seinem Assistenten Jan zum Mittagessen verabredet, bevor sie dann von Alexander von Werdenberg erwartet wurden. Philipp wurde so freundlich wie lautstark vom Gastgeber begrüßt und zu seinem Tisch begleitet. Die beiden jungen Leute waren bereits vor ihm eingetroffen. Jan war seit der ersten Begegnung mit Emma Loppacher zum Sakkoträger geworden und hatte seine alten Jeanshemden und T-Shirts irgendwo bei sich zu Hause verstaut oder vielleicht sogar schon entsorgt. Unter dem Sakko trug er heute einen passenden schwarzen Rollkragenpulli. Er sah richtig gut aus.

Die junge Frau mit den blonden Haaren hatte es ihm sichtlich angetan. »Schockverliebt« war wohl der passende Begriff. Sogar seinen unbändigen Wuschelkopf hatte der Assistent in den Griff bekommen und wirkte nicht mehr den ganzen Tag wie jemand, der gerade erst aus dem Bett gestiegen war. Dafür zeigte Jan Anzeichen einer akuten Spätpubertät und benahm sich zwischendurch wie ein Vollpfosten. Philipp mochte seinen Assistenten wirklich gut leiden, aber sein Verhalten in Anwesenheit von Emma Loppacher verursachte bei ihm beinahe Fremdschämen. Er konnte ihn aber nur zu gut verstehen, denn er erinnerte sich lebhaft an die eigene Studienzeit, als er ebenso schüchtern wie liebestrunken eine Reihe hinter Sophie gesessen, sie unentwegt aus dem Augenwinkel beobachtet und keinen klaren Gedanken hatte fassen können.

Jan und Emma standen zur Begrüßung auf, als Philipp an den Tisch trat. Gut erzogen. Die beiden hatten sich als ein tolles Team erwiesen und waren in den vergangenen Wochen äußerst produktiv gewesen. Von Werdenberg hatte nicht zu viel versprochen. Emma Loppacher, die für das Projekt direkt von der Privatbank von Werdenberg bezahlt wurde, war ein echtes Arbeitstier. Als freischaffende Journalistin war sie es gewohnt, anzupacken, eine überlebensnotwendige Eigenschaft in ihrem Beruf. Zusammen mit dem bis in die Fingerspitzen motivierten Jan hatte sie oft bis tief in die Nacht gearbeitet. Philipp hatte sie machen lassen und ihnen nur die Eckdaten vorgegeben. So war in kürzester Zeit ein Rohling von über hundert Seiten entstanden, ein großer Teil davon bezog sich auf die Schweizer Wirtschafts- und Bankengeschichte, über welche Philipp in seiner Habilitationsarbeit schon viel Text und Material gesammelt hatte. Dazu kamen die öffentlich verfügbaren Informationen zur Privatbank von Werdenberg. Dies alles kondensierte Emma rasch und kompetent zu einem gut zu lesenden Manuskript. Was noch fehlte, waren die persönlichen Erinnerungen von Werdenbergs. Und exakt diese wollten die drei dem verschwiegenen Patron heute entlocken.

Doch zunächst widmeten sie sich der Speisekarte und wählten die Hausspezialität. Das gewaltige Cordon bleu war legendär. Der Chef des Hauses ließ es sich nicht nehmen, dazu ein Glas Wein zu kredenzen. Philipp probierte einen Schluck und gab ihn mit einem Kopfnicken frei, jedoch mit dem nachdrücklichen Hinweis versehen, dass es dabei bleiben musste. Sie konnten ja schwerlich beschwipst bei von Werdenberg auftauchen. Philipp erinnerte sich wehmütig an längst vergangene Zeiten, als er hier schon mal das Mittagessen bis in den frühen Abend verlängert hatte und es einmal sogar zusammen mit Vincent nahtlos ins Abendessen übergegangen war. Die Erinnerung an damals löste ein wohliges Gefühl aus. Aufgekratzt nahm er sein Glas zur Hand.

»Ihr seid eingeladen. Ihr habt bis jetzt eine tolle Arbeit geleistet«, sagte Philipp und prostete den anderen zu.

»Danke, Herr Humboldt«, antwortete Emma.

»Philipp, bitte. Wir duzen uns in meinem Institut. Und Sie, ich meine natürlich du, gehörst ja nun praktisch dazu.« Jan verschluckte sich, was Philipp mit einem strengen Blick quittierte. Der junge Mann war drauf und dran, sich jedwede Chance bei der Loppacher zu verspielen. Sofern denn überhaupt eine bestand. Sie schwatzten noch ein bisschen über dieses und jenes, bevor Philipp auf das bevorstehende Meeting mit von Werdenberg zu sprechen kam. Persönliche Interviews waren nicht seine Kernkompetenz. Er war daher froh, sich auf die Expertise von Emma stützen zu können. Als Journalistin war das quasi ihr tägliches Brot.

»Entscheidend ist das Herz«, sagte die junge Frau und schob sich ein riesiges Stück Cordon bleu in den Mund. Sie kaute gründlich und spülte mit einem Schluck Rotwein nach. »Die Geschichte von zwei Waisenkindern, die sich mit Müh und Not aus den Klauen der Nazischergen retten konnten und es dann aus eigener Kraft bis ganz nach oben geschafft haben – wenn das kein Aufhänger ist! Das Buch muss authentisch sein, ehrlich. Die Gefühle ansprechen. Von Werdenberg will ja der Nachwelt in guter Erinnerung bleiben und vor allem die Stiftung seiner Tochter fördern. Ich glaube sogar, dass es ihm ausschließlich darum geht. Aber das trifft sich gut so. Die Leser werden sich sowieso hauptsächlich für die persönlichen Dinge interessieren, die sie nicht aus dem Boulevard erfahren. Von Werdenberg ist einer der reichsten Einwohner der Schweiz, aber sonst der breiten Öffentlichkeit unbekannt, fast schon sagenumwoben. Das kommt an. Wie sind die Brüder dem Naziregime entkommen? Wie war es, als Waisenkinder im Internat aufzuwachsen? Warum sind sie Bankiers geworden? Warum sind die beiden nie in ihre alte Heimat zurückgekehrt? Warum ist Alexander von Werdenberg seine Stiftung, die sich für benachteiligte Kinder einsetzt, so immens wichtig? Und, und, und …«

»Superspannend.« Jan hing an ihren Lippen.

Philipp blickte seinen Assistenten kopfschüttelnd an und fragte Emma: »Meinst du, von Werdenberg wird auf solche Fragen antworten? Und kann er sich das alles überhaupt noch ins Gedächtnis rufen? Der Mann ist zwar in beneidenswerter Verfassung, aber seine Flucht ist mittlerweile fast 75 Jahre her. Selbst an meine Schulzeit kann ich mich nur noch bruchstückhaft erinnern.« Philipps Erinnerungen glichen einer Kartonschachtel, gefüllt mit unzähligen Schnappschüssen einer dieser selbstentwickelnden Polaroidkameras, ungeordnet, willkürlich, alle aus der Vogelperspektive aufgenommen, sodass er sich selbst in diesen Erinnerungen von oben oder der Seite sah. Wie von einem Fremden aufgenommen. Vertrauliche Bilder aus seiner frühen Kindheit fehlten gänzlich. Wie er gebadet, gefüttert, angezogen wurde – nichts. Die wahrscheinlich älteste Erinnerung war eine Szene vor dem Elternhaus. Ein junges Ehepaar stand davor, wer es gewesen sein könnte, wusste er nicht, er war noch sehr klein und rannte so schnell er konnte an dem Paar vorbei. Zwei- oder dreimal. Die Frau ging auf sein Spiel ein und sagte laut zu ihrem Mann, er solle doch schauen, wie schnell der Junge rennen könne. Philipp spürte beim Gedanken daran bis heute den Stolz und die Freude, die er damals empfunden hatte. Andere Bilder in der Schachtel waren weniger erfreulich. Zum Beispiel jenes der tiefgefrorenen Katze, die seine Mutter nach den Ferien in der Kühltruhe gefunden hatte. Philipp war froh, dass ihn Emmas Stimme in die Realität zurückholte.

»Herr von Werdenberg gibt tatsächlich wenig Persönliches von sich preis«, hörte er Emma sagen. »Zumindest mir gegenüber.« Ihre Wangen glühten zart rosa. Die junge

Journalistin war nun voll in ihrem Element. »Auch seine langjährigen Mitarbeiterinnen und Mitarbeiter wissen nur wenig über sein Leben. Aber er wird von allen respektiert. Er ist rund um die Uhr zu erreichen und seine Arbeitszeiten sind legendär. Bis heute.«

»Hast du zufällig einmal etwas von Kunden gehört, die verschwunden sind? Spurlos, wie vom Boden verschluckt?«, unterbrach sie Philipp.

Emma blickte überrascht auf. »Lustig, dass du das erwähnst. So habe ich von Werdenberg überhaupt erst kennengelernt. Ich habe für eine Zeitung einen Artikel über einen verschwunden Milliardär geschrieben. Da dieser Industrielle eine Zeit lang im Verwaltungsrat der Privatbank von Werdenberg gesessen ist, habe ich Alexander von Werdenberg um ein Gespräch gebeten. Überraschenderweise hat er gleich zugesagt und sich dabei auch sehr offen und betroffen zu diesem Thema geäußert. Wir haben uns gut verstanden und er hat mich noch während dem Interview gefragt, ob ich nicht als freie Mitarbeiterin bisweilen für ihn arbeiten möchte. Ich habe sofort zugesagt, da ich damals knapp bei Kasse war.«

»Ich weiß, wovon du sprichst«, beteiligte sich Jan wieder einmal an der Diskussion. Diesmal musste Philipp sogar lachen, brachte das Gespräch aber gleich auf die richtige Schiene zurück.

»Was hat denn von Werdenberg zu diesem Fall gesagt?«

»Er wusste von nichts und hat das Verschwinden seines Verwaltungsrates sehr bedauert. Soviel ich weiß, macht die Bank heute noch Geschäfte mit der Familie und der Firma des Verschollenen. Herr von Werdenberg ist sowieso über alle Zweifel erhaben. Ein Gentleman alter Schule.«

Emma zögerte, was Philipp nicht entging. Sie räusperte sich und fuhr mit gedämpfter Stimme fort. »Manchmal neigt er in letzter Zeit zu abrupten Stimmungsschwankungen, und das in kürzester Zeit, wie ein Wetterumschwung in den Bergen.«

»Eine tolle Metapher«, schwärmte Jan. Diesmal brachte ihn Philipp mit einem unauffälligen Tritt unter dem Tisch zum Schweigen. Er nahm sich vor, sich seinen Assistenten bei Gelegenheit zur Brust zu nehmen und ihn über die Grundregeln des Paartanzes aufzuklären.

Emma hatte vom Geschehen unter dem Tisch nichts mitbekommen und sprach unbeirrt weiter: »Es ist, als ob zwei Personen im selben Körper wohnen würden. Ich weiß nicht, ob du mich verstehst, Philipp.«

Nur zu gut. Er hatte seinen eigenen Mr. Hyde momentan unter Kontrolle. Das war allerdings nicht immer so gewesen. Doch davon musste niemand etwas wissen.

Da er nicht antwortete, fuhr Emma fort: »Die Stimmungsschwankungen haben in den vergangenen Monaten tendenziell zugenommen. Das hat die Belegschaft verunsichert. Man weiß nie, mit wem man es gerade zu tun hat. Mit dem freundlichen und korrekten Herrn von Werdenberg oder mit dem ungeduldigen und aggressiven.«

»Na, dann lassen wir uns mal überraschen, auf welche Version von Werdenbergs wir heute treffen werden«, sagte Philipp. Er legte seine Serviette auf den Tisch und verlangte die Rechnung. Emmas Beobachtungen hatten ihn neugierig gemacht, und er freute sich auf das Gespräch mit von Werdenberg. Manchmal ist Vorfreude die schönste Freude. Aber nur manchmal.

DIE TOTE BIENE

Von Werdenberg empfing die Gäste in seinem Büro. Die Einrichtung war kühl, aber elegant. Es dominierte ein großes schwarzes Schreibpult mit zwei ultraflachen Bildschirmen, auf denen die aktuellen Börsenkurse nervös blinkten. Grün und rot. Dazu einige Sideboards von USM Haller, graphitschwarz, mit edlem Chrom eingefasst. An der Wand impressionistische Kunst. Alles war sehr nüchtern gehalten, ohne privaten Schnickschnack, sofern man den Humidor aus Zedernholz und das silberne Tablett mit zwei imposanten Cognac- und Wiskeykaraffen nicht als solchen ansah. Philipp war das schlichtgehaltene Interieur sympathisch. Die heile Welt, die einem sonst in vielen Chefbüros vorgegaukelt wird, mit den gestellten Familienfotos und ihren aufdringlich lachenden Kindern und Ehefrauen (die Freundin konnte man ja schlecht prominent ausstellen) war ihm immer schon suspekt gewesen.

Sie nahmen am schweren, runden Besprechungstisch Platz. Die massive Tischplatte war aus schwarz geölter Eiche. Intuitiv strichen alle beim Hinsetzen mit der Hand über das warme, weiche Holz. Emma legte ihre Arbeitsutensilien vor sich auf den Tisch: ein kleines Diktiergerät, ein schwarzes Notizbüchlein und einen Montblanc-Füller.

Ein Profi mit Stil.

Von Werdenberg war wie gewohnt tadellos gekleidet, sah heute aber müde aus, verbraucht. Er war seit dem letzten Treffen sichtlich gealtert. Er erinnerte an eine verwackelte Schwarz-Weiß-Fotografie von der Person, mit der Philipp vor nicht allzu langer Zeit ein angeregtes Gespräch geführt hatte. Obendrauf schien von Werdenberg seine guten Manieren verloren zu haben. Ohne eine Miene zu verziehen, geschweige denn seine Gäste um Erlaubnis zu fragen, zog er eine Zigarre aus dem Innenfutter seines Jacketts und entfachte ein langes Zündholz. Fachmännisch schwenkte er die imposante Zigarre über der Flamme und ließ mit einem kurzen Zug deren Spitze aufglühen.

»Wenn ich übermüdet bin, gönne ich mir eine Zigarre. Das Nikotin belebt meine kleinen grauen Zellen. Wissen Sie, Humboldt, alte Männer wie ich teilen etwas mit jungen Müttern – die schlaflosen Nächte.« Er blickte belustigt in die Runde. Seine Augen blieben den Bruchteil einer Sekunde zu lange auf Emma kleben. Philipp war das nicht entgangen, und er zog die Aufmerksamkeit sofort auf sich.

»Sollen wir die heutige Sitzung ausfallen lassen?«, fragte er.

»Auf keinen Fall. Schließlich muss ich ja nur ein bisschen erzählen. Ich habe übrigens Ihre Grundlagendokumentation über die Schweizer Wirtschafts- und Bankengeschichte bereits gelesen. Interessant …«

»Danke, Frau Loppacher und mein Assistent Jan haben die ganze Arbeit gemacht.«

»Unterbrechen Sie mich bitte nicht«, unterbrach ihn von Werdenberg mürrisch. »Die Dokumentation gibt zwar einen generellen Überblick, ist aber langatmig, ja langweilig geschrieben. Das muss aufgepeppt werden. Wir haben kein Schlafmittel in Auftrag gegeben.«

Der Bankier stand schwerfällig auf und trat ans Fenster. Sein Büro lag auf der hinteren Seite des Gebäudes mit Blick auf das elegante Baur au Lac, eines der gediegensten Hotels in Zürich. »Professor Humboldt, haben Sie schon einmal mit Ihrer Frau im Baur au Lac übernachtet? Nein? Das sollten Sie unbedingt machen. Es hat etwas Luxuriöses und gleichzeitig Spannendes, in der eigenen Stadt eine Nacht im Hotel zu verbringen.« Er drehte sich um und warf wieder einen kurzen Blick auf Emma. Diese sah auf das Diktiergerät vor sich und gab sich beschäftigt.

Philipp fühlte, wie das Blut in seinem Kopf zu pumpen begann. Wie bei einem Tintenfisch kurz vor dem Angriff. Unauffällig ballte er seine rechte Hand unter dem Tisch zu einer Faust. Wo war der Gentleman geblieben, den er beim ersten Gespräch kennengelernt hatte? War das die andere Seite, die Emma angesprochen hatte? Von Werdenberg bewegte sich haarscharf an der Grenze zur Unverschämtheit. Und woher wusste der Patron überhaupt, dass er verheiratet war? Philipp war kurz davor, die Sache abzublasen. Die Schenkung konnte ihm gestohlen bleiben. Er wollte gerade aufstehen, als sich Emma räusperte und das Heft in die Hand nahm.

Sie griff zum Diktiergerät und fokussierte alle auf den ursprünglichen Grund ihres Meetings. »Wenn Sie möchten, Herr von Werdenberg, können wir das Gespräch mit Ihrer Kindheit und Ihrer Familie beginnen.«

Werdenberg schüttelte den Kopf. »Nein, das lassen wir alles weg. Wenn ich einen Stammbaum will, gehe ich in die nächste Gärtnerei. Wir beginnen 1945. Was vorher geschah, ist nicht für die Öffentlichkeit bestimmt. Entschuldigen Sie mich kurz.«

Eine kleine Biene summte um seinen Kopf herum und ließ sich dann auf dem Arbeitstisch nieder. Von Werdenberg stand auf, nahm eine Broschüre in der Hand und knallte sie mit Wucht auf das emsige Arbeitstier, dem zumindest ein schmerzfreier und schneller Tod vergönnt war. Danach verließ von Werdenberg ohne ein weiteres Wort, dafür heftig hustend, den Raum.

Die drei Gäste blieben ratlos zurück und sahen sich verwundert an. Philipp hatte nicht mit einem so ungehobelten Auftritt von Werdenbergs gerechnet. Obwohl sie alleine im Zimmer waren, spürten sie immer noch die Präsenz des Gastgebers, als ob er sie beobachte. Kurze Zeit später öffnete sich die Bürotür und von Werdenberg kam zurück, samt Zigarre. Er hatte sich offensichtlich gesammelt und frisch gemacht. Jedenfalls machte er einen deutlich gesünderen Eindruck. Mit einem reuigen Lächeln setzte er sich an den Tisch.

»Verzeihen Sie mein Benehmen. Ich hatte einen eine lausige Nacht, aber das ist noch lange kein Grund, seine Gäste dermaßen unfreundlich zu behandeln. Ein bisschen Wasser ins Gesicht, ein Aspirin und die Welt sieht gleich wieder anders aus. Lassen Sie uns noch mal von vorne beginnen. Bitte.« Von Werdenberg ging zum Arbeitspult und nahm die tote Biene vorsichtig mit Daumen und Zeigefinger auf, öffnete das Fenster und legte das Tierchen behutsam auf das Fenstersims. Anschließend setzte er sich zu seinen Gästen an den Besprechungstisch, legte seine riesigen, gepflegten Hände auf die Platte und lehnte sich zurück. Er sah seine Gäste der Reihe nach offen an. Der Blick hatte nichts Anrüchiges mehr. »Also, fragen Sie einfach drauflos. Frau Loppacher kann das Gespräch später transkribieren und mir zum Gegenlesen vorlegen. Ich hoffe, es stört Sie nicht, wenn ich rauche.«

Der alte Patron nahm einen tiefen Zug und sein Gesicht verschwand für kurze Zeit hinter einer blauen Rauchwolke. Emma aktivierte das kleine Diktiergerät. Das rote Licht erinnerte an einen Leuchtturm im dichten Nebel.

»Das wird eine interessante Zusammenarbeit, die wir nie vergessen werden«, meinte von Werdenberg.

Interessanter, als allen Beteiligten lieb sein sollte.

DAS GESPRÄCH

Transkription, von AvW gelesen und gekürzt. Gespräch vom 8. Oktober.

Teilnehmer: Alexander von Werdenberg (AvW), Professor Philipp Humboldt (PH), Emma Loppacher (EL), Jan Siegenthaler (JS).

PH: Wo möchten Sie beginnen, Herr von Werdenberg? Über Ihre Kindheit wollen Sie ja, wie Sie uns mitgeteilt haben, nicht sprechen.

AvW: Es ist nicht so, dass ich nicht über meine Kindheit sprechen will. Aber ich kann nicht. Freud würde wahrscheinlich von Verdrängung sprechen, einer Art Abwehrmechanismus, der mich vor den schlimmen Erinnerungen bewahrt, indem er diese irgendwo in meinen 100 Billionen Synapsen weggeschlossen hat. Erst ab dem Zeitpunkt unserer Flucht habe ich wieder Bildfetzen im Kopf.

PH: Besitzen Sie Erinnerungsstücke aus Ihrer Kindheit? Tagebücher? Briefe? Irgendetwas, das uns helfen könnte?

AvW: Nein, nichts. Meine Familie scheint aus allen Archiven systematisch entfernt worden zu sein. Es gibt meines Wissens keine offiziellen oder privaten Dokumente mehr, keine Fotografien, kein Familienalbum, keine Verwandten, keine Bekannten. Einfach nichts. Ich habe meinen Vater als gebildeten, etwas distanzierten Gelehrten in Erinnerung. Meine Mutter war dafür ein sensibler und gefühlvoller Mensch. Sie litt an Anämie und verbrachte die meiste Zeit zu Hause. Meine Eltern starben laut den Vermutungen unseres ehemaligen Notars im SS-Sonderlager Hinzert. Abschließend dokumentiert wurde das jedoch nie. Die Gebrüder Hans und Walter Hauser, die uns zur Flucht verholfen haben, wurden erwischt und wahrscheinlich ermordet. Die armen Kerle. Schicken Sie doch Ihren Assistenten einmal nach Waldshut, in mein Heimatdorf. Oder von mir aus nach Hinzert. Er soll sich dort ein wenig umhören. Vielleicht findet er noch Unterlagen oder Zeitzeugen, die uns weiterhelfen.

PH: Die Brüder Hauser haben also Sie und Ihren Bruder damals gerettet?

AvW: Ja. Wir waren Schulfreunde. Die beiden haben Flüchtlingen bei der Überquerung des Rheins geholfen. Gegen ein kleines Entgelt. Man musste damals irgendwie über die Runden kommen. Sie sind, so habe ich später vernommen, etwa gleichzeitig mit uns vom Erdboden verschwunden. Wahrscheinlich sind sie aufgeflogen und hingerichtet worden. In den letzten Kriegstagen gingen die Nazischergen an der Heimatfront nicht zimperlich mit Andersdenkenden um.

PH: Wie ist Ihnen die Flucht gelungen?

AvW: Es war eine klare Nacht im September. Ich kann mich noch gut an das kalte Wasser und den modrigen Geruch des Holzstammes erinnern, an welchem sich mein Bruder und ich festhielten. Irgendwie haben wir Zürich erreicht, halb verhungert und erfroren. Aber wir haben allen Fährnissen getrotzt. Und dann diese Stadt! Saubere

Straßen und gut ernährte Menschen. Ich bin vor lauter Staunen beinahe von der Straßenbahn überfahren worden. Am meisten haben mich die gutgekleideten Herren mit ihren Anzügen, Krawatten und – damals gang und gäbe – eleganten Hüten fasziniert. Und wir beide standen da in unseren kurzen Hosen und verknitterten Hemden wie die letzten Vagabunden! Vielleicht habe ich mich damals entschlossen, auch dereinst Bankier zu werden.

PH: Wie sind Sie zurechtgekommen, so ganz auf sich gestellt?

AvW: Nun, wir haben den Notar unserer Eltern aufgesucht. Der gute Mann, leider viel zu früh von uns gegangen, verwaltete unser Familienvermögen in Zürich. Meine Eltern hatten ihn kurz vor ihrer Festnahme über unser Erscheinen informiert. Er hat uns dann ins Internat nach Zuoz geschickt. Nur mit den besten Absichten natürlich. Es sei für meinen Bruder und mich zu gefährlich in Zürich, zu nahe an der Grenze, zu viele Spitzel, überhaupt sei die Anzahl der Flüchtlinge auf ein Maß gestiegen, dass den doch so offenen Herzen der Einheimischen nicht noch mehr Vertriebene zugemutet werden könnten. Darum versteckte er uns im hintersten Winkel der Schweiz. Wir waren damals einfach nur froh, am Leben zu sein und eine Zukunft zu haben.

PH: Konnten Sie dem Notar vertrauen? Ich meine, es muss sich um ein stattliches Vermögen gehandelt haben, das er verwaltet hat.

AvW: Blind! Er hatte nichts Halbseidenes an sich. Integer bis in den Tod.

PH: Welche Erinnerungen haben Sie an die Schulzeit in Zuoz?

AvW: Das Internatsleben hatte damals nichts mit »Hanni und Nanni« zu tun, falls Sie diese Buchreihe für Kinder kennen. Es galt eine strenge Hausordnung, und die Umgangsformen der Lehrer würden heute nicht mehr toleriert werden. Sie waren, sagen wir mal, ziemlich robust. Aber es war eine andere Zeit. Unsere Mitschüler waren aus aller Herren Länder zusammengewürfelt. Während der Schulsemester fühlten wir uns gut aufgehoben, da wir ja alle irgendwie Waisenkinder waren. Außer natürlich die Einheimischen, die auch zu uns in die Schule kamen, jedoch nicht im Internat lebten. Wir hatten nicht viele Freunde. Den meisten waren wir zu deutsch – verständlich. Mein einziger Freund war der Sohn des amerikanischen Botschafters. Paul, so hieß er, war unsere Herkunft egal. Er hatte schon überall und nirgends gelebt. Zuletzt irgendwo in der südamerikanischen Pampa. Sein Vater, so sagte er, verdiene sein Geld damit, Blut in Tinte umzuwandeln. Dieses Bild ist mir bis heute geblieben und umschreibt den Beruf eines erfolgreichen Diplomaten vortrefflich.

EL: Haben Sie noch Kontakt zu Schulkameraden aus jener Zeit?

AvW: Nein. Es entbehrt nicht einer sanften Ironie, dass ich als Außenseiter meine Schulkameraden und die strengen Pauker von damals überlebt habe. Aber ich will niemandem gegenüber nachtragend sein und man sollte überhaupt nie schlecht über die Toten reden. Ich hatte summa summarum eine wunderbare Schulzeit. Auch die Ferien hatten ihren derben Charme. Das Internat leerte sich am letzten Schultag wie ein Stausee bei offener Schleuse. Mein Bruder Johannes und ich blieben alleine zurück und lernten die einheimischen Berge und Mädchen lieben. Diese Anekdote bleibt jedoch unter uns.

PH: Sind Sie während oder nach der Schulzeit nie in Ihre alte Heimat zurückgekehrt?

AvW: Warum auch? Unsere Eltern waren fort, für immer. Heimtückisch ermordet. Und überall hatten es sich die Mitläufer aus der Nazizeit gemütlich gemacht. Wer hat denn in der Nachkriegszeit die öffentlichen Ämter besetzt? Da wurden viele NSDAP-Parteibücher verbrannt und Gedächtnisschwund war weit verbreitet. In der Nachkriegszeit hatten die Siegermächte vor allem Angst vor den Kommunisten. Bei den ehemaligen Nazischergen drückte man ein Auge zu. Mit diesen Gesellen wollten mein Bruder und ich nichts zu tun haben. Also sind wir nach dem Internat in der Schweiz, genauer gesagt in Zürich, geblieben.

EL: Wir sind bei unserer Recherche auf Versuche der Alliierten gestoßen, deutsche Vermögenswerte in der Schweiz sicherzustellen. Waren Sie davon betroffen? Ihr ganzes Familienvermögen stammte ja aus Deutschland, wenn auch von der guten Seite.

AvW: Ja, es gab Versuche, unser Geld zu beschlagnahmen, allerdings nicht von den Amerikanern, sondern von den Schweizer Banken! Heute kaum zu glauben. Erlauben Sie mir eine kurze Schilderung, wie ich die Dinge in Erinnerung behalten habe. Die Amerikaner wollten verständlicherweise deutsche Vermögenswerte sicherstellen. Man wollte verhindern, dass Nazigelder einfach so verschwinden, und ging entsprechenden Spuren nach. Es gab das sogenannte Washingtoner Abkommen, worin sich die Schweiz bereiterklärte, Gelder aus Deutschland – vorab Raub- und Blutgeld – zurückzugeben. Man ließ die ganze

Aktion seitens der Schweizer Regierung dann aber versanden und redete nicht mehr darüber. Offiziell versteckte man sich hinter der weißen Weste des Bankkundengeheimnisses. In Tat und Wahrheit wollte man das Geld behalten. Punkt. Unsere Bank hat mir und meinem Bruder scheinheilig mitgeteilt, dass man unseren Anspruch erst anerkennen könne, wenn wir einen Totenschein vorlegen würden. Stellen Sie sich das einmal vor! Unser Notar hat sein Bestes gegeben, er ist jedoch leider viel zu früh von uns gegangen.

(Pause)

PH: Wie sind Sie zu Ihrem Recht gekommen?

AvW: Mein Freund Paul aus dem Internat, respektive sein Vater – der Botschafter – hat uns geholfen. Der Botschafter hat der Schweizerischen Bankgesellschaft gedroht, eigenhändig den Tresorraum der Bank mit einer Sonderstaffel der amerikanischen Militärpolizei unter die Lupe zu nehmen, Fach für Fach, wenn den beiden Waisen, also mir und meinem Bruder, nicht unverzüglich das Erbe zugänglich gemacht würde. Jemand wie der Botschafter, in den Händen ein durchgeladenes Maschinengewehr – bildhaft gesprochen –, hatte natürlich eine wesentlich besser Verhandlungsposition als zwei Waisenkinder. Macht beruhte schon immer auf der Angst der Gegenseite. Wir haben die Vollmacht noch am selben Tag erhalten ... Diese Episode hat mich gelehrt, dass man niemandem trauen kann, wenn es um Geld geht.

JS: Und mit diesem Geld haben sie die Privatbank von Werdenberg gegründet?

AvW: Ja, wenn auch nicht sofort. Zunächst haben wir das Metier von der Pieke auf gelernt. Und zwar nicht nur in Zürich, wir haben außerdem in New York und London gearbeitet. Die beiden Finanzplätze waren Zürich damals weit voraus. Mein Bruder und ich waren immer von Geld fasziniert. Geld macht unabhängig und man kann damit viel Gutes tun. Was lag da näher, als eine eigene Bank zu gründen? In den 1960er-Jahren herrschte in Zürich eine regelrechte Goldgräberstimmung. Wir wurden von Geld aus dem Ausland überschwemmt. Schwarzgeld war natürlich die Regel, nicht die Ausnahme. Der schlechte Ruf der hiesigen Bankiers, die bekanntlich als »die Gnomen von Zürich« tituliert wurden, war nicht ganz unbegründet. Aber das wissen ja alle und man muss sich da nicht rausreden. In den ersten Jahren der Privatbank von Werdenberg waren wir diesbezüglich eventuell auch zu lasch, haben das Geschäftsmodell dann jedoch früh und konsequent geändert.

EL: Gab es einen Grund für diesen Entscheid?

AvW: Der Tod meines Bruders. Oder vielmehr das Begräbnis von Johannes. Dort habe ich meine Frau kennengelernt. Die Mutter von Julia. Ich wollte mein Leben neu ausrichten. Bedeutungsvoller machen. Wir konzentrierten uns auf wenige, dafür umso einflussreichere Kunden und richteten unsere Dienstleistungen an deren Bedürfnissen aus. Manchmal erfanden wir sogar Produkte für Bedürfnisse, die unsere Kunden bis dahin noch gar nicht kannten. Wir arbeiteten eng mit den besten internationalen Anwaltskanzleien zusammen, nicht weil wir für unsere Kunden das Gesetz brechen, sondern weil wir es ausreizen wollten, immer hart im Wind, manchmal im Graubereich, allerdings nie darüber hinaus. Wir versprachen nur, was wir halten konnten, und nahmen Kommissionen lediglich für adäquate Gegenleistungen an – und diese sind bei uns, das können Sie mir glauben, vielfältig. Meine liebe Frau ist leider viel zu früh gestorben. Sie hatte Krebs. Brustkrebs. Heute wahrscheinlich heilbar. Aber vor 40 Jahren …

(Pause)

EL: Wollen Sie noch etwas zu Ihrem Bruder sagen?

AvW: Er war ein Wildfang, das Gegenteil von mir. Und er hat viel für die Privatbank von Werdenberg geleistet. Vielleicht sogar mehr als ich selber … Verzeihen Sie, die Erinnerungen nehmen mich etwas mit.

(AvW beendet das Gespräch.)

SHAKESPEARE

Zürich, 10. Oktober

Der fahle von Werdenberg warf das Skript vor sich auf den Tisch und schnaubte verächtlich. »Was ist das nur für eine gequirlte Scheiße! Willst du dich auf deine alten Tage zur Lachnummer machen? Und was bitte schön soll ›Wildfang‹ bedeuten? Ist dir nichts Besseres eingefallen? Wie wäre es gleich mit ›Nichtsnutz‹? Das wolltest du doch eigentlich sagen. Oder etwa nicht?«

»Hättest du das Interview besser gemacht?«

»Nein, ich bin ja schließlich du«, kam die hämische Antwort.

Alexander von Werdenberg antwortete nicht. Manchmal war es besser zu schweigen und zu warten bis sich sein Ebenbild wieder beruhigte. Diesmal brauchte es gut zehn Minuten dazu. Aber sein zweites Ich blieb skeptisch.

»Du weißt, dass ich von Anfang an gegen dieses sinnlose Buchprojekt war. Da stecken Leute ihre Nase in Dinge, die sie nichts angehen. Und du plauderst alle Details unseres Lebens aus. Niemand interessiert sich heute noch für die Wahrheit. Der Mensch lügt und täuscht, seit es ihn gibt. Schon die ersten Wandmalereien waren übertrieben wie ein gefiltertes Instagram-Foto.«

Alexander von Werdenberg gab sich einsichtig. »Ich bin ja deiner Meinung. Im Prinzip. Und ich gehe sogar einen Schritt weiter: Kein Mensch hat das Recht auf eine Wahrheit, die uns oder Julia schadet. Genau das will ich verhindern! Niemanden geht unser Geheimnis etwas an. Genau deswegen habe ich das beste Team, das ich mir vorstellen kann, auf uns selber angesetzt. Sie vertrauen mir und werden alles berichten. Wenn die nichts finden, dann ist alles bestens. Und sollten sie etwas finden – auch gut, wir werden es managen. Wie immer. Niemand kann so weit out-of-the-box denken, dass man uns auf die Schliche kommen würde. Spätestens im Februar, wenn unsere Geschichte geschrieben ist, haben wir hundertprozentige Sicherheit. Endgültig und in unserer Version. Lügen werden wahr, sobald andere daran glauben.«

Sein Gegenüber wechselte abrupt das Thema. »Hast du nicht auch das Gefühl, dass unser Leben vorbei ist, nachdem es doch erst Fahrt aufgenommen hat?«

Alexander von Werdenberg nickte und trat ans Fenster.

»Was ist das Leben? Ein Schatten, der vorüberstreicht! Ein armer Gaukler, der sich eine Stunde lang auf der Bühne quält und tobt; danach hört man ihn nicht mehr.«

»Ist das auch von Snoopy?«, fragte der Fahle mit einem hämischen Grinsen.

»Nein, Shakespeare.«

Alexander von Werdenberg füllte zwei Whiskeygläser und sie prosteten sich zu.

»Erzähl unserem Professor aber bitte nichts von Dieter. Kannst du dich noch an die Geschichte mit der XXL-Flasche Kölnisch Wasser erinnern?«

Alexander von Werdenberg verdrehte die Augen und versuchte streng zu schauen. Es gelang ihm nicht, das Lachen zu unterdrücken.

DIETER

Zürich, Sommer 1972

»Sag mir bitte, dass ich träume«, flehte er seinen Bruder an.

Das Badezimmer stand unter Wasser und es herrschte ein heilloses Durcheinander. Der Duschvorhang hing nur noch an einem Ring. Das Zahnputzglas lag zweigeteilt unter dem blutverschmierten Waschbecken. Irgendwie hatte es die Zierpflanze geschafft, unversehrt auf der kleinen Holzkommode stehen zu bleiben, als wäre sie erst nachträglich der Szenerie hinzugefügt worden. Die Brüder standen sich wie Boxer gegenüber. Die Luft war zum Schneiden. Dick wie eine mit zu viel Wurst belegte Weißbrotschnitte. Alexander von Werdenberg fuchtelte bedrohlich mit der Faust in der Luft herum. Es gab keinen Schiedsrichter, der die Streithähne davon hätte abhalten können, mit wildem Geschrei aufeinander loszugehen. Dies wäre zweifellos auch geschehen, wäre da nicht der leblosen Körper gewesen, der zwischen den beiden stattlichen Männern am Boden lag. Das Gesicht des Toten war zur Hälfte von blutverschmierten Haaren verklebt. Die andere Hälfte zeigte ein offenes Auge, das panisch und ungläubig ins Nichts starrte. Der Kopf ruhte in einer rötlichen Pfütze, die an den Rändern ausfranste wie zu dünn gemischte Wasserfarbe. Die Badewanne war bis zum Rand gefüllt und das Wasser lief weiter aus dem Hahn. Neben der Leiche befand sich eine Flasche »4711«. Die Mutter aller Aftershaves. Um genau zu sein, war es eine Molanusflasche mit 800 Milliliter Inhalt. Groß genug, um jemandem damit den Schädel einzuschlagen.

Und ihn dann zur Sicherheit noch zu ersäufen.

Die Flasche hatte einen Riss bekommen, was auf die Brutalität des Schlages schließen ließ. Alexander von Werdenberg schoss der penetrante Duft von zu üppig aufgetragenem Eau de Cologne in die Nase. Die Leiche passte nicht zu diesem Geruch, war aber eine Tatsache, die man nicht wegdiskutieren konnte.

»Sag mir bitte nicht, dass du das warst …«, höhnte die andere Stimme wie ein Echo. »Nein, natürlich war ich das nicht! Unser Dieter hier hat einfach zu viel Kölsch getrunken und wollte sich in der Badewanne den Mund ausspülen. Dabei muss er eingeschlafen und ersoffen sein.«

»Du bist verrückt.«

»Nein, WIR sind verrückt. Du wolltest ja auf Teufel komm raus groß auftischen mit deiner so tollen Privatbank von Werdenberg. Ich habe dich immer vor dem Lärm und Aufsehen gewarnt. Man soll keine schlafenden Hunde wecken – oder gierige Dieters.« Er lachte böse und zeigte dabei seine kräftigen gelblichen Zähne.

Sein Bruder hatte sich vom ersten Schock erholt und drehte den Wasserhahn zu. »Das riecht ja wie in einem Bordell. Mir ist schon ganz schwindlig.«

»Ich kann dir versichern, liebes Bruderherz, dass es in einem Bordell nicht nach Kölnisch Wasser riecht. Außer du …«

Der Angesprochene hob die Hand und schüttelte den Kopf. »Lass das. Mir ist nicht nach Scherzen. Was ist genau passiert?«

Der alles andere als reuige Täter setzte sich auf den heruntergeklappten Toilettendeckel und zündete sich einen Zigarillo an. Emotionslos betrachtete er den toten Körper. »Ich bin mit Dieter, also der lebenden Version, essen gegangen. Kronenhalle. Alles nur vom Feinsten: Austern, Taube, Trüffelrisotto, eine Flasche Château Palmer 1948, ein kleines Dessert, dazu einen edlen Dessertwein. Wir haben uns gesittet unterhalten. Niemand, der etwas zu verbergen hat, geht schließlich in die Kronenhalle Mittag essen. Ich dachte, das würde unseren Dieter zur Vernunft bringen. Etwas Ablenken, wieder zur Besinnung bringen. Seine Anschuldigungen waren – wie soll ich sagen – schwerwiegend.«

»Wie hat er uns entdeckt? Nach fast 30 Jahren.«

»Dieter«, Johannes von Werdenberg stieß dem leblosen Körper mit der Fußspitze zwischen die Rippen, »war sich seiner Sache sehr sicher. Er muss ein Foto von uns gesehen haben oder er hat durch einen Bericht über deine, sorry, unsere Privatbank Wind davon bekommen. Keine Ahnung. Der Scheißkerl war schon zu unserer Schulzeit der größte Streber unter der Sonne und ein ausgebuffter Nazi dazu. Er war der Erste, der in einer dieser lächerlichen Uniformen der Hitlerjugend rumgerannt ist. War damals bereits ein Fettsack. Auf jeden Fall, so flüsterte mir Dieter mit seiner verlogenen Stimme zu, habe er alle seine damaligen Schulkollegen in bester Erinnerung. Zum Beispiel die von Werdenbergs und die beiden Hauser. Dabei hat er dämlich mit der Gabel in der Luft herumgewedelt. Ob ich mich denn auch noch an die Brüder Hauser erinnern könne. Ja, genau, an die beiden Nichtsnutze vom Dorfrand mit dem Vater, der schon zum Frühstück gesoffen habe wie ein Esel, und der Mutter, die an einer Lungenentzündung oder vielleicht doch eher an Kummer gestorben sei. Ja, genau, die beiden Brüder, die sich und ihren Trunkenbold zu Hause über Wasser hielten, indem sie allerlei Gesocks geholfen hätten, illegal in die Schweiz zu flüchten. Die zwei Halunken seien ja zum gleichen Zeitpunkt verschwunden wie die von Werdenbergs. Er könne, so der durchtriebene Lump, gut mit der offiziellen Version der Geschichte leben. Aber er würde halt auch gerne öfter einmal in einem so exklusiven Restaurant Austern schlürfen. Außerdem gefielen ihm die Bilder an den Wänden. Man könne sich kaum daran sattsehen. Dabei zwinkerte er mir fraternisierend zu, als seien wir die besten Freunde. Kannst du dir das vorstellen? Der Typ hatte Tränensäcke wir die Lefzen eines Bernhardiners! Und hat gefressen wie einer.«

Alexander von Werdenberg hörte angewidert zu und nahm sich auch einen Zigarillo. Die beiden betrachteten eine Weile still die kafkaeske Szenerie. Sie wirkten wie zwei lebende Figuren in einer unordentlichen Puppenkiste.

»Wie ist die Situation eskaliert?«, fragte Alexander von Werdenberg.

»Am liebsten hätte ich ihm gleich im Restaurant mit dem Miró-Gemälde den Schädel eingeschlagen. Aber ich bin ja kein Banause und Miró kann nichts dafür.«

Beide lachten. Spiegel und Fenster waren in der Zwischenzeit angelaufen, und auf den ersten Blick sah es aus, als ob die Brüder in einer Dampfsauna säßen.

Dieter, fuhr Johannes von Werdenberg fort, habe darauf hingewiesen, dass Verschwiegenheit eine außergewöhnliche Tugend sei. Und außergewöhnliche Menschen, wie er nun mal einer sei, solle man auch außergewöhnlich behandeln. Was ja dann geschehen sei. Er griente böse und hustete gleichzeitig.

»Ich habe uns den teuersten Cognac und zwei schöne Zigarren bestellt.« Groß wie eine Blockflöte seien diese gewesen. Er habe dem hinterlistigen Dieter angeboten, doch bei ihnen zu residieren, und ihm eine nicht unwesentliche Summe in Aussicht gestellt. Ob er denn nicht gleich in ihren Dienst einsteigen wolle, habe er ihn gefragt, vielleicht als persönlicher Berater. Der Alkohol und die edle Zigarre hätten die Sinne des Erpressers dermaßen vernebelt, dass er gierig und unvorsichtig geworden sei. Als sie am späten Nachmittag vor der Villa standen, habe er Dieter mit dem schweren Schlüsselbund eine übergezogen und ihn ins Haus geschleppt. Gerade als er ihn in der Badewanne ersäufen wollte – es sei ihm spontan nichts Besseres eingefallen –, sei der Querulant wieder zu sich gekommen und habe sich gewehrt wie ein Berserker. Also habe er ihm mit der Flasche »4711« den Rest gegeben. »Danke übrigens nochmals für die überdimensionierte Molanus. Ein kleines Flakon hätte nicht gereicht.«

Alexander von Werdenberg hatte aufmerksam zugehört und warf den fertiggerauchten Zigarillo auf den Boden, wo er zischend in der wässrigen roten Sauce erlosch.

»So kann es nicht weitergehen. Mittlerweile pflastern zu viele Leichen unseren Weg«, sagte er zu seinem Bruder. »Du kannst nicht einfach jeden umbringen, der uns in die Quere kommt. Irgendwann fliegen wir auf.«

»Jemand muss nun mal die Drecksarbeit machen.«

Alexander von Werdenberg betrachtete seinen Bruder liebevoll. Wie ein Vater, der es nur mühsam übers Herz bringt, seinen Sohn zu tadeln. »Um den Ex-Nazi hier tut es mir nicht leid. Aber wir müssen jetzt die Spuren verwischen. Wir sollten Horowitz rufen. Er muss die Leiche fortschaffen.«

Johannes von Werdenberg lachte. »Unser guter Horowitz. Was würden wir nur ohne diese treue Seele machen.« Sie hatten sich kurz nach der Internatszeit des mittelosen polnischen Juden angenommen, der sich in der Zwischenzeit zu ihrem »Mann fürs Grobe« entwickelt hatte und unentbehrlich geworden war.

Johannes von Werdenberg stand auf und wusch sich die Hände in der Badewanne. »Weißt du was? Das Bankgeschäft kotzt mich richtig an. Wollte ich dir längst mal sagen. Ich hasse diese Routine. Ich kann mich am Abend schon an den nächsten Tag erinnern. Wir haben doch nicht alles aufs Spiel gesetzt, um in Zürich Monopoly zu spielen und uns um die Probleme der feinen Gesellschaft zu kümmern. All diese feinen Pinkel mit ihren eingebildeten Geldsorgen! Ich drehe langsam, aber sicher durch. Ich will leben. Frei sein!«

Alexander von Werdenberg legte sanft die Hand auf die Schulter seinen Bruders. »Zuerst muss Dieter verschwinden. Dann bist du an der Reihe, kleiner Bruder. Du wirst deine Freiheit bekommen. Oder wie unser Religionslehrer im Internat zu sagen pflegte: ›Das Leben beginnt mit dem Tod.‹ Und Dieter wird dir dabei sogar behilflich sein.«

Die beiden Männer unterhielten sich noch einige Minuten ruhig und beherrscht, als würden sie die Sportresultate vom Wochenende durchgehen. Anschließend beseitigten sie die Spuren. Sie taten dies so konzentriert und ungerührt wie eine Dentalhygienikerin, die alle Instrumente reinigt und an den richtigen Ort zurücklegt, nachdem der Patient den Stuhl verlassen hat. Als ihr Angestellter Horowitz schließlich die Leiche abholte, ließ nichts mehr auf ein Gewaltverbrechen schließen.

MARSCHBEFEHL

Zürich, 14. Oktober

Philipps Vorlesung war in der Zwischenzeit in einen der großen Säle verlegt worden, inklusive Live-Streaming. Trotzdem waren nur wenige Plätze frei geblieben. Und auf einen solchen setzte sich gegen Ende der Stunde überraschenderweise Rektorin Fries. Philipp bemerkte sie erst, als sie bereits Platz genommen hatte. Sie nickten sich zu. Außer Philipp hatte niemand die Leiterin der Universität erkannt. Normalerweise pflegte sie sich nicht unter das gemeine Volk zu mischen. Philipp schmunzelte. Was die Aussicht auf einen zweistelligen Millionenbetrag doch so alles bewirken konnte.

Verständlich.

Philipp blickte auf seine Armbanduhr, die er wie üblich neben sein Skript gelegt hatte. Das heutige Kapitel drehte sich um die großen Bankkrisen und deren Bewältigung. Obwohl die Rektorin sicher nicht wegen seiner Ausführungen gekommen war, führte er die Vorlesung ordentlich zu Ende. Auch die Chefin durfte mal warten. »Der Paukenschlag der Finanzkrise kam am 16. Oktober 2008, als der Bundesrat bekannt gab, einen gewaltigen Rettungsschirm über die UBS zu spannen. Das finanzielle Ausmaß der Rettungsaktion für die Großbank war einzigartig. Die

Nationalbank übernahm gegen Cash rund 60 Milliarden sogenannte toxische Wertpapiere aus deren Bilanz. Als Begründung wurde angeführt, dass die Schweizer Großbanken ›systemrelevant‹ seien und ein Ausfall gravierende volkswirtschaftliche Konsequenzen nach sich ziehen würde. In der Presse sprach man von ›too big to fail‹, was nichts anderes bedeutete als implizite Staatsgarantie.«

Philipp fuhr fort, ohne auf seine Notizen zu blicken. Er war damals schließlich selbst dabei gewesen und als Folge der Krise zum jüngsten Geschäftsleitungsmitglied der Zürcher Investment Bank befördert worden. Die Regierung habe bei ihren Beschlüssen, so der Professor, auf Notverordnungsrecht zurückgegriffen und sich dabei auf die Artikel 184 und 185 (jeweils Absatz 3) der Bundesverfassung berufen. Die Probleme seien damit aber nicht erledigt gewesen. Im Gegenteil. »Im Rahmen der globalen Finanzkrise geriet das Schweizer Bankmodell der Steueroase, das Offshore Banking, vehement in die Kritik. Die Schweizer Politiker und Bankmanager gingen fälschlicherweise davon aus, dass man erneut alles aussitzen könne und sich der Sturm bald legen würde. Man unterschätzte jedoch, dass die Finanzkrise 2008 und vor allem die daraus resultierende staatlichen Schuldenkrise die Konstellation grundlegend geändert hatte. Die ausländischen Regierungen benötigten die in der Schweiz versteckten Steuermilliarden dringender denn je. Im Verlauf dieser Entwicklung geriet wieder die UBS seitens der amerikanischen Justiz arg unter Beschuss. Diese drohte mit einer offiziellen Anklage vor amerikanischen Gerichten, was das Aus für die Bank bedeutet hätte. Der Rest ist bestens bekannt. Das Bankkundengeheimnis war Geschichte und der automatische Informationsaustausch geboren. Natürlich sind heute immer noch nicht alle Gelder deklariert, aber das hat auch mit der Ehrlichkeit oder eben Unehrlichkeit der Kunden zu tun. Es sind nicht nur die Banken die Bösen – niemand wird zur Steuerhinterziehung gezwungen …«

Philipp schob seine Unterlagen zusammen. »Sie finden eine Zusammenfassung davon in Jakob Tanners ›Geschichte der Schweiz‹. Überlegen Sie sich bis zum nächsten Mal, ob es für die Schweiz sinnvoll ist, Banken – und andere Firmen – zu beheimaten, die man aufgrund ihrer schieren Größe im Notfall mit Steuergeldern stützen muss, deren Aktionariat und Manager jedoch mehrheitlich im Ausland leben, einen Hauptteil der Gewinne in Form von Dividenden und Boni absaugen und nicht der nationalen Kontrolle unterliegen. Werden da nicht Gewinne ohne Risiken an das Management und die Eigentürmer verschoben, während Verluste bei den Steuerzahler liegen bleiben? Denken Sie darüber nach und bringen Sie mir einfallsreiche und kontroverse Antworten mit.«

Der Vorlesungssaal leerte sich rasch. Jan fing für seinen Vorgesetzten einige Studentinnen und Studenten ab. Die meisten Anliegen konnte er in der Regel gleich selbst klären, für den Rest gab es die ordentliche Sprechstunde. Seit Emma aufgetaucht war, zeigte Jan zu Philipps Genugtuung wesentlich mehr Eigeninitiative und war selbstbewusster geworden. Philipp nickte seinem Assistenten zu und ging zur Rektorin, die geduldig am Eingang wartete. Er begrüßte sie mit einem breiten Grinsen. »Ich wusste gar nicht, dass Sie noch Bologna-Punkte benötigen, Frau Rektorin. Dafür müssen Sie allerdings pünktlich erscheinen.«

Die Rektorin schmunzelte ernst und warf ihre Phantomhaare nach rechts. »Beeindruckend. Ich meine das Interesse an Ihrer Vorlesung. Gut investiertes Geld. Ich hätte nicht gedacht, dass Sie so kritisch mit Ihren ehemaligen Kollegen ins Gericht gehen.« Haare nach links. »Kommen Sie, Professor. Gehen wir ein Stück zusammen.«

Philipp befürchtete, dass sie sich bei ihm unterhaken wollte, und klemmte daher vorsichtshalber seine Unterlagen unter den der Rektorin zugewandten Arm. »Vielleicht kritisch, aber nie bösartig«, antwortete er. »Ich möchte die Studentinnen und Studenten für die offensichtlichen Probleme sensibilisieren. Einige davon werden in 20 Jahren selber im Management unserer Finanzindustrie sitzen.«

Sie waren inzwischen vor der Universität angelangt und liefen in Richtung von Philipps Büro.

»Wie geht es mit Ihrer Arbeit voran?«

»Gut. Nachher muss ich noch eine Doktorarbeit korrigieren.«

Fries blieb abrupt stehen, Haare nach hinten. »Sie wissen genau, wovon ich spreche, und ich muss Sie nicht daran erinnern, wie wichtig das Projekt von Werdenbergs für uns alle ist.«

Philipp setzte sich wieder in Bewegung. Fries folgte ihm widerwillig. Sie hasste es, wenn jemand Katz und Maus mit ihr spielte, was sonst ihre Paradedisziplin war. Doch auch Philipp war darin ein Meister, ließ es dann aber bleiben.

»Es läuft besser als erwartet. Frau Loppacher ist wie ein Sechser im Lotto. Sie schreibt 15 Stunden am Stück und bringt die Unterlagen, die wir von der Privatbank von Werdenberg einsehen können, zügig aufs Papier, in druckreifer Prosa. Ich benötige noch ein bis zwei Gespräche mit von Werdenberg, danach sollten wir die fertige Rohfassung zusammenhaben. Am Ende des Jahres werden wir von Werdenberg das Manuskript zukommen lassen und er kann es von seinem Verlag lektorieren lassen. Ende Januar wird die Druckfahne stehen und wir gehen in die wohlverdienten Semesterferien.«

Fries nickte zufrieden und klopfte Philipp gönnerhaft auf die Schulter. »Es gibt Menschen, Humboldt, denen gelingt einfach alles. Und Sie sind so jemand. Ich habe mich nicht getäuscht.«

»Ich mich hoffentlich auch nicht in Ihnen …«

Fries blieb stehen. »Was soll denn das heißen?«, fragte sie misstrauisch.

»Das Geld, Frau Fries. Das Geld für mein Institut. Und meine Beförderung«, schob Philipp lachend nach.

»Eins nach dem anderen. Die Sache ist erst in trockenen Tüchern, wenn wir das Legat erhalten haben, keine Sekunde vorher. Und dasselbe gilt für Ihre Beförderung.«

Sie gingen schweigend einige Schritte. Vor der Tür von Philipps Institut verabschiedeten sie sich. Fries schob beiläufig den eigentlichen Grund ihres Besuches ein. »Warum fahren Sie mit Ihrer reizenden Frau nächste Woche nicht für einige Tage ins Engadin? Sie könnten dort von Werdenbergs ehemaliges Internat besuchen. Ein paar Gespräche führen, recherchieren, alte Dokumente sichten … Ich würde die Tage als Arbeitszeit anrechnen. Und Ihren Assistenten können Sie nach Waldshut schicken, er soll nach Quellen zur Kindheit der von Werdenbergs suchen. Die beiden sind ja dort in die Grundschule gegangen. Von Werdenberg will unbedingt, dass nichts übersehen wird.

Er ist geradezu besessen von diesem Buch und allen Informationen, die man über ihn in Erfahrung bringen kann.«

»Nächste Woche findet doch die Professorentagung statt. Und Sophie arbeitet in dieser interdisziplinären Gruppe mit, unter der Leitung von Professorin Schelbert. Müssen die nicht an der Tagung ihre Resultate präsentieren? Ist die Teilnahme denn nicht für alle obligatorisch?«, fragte Philipp mit Schalk in den Augen.

»Sie und Ihre Frau sind dispensiert. Punkt. Und die Schelbert hat das zu akzeptieren. Überlassen Sie das mir. Die Sache ist also beschlossen. Nächste Woche ist Forschung vor Ort angesagt. Da schlägt doch das Herz jedes Wissenschaftlers schneller!«

Auch die Herzen mancher Beteiligten würden bald schneller schlagen, als es ihnen recht sein konnte.

Und bei anderen für immer stillstehen.

DIE ERSTE TRAUERFEIER

Als sein Telefon summte, saß Philipp gerade an der Korrektur einer Doktorarbeit. Er war froh über die Unterbrechung, denn er konnte sich kaum konzentrieren und die Arbeit war eintönig und lang wie ein Telefonbuch. Armand war am anderen Ende der Leitung.

»Grüß Gott, Herr Kommissar«, sagte Philipp fröhlich. Er freute sich, die Stimme seines Freundes zu hören.

»Wir sind Ermittler, Detektive, von mir aus Kriminalisten. Du darfst auch Oberleutnant zu mir sagen, wenn dir meine offizielle militärische Rangordnung lieber ist. Aber den Kommissar, den gibt es bei uns im Korps der Kantonspolizei nicht, der treibt sich nur in schlecht recherchierten Filmen rum«, korrigierte Armand mit gespielter Strenge.

»Und in guten Songs von leider viel zu früh verstorbenen österreichischen Sängern ...«

»Genau. Bevor du mir noch zu singen anfängst, mein Freund, habe ich einige interessante Informationen für dich. Ich habe Erkundigungen zu von Werdenberg eingeholt.«

Philipps Neugier war sofort geweckt. Genüsslich schob er den langfädigen Schmöker in die hinterste Ecke auf seinem Arbeitstisch. Wahrscheinlich wäre es am besten für alle, diesen dort zu belassen und den fleißigen, jedoch gänzlich untalentierten Doktoranden mit einem cum laude in die weite Welt zu entlassen. Eine schlechtere Bewertung wäre zu hart und eine bessere eine Witz gewesen, die den Schreiberling im schlimmsten Fall animiert hätte, seinen Aufenthalt an der Universität zu verlängern. Stattdessen legte Philipp ein weißes Blatt Papier vor sich auf den Tisch und nahm einen handlichen schwarzen Tintenroller zur Hand, sein momentan liebstes Schreibutensil. Gespannt wartete er auf die Ausführungen von Oberleutnant Armand Muzaton, seines Zeichens Kriminalist, Detektiv und Ermittler der Zürcher Kantonspolizei.

»Ich habe mich schlaugemacht und bin sogar persönlich in unser Kriminalarchiv runtergestiegen. Jetzt weiß ich auch, warum ihr Forscher nicht alt werdet – da unten atmet man mehr Staub ein als in einem Braunkohlewerk, ganz zu schweigen von den Milben und …«

»Danke, Armand, aber ich bin weder Altphilologe noch Archivar. Wir betreiben unsere Forschungen heute am Bildschirm. Hast du denn bei deinen Ausgrabungen was Interessantes gefunden – mal abgesehen von den Milben?«

Armand räusperte sich und Philipp hörte, wie er seine Notizblätter raschelnd in die korrekte Reihenfolge brachte. Das meiste war Philipp allerdings schon bekannt: die Flucht von Werdenbergs mit seinem jüngeren Bruder über die Grenze, das Internat, dann Studium, Einstieg ins Bankwesen und die Gründung der Privatbank von Werdenberg. Privat ein Gentleman alter Schule mit Kontakten in die obersten Gremien von Politik, Wirtschaft und Kirche. Weder Skandale noch Bettgeschichten.

»Von Werdenberg ist Mitglied bei den Freimaurern«, fuhr Armand fort. »Die verschwiegene Loge passt zu ihm wie die Faust aufs Auge. Der Typ hat die Diskretion mit der Muttermilch aufgesogen! Astreines Strafregister, nicht einmal eine Parkbuße habe ich gefunden. Der Mann lebt zurückgezogen wie ein Eremit. Keine Freunde, keine Verwandten, keine ehemaligen Schulkollegen. Als wäre er alleine auf der Welt.

Philipp lachte. »Muss für einen Vollblutpolizisten wie dich hart sein, auf einen so guten Leumund zu treffen.«

Armands Magazin war noch nicht leer. »Nicht so vorschnell. Auch die Familie von Werdenberg hatte ein schwarzes Schaf – Johannes, den jüngeren Bruder von Alexander von Werdenberg. Ein Tunichtgut wie aus dem Bilderbuch. Trunkenheit am Steuer, Raufereien, Hausfriedensbruch. Dann der tödliche Unfall. Das konnte ja nicht gut ausgehen. Ich habe dir soeben den Zeitungsbericht über seinen tödlichen Unfall und die Beerdigung geschickt. 1972 war das. Solltest den Text in deiner Mailbox haben. Schlimme Sache. Vor allem, wenn man bedenkt, dass Alexander von Werdenberg einige Jahre später außerdem seine Frau verloren hat und seine Tochter alleine aufziehen musste.«

»Fast wie bei den Kennedys, die werden auch immer wieder von Schicksalsschlägen heimgesucht.« Philipp schaute in seinem Postfach nach. Das Mail von Armand war angekommen. Sein Freund schloss derweil seinen Bericht ab.

»Alles in allem macht Alexander von Werdenberg den Eindruck eines Musterbürgers. Er legt bis heute jedes Wochenende frische Blumen an das Grab seiner Frau. Frag mich nicht, woher ich das weiß, sonst bekomme ich Probleme mit unserem Datenschutz ... Nur einmal ist sein Name in einer dubiosen Geschichte aufgetaucht.« Armand machte eine Kunstpause, um herauszufinden, ob sein Freund ihm noch zuhörte – was nicht gerade dessen Kernkompetenz war.

»Und?«

»Und was?«, hakte Armand nach.

»Na, die dubiose Geschichte …«

Armand schien zufrieden. »Es gab 1995 eine Anklage gegen von Werdenberg von einem ehemaligen Mitarbeiter. Der Mann behauptete, er sei von Alexander von Werdenberg zusammengeschlagen worden, nachdem er gekündigt habe. Es ist allerdings nie zu einer Verurteilung gekommen.«

»Hat der Mann die Anklage zurückgezogen?«

»Nein. Aber von Werdenberg war zur Tatzeit beim Abendessen in der Kronenhalle. Das Personal und mehrere Zeugen bestätigten, dass er den ganzen Abend alleine ruhig unter dem Chagall-Gemälde gespeist habe. Trotz dieser Aussagen blieb das Opfer bei seiner Behauptung. Komische Geschichte. Das Gericht ging gar nicht erst auf die Klage ein. Sonst ist die Akte von Werdenbergs sauber wie frische Bettwäsche. Seltsam für eine so exponierte Person.«

Armand verabschiedete sich kurz darauf, die Verbrecherwelt machte schließlich keine Mittagspause. Dem Berater werde er wegen dieser kuriosen Geschichte zu einem späteren Zeitpunkt nochmals auf die Pelle rücken. »Liebe Grüße an Sophie und die Kinder!«

Und weg war er.

Philipp legte nachdenklich sein Smartphone aus der Hand. Auf Armand war Verlass. Wer weiß, wo er ohne seinen Freund gelandet wäre. Sicher nicht auf einem bequemen

Bürosessel der Universität Zürich. Philipp hörte immer, oder wenigstens meistens, auf die Meinung und den Instinkt seines Freundes und nahm seine Ratschläge nie auf die leichte Schulter, auch wenn ein guter Detektiv von Berufs wegen überall ein Verbrechen vermutet. Philipp zündete sich eine Zigarette an. Er inhalierte tief, klickte zweimal auf das Dokument von Armand und begann zu lesen.

Neue Zürcher Zeitung, November 1972

Am vergangenen Samstag fand die Abdankung von Johannes von Werdenberg im Zürcher Grossmünster statt. Die Kirche war auf Wunsch der Trauerfamilie nur mit den engsten Weggefährten gefüllt. Die rund hundert versammelten Gäste würdigten nicht nur den Verstorbenen, der viel zu früh von uns gegangen ist, sondern nicht zuletzt das große soziale Engagement der Familie von Werdenberg, die jedes Jahr einen stattlichen Betrag aus ihrer Schatulle der Stadt, dem Kanton und dem Land zur Verfügung stellt und damit schon viele Kinderaugen zum Leuchten gebracht hat.
Alexander von Werdenberg bedauerte in einer ergreifenden Rede das viel zu frühe Hinscheiden seines Bruders. Der Unfall auf der vereisten Straße im Appenzellerland sei ein Schock gewesen. Sein Bruder sei nach dem gewaltsamen Tod der Eltern seine wichtigste Bezugsperson gewesen. Alexander von Werdenberg lobte das Verhalten der offiziellen Schweiz. »Ich bedanke mich bei der Schwei-

zer Regierung, dass Johannes und mir Schutz vor dem Naziregime gewährt worden ist. Ich werde die Privatbank auch im Namen meines Bruders weiterführen.«
Der Chefredakteur dieser Zeitung würdigte anschließend in seiner Rede das bedeutende Netzwerk der Privatbank von Werdenberg und dessen Bedeutung für die Stadt. Der Kirchenratspräsident wies seinerseits darauf hin, dass uns der Tod nicht von den Verstorbenen trenne. »Allein der Tod ermöglicht die Liebe und die Verbundenheit in der tiefsten Dimension«, so der hohe Geistliche. Eine Aussage, die Alexander von Werdenberg sichtlich berührte. Der Stadtpräsident schließlich erwähnte noch einmal das soziale Engagement der Werdenberg-Brüder. »Sie haben vielen Menschen Hoffnung gegeben und gezeigt, dass auch die Wirtschaftselite Teil der Gesellschaft sein kann, wenn sie es denn will.« Ein ergreifender Moment!

Philipp druckte sich den Artikel nachdenklich aus und las ihn ein zweites Mal durch. Der Bankier als ein wichtiger Bestandteil der Gesellschaft – die Idee gefiel ihm, entsprach leider nicht immer der Realität. Er rekapitulierte das Gespräch mit Armand. Eine komische Geschichte, diese Rauferei. Zum Glück war von Werdenberg gerade in der Kronenhalle gewesen, obwohl er ja – gemäß eigener Aussage – nur selten in Restaurants anzutreffen war.

Glücklicher Zufall.

Und dann war da noch die Freimaurerloge. Philipp suchte im Netz einige Informationen darüber zusammen.

Was er fand, war harmlos. Die Freimaurer vertraten weltliche und ethische Grundwerte wie Freiheit, Gleichheit, Brüderlichkeit, Toleranz und Humanität. Diese wurden im Alltag gelebt. Die Freimaurer organisierten sich in Logen und waren sehr diskret. Es gab auch Logen für Frauen. Vorbildlich.

Philipp öffnete das Fenster und zog die kühle Luft gierig in seine Lungen. Er hatte das Gefühl, etwas übersehen zu haben. Er ging zurück an den Computer und las sich durch einige Berichte im Internet. Die Liste der bekanntesten Freimaurer, notabene alle bereits verstorben, las sich wie das »Who's who« eines Geschichtsbuches. Darunter waren Schriftsteller wie Goethe, Tucholsky, Twain und Politiker wie George Washington, Roosevelt oder Churchill.

Dann kam es ihm wieder in den Sinn: die Bilder im Büro der Rektorin! Philipp versuchte, sich an so viele Namen wie möglich zu erinnern. Die abgebildeten Persönlichkeiten waren alle ehemalige Mitglieder der Geheimloge. Das ließ nur einen Rückschluss zu: Fries musste selbst Mitglied sein – oder vielmehr Schwester. Kannten sich also die Rektorin und der Privatbankier von Werdenberg schon länger? Wieso hatte Fries ihm das verheimlicht?

»Wir kennen uns nur flüchtig …«

Was sollte diese Geheimnistuerei? Philipp ärgerte sich und die Ader an der Schläfe schwoll an. Er wurde nicht gern an der Nase herumgeführt. War von Werdenberg wirklich der Gentleman alter Schule, für den ihn alle hielten? Für einen kurzen Augenblick hatte er bei ihrem letzten Treffen seine andere Seite gezeigt. Hatte er noch mehr zu verbergen? Aber warum sollte er dann ausgerechnet ihm und seinem kleinen Team Einblick in seine Vergangenheit gewähren?

Nachdenklich schloss Philipp das Fenster. Anschließend bereitete er sich einen Espresso an der kleinen roten Kaffeemaschine zu, dem wichtigste Gerät im Büro – sogar vor dem Computer. Gerne hätte er die Rektorin sofort zur Rede gestellt. Eine so plumpe Vorgehensweise würde ihm allerdings kaum die gewünschten Antworten bringen. Nein, er musste es subtiler anstellen und noch genauer hinschauen.

Jeden Stein umdrehen.

Philipp öffnete die Tür und ging mit der Espressotasse in der Hand zu Jan, der gerade mit Emma Loppacher in seinem Büro Akten wälzte. Die beiden hatten dort alle Unterlagen zum »Projekt von Werdenberg« ausgebreitet.

»Jan, wie wäre es mit einem Wochenendausflug nach Deutschland? Freie Hotelwahl und alles bezahlt von der Universität.«

Philipp schmunzelte beim Gedanken an den Gesichtsausdruck von Fries' Assistenten, wenn er die Rechnung abzeichnen musste. Jan war sofort Feuer und Flamme. Eine kleine Luftveränderung habe noch nie geschadet und das Aktenwälzen sei mit der Zeit etwas eintönig.

Philipp klärte ihn über den Hintergrund auf. »Such nach Geburtsurkunden, Schulfotos, Zeitungsartikeln. Frag auch nach Informationen zu den Hauser Brüdern, die verschwunden sind, nachdem sie die von Werdenbergs gerettet haben. Und finde jemanden, der von Werdenberg schon damals persönlich gekannt hat. Irgendjemand muss doch noch am Leben sein, der etwas über unseren Patron zu erzählen weiß. Es können ja nicht alle verschwunden sein, als wären sie in ein großes schwarzes Loch gefallen. Du kennst vielleicht die alte dänische Jugendbuchserie ›Jan als Detektiv‹ – jedenfalls fährst du nächste Woche nach Waldshut ins schöne Baden-Württemberg und stocherst wie ebendieser Jan Helmer in der Geschichte der von Werdenbergs herum. Von Werdenberg hat moniert, dass unsere Arbeit bis jetzt zu langweilig gewesen sei. Peppen wir sie also auf. Aber dafür brauchen wir interessante Informationen. Und die werden wir finden. Garantiert.«

Jan räusperte sich verlegen, und Philipp nahm ihm die Frage ab. »Ja, natürlich, Emma darf dich begleiten – wenn sie möchte.«

RUHE VOR DEM STURM

23. und 24. Oktober

Philipp drehte sich nach hinten und klatschte seine beiden Kinder ab. »Jawohl!«

In letzter Sekunde hatten sie es gerade noch auf den Autozug geschafft, der die Familie in lediglich 18 Minuten vom Prättigau ins Engadin bringen würde. Die klassische Route über den Julier war heute aufgrund des nebligen Wetters keine Alternative, an einem schönen Herbsttag hingegen sehr empfehlenswert. Die Verladewagons waren gut gefüllt. Die Autos standen Stoßstange an Stoßstange. Mit dem Herbst zogen die letzten Wanderer in die Berge ein. Sophie schmunzelte. Sie hätten die 30 Minuten Wartezeit bis zur nächsten Abfahrt problemlos für eine Pinkel- und Kaffeepause nutzen können. Es machte sie aber glücklich zu sehen, wie sich die Kinder und vor allem Philipp über Kleinigkeiten freuten. In solchen Momenten empfand sie ein tiefes Glücksgefühl, als ob warmes Gold durch ihre Adern fließen würde. Mit einem Ruck und einem rostigen Quietschen setzte sich der schwere Zug in Bewegung. Kurze Zeit später war er im Tunnel verschwunden.

»Hier, trinkt bitte einen Schluck Wasser.« Sophie hielt eine Wasserflasche nach hinten. Keine Reaktion. Ihre

Tochter Michelle war in ihr Buch vertieft. Die im Fonds eingebaute Leuchte spendete ihr das nötige Licht. Harry Potter, Teil eins.

A long way to go.

David, ihr kleiner Bruder, kämpfte derweil auf dem Smartphone gegen irgendwelche Bösewichte, von denen er freudig zähnefletschend soeben einige beseitigt zu haben schien. Sophie legte die Stirn in Falten und die Flasche auf den Hintersitz zwischen die Kinder.

»Einen Augenblick. Dieses Problem kann man nur digital lösen«, sagte Philipp und tippte eine kurze Mitteilung in den Familienchat. Kurze Zeit später vibrierte es dreimal im Wagen.

»Manno!«, rief Michelle und griff nach der Wasserflasche.

Zehn Sekunden später vibrierte es wieder dreimal. Es war Davids Antwort.

»Kb«. Sophie lachte.

»Kb?«, frage Philipp.

»Keinen Bock – analog«, erklärte Sophie.

Sie lachten laut. Ganz der Vater. Sophie nahm Philipps Hand und schloss zufrieden die Augen. Die Atemgeräusche ihrer Liebsten machten sie stolz und glücklich. Sie wusste, dass Philipp alles für seine Familie tun würde.

Alles.

*

Horowitz fuhr mit einem gebührenden Abstand hinter dem BMW-Motorrad her. Sie hatte es nicht eilig. Auf dem kleinen GPS-Gerät vor sich an der Windschutzscheibe blinkte der rote Punkt rhythmisch wie bei einem Herzschrittmacher. Sie würde das Signal selbst dann empfangen, wenn Emma Loppacher auf dem Motorrad das Smartphone ausschalten würde. Im aktivierten Zustand konnte sie sogar die Gespräche mithören. Alle Geräte der Privatbank von Werdenberg waren mit der hauseigenen israelischen Software versehen worden. Das Geschenk eines langjährigen Kunden, dem die Bank gute Dienste erwiesen hatte. Nicht einmal der Schweizer Regierung stand eine solche Technologie zur Verfügung.

Ehre, wem Ehre gebührt.

Missmutig betrachtete Horowitz das Armaturenbrett vor sich. Sie hasste ihren Dienstwagen. Der VW Golf in der Standardausführung war so unauffällig wie langweilig. Eine Spaßbremse, sogar auf der Autobahn. Es war ihr unerklärlich wieso jemand Geld für ein solches Gefährt hinblätterte. Nicht einmal ein Hund würde sein Bein beim Vorbeigehen heben. Aus diesem Grund war es jedoch das perfekte Fortbewegungsmittel, um jemanden zu beschatten. Es war ihr bewusst, dass sie schlecht mit ihrem Aston Martin DB9, Quantum Silber, zwölf Zylinder und einem lautstarken 6-Liter-Motor ihrem Job nachgehen konnte. Als Frau am Steuer fiel man gleich doppelt auf. Vor allem den Männern. Bei ihrem letzten Tankstopp, von denen es aufgrund des nicht wirklich ökologischen, dafür umso durstigeren Motors viele gab, meinte der Tankwart läppisch, sie solle doch bitte ihrem Ehemann ein Kompliment für den schönen Wagen ausrichten, was Horowitz dazu veranlasste, den Ort auf der Stelle mit durchdrehenden Rädern zu verlassen, wohl wissend, dass die Zapfpistole des Benzinschlauchs noch im Wagens steckte, was diesen nicht weiter störte, dafür aber den Schlauch, der mit brachialer Gewalt von über 500 Pferdestärken aus der Zapfsäule gerissen und dem perplexen Möchtegernmacho um den Kopf geschlagen wurde. Noch vom Wagen aus informierte sie den Anwalt der Privatbank von Werdenberg, einen in New York gestählten Juristen, welcher sogleich die betreffende Mineralölfirma kontaktierte und mit einer regelrechten Anklageflut wegen sexueller Belästigung und antifeministischem Verhalten drohte, worauf genau das passierte, was sich Horowitz gedacht hatte: nichts. Die Firma entschuldigte sich unterwürfig und vergaß nicht zu erwähnen, dass die Tankfüllung natürlich aufs Haus gehe.

Einfach keine Eier, diese Typen!

Horowitz' Vater hatte sie behutsam, aber streng in sein Metier eingearbeitet. Sie stünden in der Schuld der von Werdenbergs, hatte er ihr immer wieder eingebläut. Ohne die Brüder wäre er schon lange tot und sie würde gar nicht erst existieren. Ein Argument, das ihr einleuchtete. Ihr alter Herr war damals für die von Werdenbergs zur rechten Hand geworden. Fahrer, Koch, Butler, Problemlöser, Detektiv, Grobian und bei Bedarf auch mal Auftragskiller.

Wie seine Tochter heute.

Horowitz hatte viel investiert. Nach dem Studium in Stanford war sie für zwei Jahre nach Israel gegangen und wurde in einem als Kibbuz getarnten Trainingscamp von den härtesten Ausbildnern des Mossads geschult. Es sei noch niemand in seinem eigenen Schweiß ertrunken, war der Lieblingsspruch ihres Mentors gewesen, wenn sie an ihre Belastungsgrenze gekommen war. Die Qualen hatten sich gelohnt.

Horowitz liebte ihren Job. James Bond light, es war sowieso schon lange überfällig, dass eine Frau diese Figur übernimmt. Während sich die unwissenden Berater auf das tröge Bankgeschäft konzentrierten, kümmerte sich Horowitz zusammen mit von Werdenberg um die echten Anliegen und Sorgen der Kunden. Einen lästigen Konkurrenten diffamieren, einen unliebsames Familienmitglied erpressen, einen Nebenbuhler zum Schweigen bringen oder jemandem eine neue Identität verpassen? Kein Problem. Sie versprachen nur, was sie halten konnten. Das war die eine oberste Direktive. Ihre Kundschaft wusste ihre Dienste zu schätzen. Bezahlt wurde via horrender Gebühren für bankinterne Transaktionen oder hoher Spenden an die Stiftung von Werdenbergs. Die Bankmitarbeiter ließen sie im Glauben, dass die hohen Preise durch ihren Service zu rechtfertigen seien. Die brisanten Informationen, die sie während Jahrzehnten gesammelt hatten, waren nicht mit Gold aufzuwiegen. Der Schweizer Bankenplatz war quasi in ihrer Hand, die sie bei Bedarf zu einer Faust ballen und fest zudrücken konnten.

Das rote Bremslicht der BMW-Maschine holte Horowitz in die Gegenwart zurück. Die junge Loppacher war eigentlich genau ihr Typ. Horowitz stand auf jüngere, selbstbewusste Frauen. Vor allem die blonden hatten es ihr angetan. Schon die eine oder andere hatte auf dem Beifahrersitz des DB9 gesessen. Wie machohaft. Aber mit Mitarbeiterinnen, Kundinnen oder Opfern durfte sie nun mal keine Techtelmechtel anfangen.

Die zweite Direktive.

Vor dem Grenzübergang schaltete Horowitz das Navigationsgerät ab. Niemand sollte sehen, dass sie jemandem folgte. Die Pistole, die sie im Halfter unter dem Blouson trug, bereitete ihr kein Kopfzerbrechen. Sie hatte eine Lizenz dafür.

*

Alexander von Werdenberg saß im Salon seiner herrschaftlichen Villa am noblen Zürichberg. Er hielt die »Selbstbetrachtungen« von Marc Aurel in den Händen und blätterte durch die bestens bekannten Aphorismen. Die Szene hatte etwas Gespenstisches, denn während er las, wurde er von einer Person beobachtet, die ihm bis aufs Haar glich. Auf den zweiten Blick stellte man jedoch fest, dass die Haut des Zuschauers blasser war und der einer Wachsfigur ähnelte.

Er hustete abrupt und heftig. Alexander von Werdenberg legte sein Buch auf die Seite und sah in die Augen seines Gegenübers, die mit seinen identisch waren.

»Hast du Schmerzen?«

»Nein«, log die Wachsfigur und spuckte blutigen Schleim in ihr Taschentuch. »Die Schmerzmittel erfüllen ihren Zweck. Noch …«

»Wir haben bald Klarheit. Alles wird gut. Vertrau mir.«

Der Fahle lächelte grimmig. »Ich habe ja Lungenkrebs, nicht du.«

Alexander von Werdenberg blickte sein Gegenüber traurig an. »Hast du Angst vor dem Tod? Du weißt, dass ich mit dir tauschen würde, wenn ich könnte.«

Der andere blinzelte böse. »Warum sollte ich Angst haben? Solange ich da bin, ist es der Tod nicht. Und wenn der Tod da ist, bin ich nicht mehr. Der Scheißkerl kann mir gestohlen bleiben!«

Sie lachten herzhaft zusammen, wie sie es schon immer konnten. Alexander von Werdenberg stand auf.

»Dann lass uns die Zeit, die wir noch haben, nicht vergeuden.« Er trat an einen gläsernen Rolltisch heran und schenkte zwei Gläser Le Voyage de Delamain ein. Der Cognac ruhte seit über 100 Jahren in der edlen Glaskaraffe. Sie nickten sich zu, schwenkten die Gläser unter der Nase und tranken bedächtig einen Schluck.

Alexander von Werdenberg ging zu einem Wandgemälde, stellte es behutsam auf den Boden und öffnete einen kleinen, in die Wand eingelassenen Tresor. Diesem entnahm er ein dickes, in Leder gebundenes Buch. Die Seiten waren handbeschrieben, in fein säuberlich ausgeführtem Sütterlin. Von Werdenberg setzte sich wieder und blätterte durch den schwarzen Wälzer. Er presste seine Lippen zusammen und schüttelte erstaunt den Kopf. »Kannst du dir vorstellen, wie viel Dreck wir in den vergangenen 50 Jahren zusammengetragen haben?«

»Ja«, antwortete das Ebenbild wahrheitsgetreu.

»Mit diesem Buch könnten wir den ganzen Finanzplatz für immer und ewig versenken. Einfach unglaublich, diese Heuchelei, dieses Belügen und Betrügen, diese Bigotterie, dieses …«

»… Glück«, schob die Wachsfigur ein. »Vergiss nicht, dass wir dank der Schwächen all dieser Halunken ein Imperium aufbauen und schlussendlich entscheiden konnten, wem und zu welchem Preis wir die Privatbank von Werdenberg verkaufen wollen. Keine Karriere, schon gar keine erfolgreiche, ist je ohne Verfehlung ausgekommen. Auch wenn die zuoberst auf der Leiter gerne von harter Arbeit sprechen. Aber was soll's!« Der

Fahle hob feierlich das Glas in die Höhe. »Es war eine große Zeit. Ich möchte keinen Tag missen. Auf die Vergangenheit!«

»Und auf die Zukunft«, antwortete Alexander von Werdenberg.

ZWEITER TEIL

DER TRAUM

Engadin, 24. Oktober

Philipp saß auf dem Geländer der Quaibrücke. Unter ihm floss die Limmat aus dem See ab. Schwarz und kalt. Dicker als normales Wasser und klebrig wie Teer. Die Brücke war menschenleer. Ungewöhnlich für dieses sonst so hektische Nadelöhr, wo sich normalerweise Fußgänger, Radfahrer, Autos und Straßenbahnen hektisch aneinander vorbeischoben. Philipp blickte das Limmatquai hinunter. Die Straßenlaternen waren ausgeschaltet. Nur die Statue von Zwingli leuchtete hell vor der Wasserkirche. Es musste demnach mitten in der Nacht sein, was auch die verwaiste Brücke erklärte. Er wartete auf die Polizei, die ihn abholen würde.

Mit Handschellen und Blaulicht.

Philipps Geständnis war umfassend gewesen. Sophie hatte ihn zunächst ausgelacht. Der Vater ihrer Kinder ein Mörder? Unsinn. Die Polizei war wesentlich aufgeschlossener. Seine Geschichte war in sich zu schlüssig, um frei erfunden zu sein. Daten, Orte und Opfer – alles stimmte überein. Niemand außer dem Täter selbst konnte all die Details kennen. Sofort hielten sie Rücksprache mit Sophie und schickten zwei Beamte vorbei. Personenschutz. Reine Vorsichtsmaßnahme, meinten sie. Das musste die Angst in Sophie geweckt haben, denn sie war plötzlich mit den Kindern verschwunden. Weg. Ohne ein Wort. Ihren Hund, die kleine Bella, hatte sie nicht mitgenommen. Philipp solle selbst schauen, was aus dem Köter werde. Ungewöhnlich harte Worte für Sophie. Wahrscheinlich der Stresssituation geschuldet.

Verständlich.

Philipp nahm den kleinen Hund vorsichtig aus der Manteltasche. Er hatte Größe und Aussehen eines neugeborenen Welpen. Eigentlich ja süß und flauschig. Dieses Exemplar war aber nur unbeholfen, unruhig. Überraschend hässlich. Mit seinen eiskalten Fingern konnte er das zappelige Tier nicht richtig festhalten. Obwohl er seinen ganzen Willen und alle Kraft in seinem Körper mobilisierte, glitt ihm das hässliche Ding aus der Hand und verschwand in der dunklen Brühe unter ihm. Philipp wollte laut schreien, doch er brachte keinen Ton heraus. Stattdessen starrte er ungläubig auf seine Füße. Er trug keine Schuhe, und die Strümpfe waren so weit runtergerutscht, dass sie nur noch knapp an den Zehenspitzen hingen. Nass und dreckig. Dort schwangen sie hin und her wie verrückt gewordene Wetterfahnen.

Dann blickte Philipp in Richtung Opernhaus, von wo großes Geschrei zu vernehmen war. Alexander von Werdenberg stand auf dem Balkon des noblen Hauses und schüttete Geld auf den Sechseläutenplatz hinunter. Dort hatte sich bereits eine kleine Menschenansammlung gebildet. Doch das Geld fing in der Luft Feuer, und so rieselte nur heiße Asche auf die Menschen, die gierig ihre Hände nach oben streckten. Symbolisch verbrannten so die vielen Millionen Franken Subventionen aus dem staatlichen

Lotteriefonds, die aus der Tasche hoffender und immer wieder enttäuschter Spieler und Spielerinnen stammte, die womöglich selbst nie einen Fuß über die Schwelle des Opernhauses setzten, weil ihnen vielleicht sowohl die Mittel dazu wie auch das Interesse daran fehlten und sie stattdessen mit ihrem glücklosen Lotterieeinsatz den Opernbesuch derjenigen subventionierten, die so viel Geld hatten, dass sie nie auf die Idee gekommen wären, Lotto zu spielen.

Vom Central her näherten sich schnell Polizeisirenen. Das Martinshorn klang ungewöhnlich. Tiefer und ruhiger als normal, wie Kirchenglocken. Wollte die Polizei ihn täuschen? Für wie dumm hielt man ihn eigentlich? Es war sowieso zu spät, um an eine Flucht zu denken. Philipps Trauer über den verschwunden Hund überkam ihn mit voller Wucht, und er wischte sich mit dem Handrücken die nasse Wange ab. Dann öffnete sich über dem Zürcher Nachthimmel ein Riss, und helles Licht, wie von einem Scheinwerfer, leuchtete auf die Stadt, die sich einer Luftspiegelung gleich auf unerklärliche Weise aufzulösen begann. Langsam nahm sie die Gestalt eines eleganten Raums an, durch dessen offene Balkontür sich ein herrlicher Blick auf die Bergwelt von St. Moritz bot. Philipp sah gerade noch aus dem Augenwinkel, wie der kleine Beagle schwänzelnd vom Bett sprang, nachdem er ihn mit seiner nassen Zunge aus dem grässlichen Alptraum geweckt hatte.

Gott sein Dank!

Sophie trat frisch geduscht mit einer Tasse Kaffee in der Hand von der Terrasse ins Zimmer. Sie trug einen flauschigen Bademantel, der sich sanft an ihren schlanken Körper schmiegte. Die Luft roch nach einem sonnigen Herbsttag und frischer Bodylotion. Im Nebenraum hörte er die Kinder zanken. Selten hatte sich Philipp so über dieses Geräusch gefreut. Glücklicherweise wusste sich die ältere Schwester gegen den kleinen – dafür umso wilderen – Bruder zu wehren, sie blieben sich definitiv nichts schuldig. Die beiden kamen ins Elternzimmer gestürmt und fuchtelten mit zwei Fernbedienungen in der Luft herum. Dazu imitierten sie das Summen von Laserschwertern. Es war für Philipp immer wieder verblüffend, wie sich alltägliche Gegenstände in den Händen von Kindern in die wundersamsten Dinge verwandeln und mit Fantasie zu neuer Funktionalität erweckt werden konnten. Nicht überraschend, nahm David die Rolle von Darth Vader ein. Die schwarze Unterhose, die er sich über den Kopf gezogen hatte, ließ keinen anderen Rückschluss zu. Michelle hatte sich in einen viel zu großen Bademantel gehüllt. Ihre Locken glänzten feucht. Gerne hätte er seine Kinder fest in die Arme geschlossen und ihnen gesagt, wie sehr er sie liebe. Er wollte aber ihren imperialen Kampf nicht unterbrechen. Kurz darauf waren Darth Vader und Obi-Wan Kenobi wieder verschwunden.

Die gediegene Suite des Suvretta House verströmte luxuriöse Behaglichkeit. Das 1912 erbaute Nobelhotel erinnerte mit seinem schönen Park an ein Schloss. Es lag etwas außerhalb von St. Moritz am Südosthang des Piz Nair und bot seinen Gästen durch die erhöhte Lage eine traumhafte Aussicht auf das Oberengadin. Philipp atmete tief durch. Die Bettdecke war nassgeschwitzt. Er richtete sich langsam auf und fuhr sich mit den Händen durch das dichte Haar, das an den Schläfen die ersten Grautöne zeigte.

Sophie lächelte ihn an und hielt ihm den Kaffee hin. »Ist noch warm. Habe ihn gerade zubereitet.«

Philipp nahm dankend an und leerte die halbvolle Tasse in einem Zug.

»Mann, habe ich einen Müll geträumt ...«, sagte er kopfschüttelnd.

»Willst du darüber reden? Ich habe mal eine Vorlesung in Traumdeutung besucht. Du weißt schon, Freud und so.«

»Nein, danke. Glaube mir, in meinen Traum sind keine Zigarren vorgekommen.«

Dafür düstere Geister aus der Vergangenheit.

DIE ZÜNDENDE IDEE

Waldshut, 24. Oktober

Der Stadtarchivar von Waldshut-Tiengen drehte sich im Untergeschoss des schmucken herrschaftlichen Rathauses an der Tür wie vom Hafer gestochen um. Offensichtlich war ihm doch noch etwas Wichtiges eingefallen. Emma und Jan blickten erwartungsvoll von ihren Unterlagen auf.

Der freundliche Beamte räusperte sich theatralisch und begann mit feierlicher Miene zu dozieren: »Mir ist da noch etwas in den Sinn gekommen. Wussten Sie eigentlich, dass Waldshut anno 1468 sechs Wochen lang von den Eidgenossen beschossen wurde? Die Schweizer Hauptleute und Knechte waren aber miserable Belagerer. Geradezu legendär undiszipliniert und dazu schlecht organisiert. Als die Belagerung ihnen irgendwann verleidet war, wurde Frieden geschlossen. Das Nachbardorf Tiengen hatte weniger Glück und wurde geschleift. Das Stadtfest, die Waldshuter Chilbi, erinnert uns bis heute an diese Auseinandersetzung. Da seither das Verhältnis zwischen Süddeutschland und der Schweiz als unkompliziert bezeichnet werden kann, einmal abgesehen von den unterschiedlichen Meinungen zum Fluglärm des Zürcher Flughafens, dürften nur wenige Festbesucher den ursprünglichen Anlass des Jahrmarktes kennen. Ich dachte, das könnte Sie als Schweizer interessieren.« Dann drehte er sich mit einem freundlichen Lächeln um und ließ die beiden jungen Leute ratlos zurück.

Emma Loppacher schlug genervt mit der flachen Hand auf den Tisch. Ihre Suche war ernüchternd verlaufen. Es gab im Archiv weder Akten zu den Gebrüdern von Werdenberg noch zu irgendwelchen Verwandten oder Schulfreunden. Außer wenn diese früh verstorben waren. Das Gespräch mit dem tüchtigen Stadtarchivar war ebenfalls ergebnislos verlaufen. Dabei hatte in Waldshut erst neulich eine Vortragsreihe über die Zeit des Nationalsozialismus in dieser Gegend mit dem Titel »Täter, Helfer, Trittbrettfahrer« stattgefunden. Im Rahmen dieser Arbeit waren alle Akten aus der letzten Phase des Krieges gesichtet worden. Das Projekt, so der Stadtarchivar, sollte bewusst machen, dass der Nationalsozialismus auch in dieser Gegend stattgefunden habe. Es habe Opfer, aber ebenfalls Täter gegeben. Das Landgericht und das Stadthaus seien in fester Hand der NSDAP gewesen. Waldshut habe sich erst Ende April 1945 den Franzosen ergeben, und bis zuletzt habe eine Hundertschaft des Volkssturms zur Verteidigung bereitgestanden. Die von Werdenbergs hätten, obwohl treue Katholiken, mit dem Kommunismus sympathisiert, was gegen Kriegsende einem Todesurteil gleichgekommen sei. Zu den Brüdern Hauser, die vielen Flüchtlingen über die Grenze geholfen hatten, habe er während seiner Forschungen ebenfalls keine neuen Informationen gefunden. Die Geschichte der zwei verschollenen Helden sei in seiner eigenen Schulzeit noch erzählt worden. Man habe allerdings nie herausgefunden, wo und wie die beiden ums Leben gekommen sind. Als sich der Staub des Krieges langsam gelegt hatte, musste dieser das Schicksal der noblen Fluchthelfer unter sich begraben haben. Es wäre sicherlich eine noble Geste, wenn man die Hauser-Zwillinge im Buch der Privatbank von Werdenberg erwähnen würde. Schließlich hätten die Bankiers ihnen ihr Leben zu verdanken. Emma und Jan versprachen dem Archivar, sich dafür stark zu machen.

»So ein Müll! Keine Einträge, kein Garnichts. Als hätten die Brüder nie existiert. Sind wir sicher, dass die von Werdenbergs nicht irgendwo anders aufgewachsen sind?« Emma war unzufrieden.

Jan füllte seine Backen mit Luft und atmete enttäuscht aus. »Wären die Geburtsurkunden von 1930 und 1931 nicht vorhanden, könnte man das fast meinen. Ein Jahr liegen die Brüder auseinander. Keine Information, um unser Buch attraktiver zu machen. Wie der Archivar gesagt hat, muss alles 1944/45 verbrannt sein. Und Zeitzeugen gibt es keine mehr, die Alexander von Werdenberg oder seinen Bruder kannten. Alle früh verstorben. Erinnert mich irgendwie an die Horrorfilmreihe ›Final Destination‹. Alle werden der Reihe nach vom Tod geholt, bis nur noch einer übrig bleibt. Und das ist in unserem Fall dein Arbeitgeber Alexander von Werdenberg.«

Emma lachte und stapelte die Bücher vor sich ordentlich übereinander. Zeit zum Aufbrechen. Auch Jan packte seine Unterlagen zusammen. Wäre er alleine unterwegs gewesen, so hätte er höchstwahrscheinlich nach der Durchforstung des Stadtarchivs die Segel gestrichen. Aber aufzugeben hätte das Ende des Ausfluges mit Emma bedeutet. Und auf eine vorzeitige Rückfahrt, noch dazu auf dem Sozius der schweren BMW-Maschine, war er nicht erpicht.

»Lass uns etwas essen gehen. Vielleicht haben wir dabei

eine zündende Idee«, sagte er. Einfach nur Zeit mit Emma gewinnen, dachte er.

Diese quittierte mit einem erhobenen Daumen. »Gute Idee, ich bin am Verhungern.«

*

Horowitz staunte nicht schlecht, als sie die beiden jungen Leute auf das Restaurant zukommen sah, in welchem sie es sich so gemütlich wie möglich gemacht hatte. Sie hatte soeben ein überraschend leckeres italienisches Sandwich gegessen. Das Ciabatta war auf den Innenseiten herrlich in Olivenöl geröstet und der Parmaschinken so fein geschnitten worden, wie es sein sollte. Der kleine Snack hatte sie so positiv überrascht, wie sie die schlechte Bedienung geärgert hatte. Der aufdringliche Kellner hatte einfach nicht begreifen wollen, dass er ihr keinen Wein servieren konnte. Nur zu gerne hätte sie dem Kerl die Mineralwasserflasche über den Kopf gezogen. Es blieb beim Wunsch, denn nun galt Horowitz' Aufmerksamkeit den neuen Gästen. Sie widerstand der reflexartigen Versuchung, zu bezahlen und diskret zu verschwinden. Humboldts Assistent und die hübsche Loppacher kannten sie nicht.

So what?

Dennoch war Horowitz vorsichtig. Sie war es gewohnt, aus dem Hintergrund zu agieren. Ein Schatten. Keine unnötigen Risiken eingehen. In ihrem Metier das »sine qua non«. Es war für die dunkelhaarige Schönheit ein Leichtes, beim Betreten eines Raumes alle Blicke auf sich zu ziehen. Verstohlene der Männer, missgünstige der Frauen, was sie immer von Neuem amüsierte. Doch heute war das Mauerblümchen angesagt. Ihre langen, bis heute pechschwarzen Haare hatte sie unauffällig zusammengebunden, und ihre funkelnden Augen versteckte sie hinter einer großmütterlichen Lesebrille. Im Nu war aus dem Vamp eine schüchterne Buchhalterin geworden. Es erstaunte sie immer wieder, wie leicht man sein Erscheinungsbild ändern und so in der Anonymität versinken, ja sich in ein Nichts verwandeln konnte. Die menschlichen Sinne ließen sich so schnell täuschen. Sie lächelte schüchtern, senkte den Kopf und ging wie ein U-Boot auf Lauschfahrt.

*

Jan und Emma setzten sich mit hängenden Schultern an einen freien Tisch am Fenster. Das hübsche italienische Restaurant in der belebten historischen Einkaufsgasse war gut besucht. Neben einigen Einheimischen, die hier ihre Mittagspause verbrachten, waren auch Schweizer Einkaufstouristen unter den Gästen, die sich preisgünstig verköstigten und von den Anstrengungen des Billig-Shoppens erholten. Fluch und Segen zu gleichen Teilen, wenn eine Stadt wie Waldshut-Tiengen so nahe an der Grenze lag. Die Frau, die alleine am Nebentisch saß, fiel den jungen Leuten nicht auf. Sie hatten noch an ihrer Niederlage zu knabbern und bestellten rasch die Tagespizza.

»Vielleicht eine Flasche Wein dazu?«, fragte der Kellner hoffnungsvoll. Als die beiden freundlich verneinten, knallte er das Körbchen Brot unfreundlich auf den Tisch und zog von dannen.

»Was für eine Zeitverschwendung«, klagte Emma. »Nichts, nichts und wieder nichts.« Sie schob sich ein

Stück Brot in den Mund und zermalmte es grimmig zwischen den Kiefern.

»Dafür kennen wir jetzt den Ursprung der hiesigen Kirmes ...«

Emma griente. Während des Essens diskutierten sie alle möglichen Handlungsoptionen, kamen aber keinen Schritt weiter. Dabei bemerkten sie nicht, wie sich die Lippen der unscheinbaren Frau am Nebentisch zu einem hinterlistigen Schmunzeln formten.

Das Restaurant begann sich langsam zu leeren. Die berufstätigen Gäste mussten zurück an ihren Arbeitsplatz, und die Touristen zog es zur nächsten Sehenswürdigkeit oder in einen Rossmann-Drogeriemarkt. Als der Kellner den jungen Leuten schließlich die Rechnung brachte, war Jans Stimmung am Tiefpunkt angelangt.

»Schade, dass unser Ausflug schon zu Ende ist«, sagte er trübsinnig.

»Ist das denn so schlimm?«, fragte Emma mit einem spitzbübischen Lächeln.

Jan schoss das Blut ins Gesicht und er tat, was viele Männer tun, wenn ihnen etwas peinlich war. Er flüchtete in eine Zigarettenpause. »Kann man bei Ihnen Zigaretten kaufen?«, fragte er den Kellner.

Der Mann schüttelte den Kopf. »Nein, aber ein Stück die Straße runter gibt es einen Zeitungskiosk.«

Jan schnippte mit den Fingern, wie es Wickie in der gleichnamigen Trickfilmserie nicht besser gekonnt hätte. Anschließend sprang er auf, wie von einer Tarantel gestochen.

»Zeitungskiosk«, wiederholte Jan, eilte aus dem Restaurant und ließ eine verblüffte Emma zurück. Diese hob die Schultern und bezahlte die Rechnung. Ging ja alles auf Spesen.

Keine fünf Minuten später klopfte Jan mit zwei zusammengerollten Zeitungen an die Scheibe des Restaurants und winkte Emma mit einem breiten Lächeln zu. Anschließend eilte er hinein und warf triumphierend die beiden Blätter auf den Tisch. »Schau, was ich gefunden habe. Der Kellner hat mich auf die Idee gebracht. Eigentlich eine Schande für einen Wissenschaftler wie mich, da hätte ich längst drauf kommen sollen. Es gibt hier in Waldshut den lokalen ›Alb-Bote‹ und den überregionalen ›Südkurier‹. Die haben doch sicher ein Zeitungsarchiv. Wenn es irgendwo noch Bilder oder Informationen zu den von Werdenbergs geben sollte, warum nicht dort? Unsere letzte Chance. Wäre ja gelacht, wenn es über diese berühmte Familie nichts zu schreiben gegeben hätte. Wenn wir schon nicht die richtige Nase zum Rumschnüffeln haben, dann vielleicht die Journalisten.«

Emma klopfte anerkennend auf den Tisch. »Gut gemacht, Hercule Poirot! Und was ist aus den Zigaretten geworden?«, fragte sie mit unschuldiger Miene.

»Rauchen wird überschätzt.«

Emma nahm ihr Smartphone zur Hand und suchte im Internet rasch die wichtigsten Informationen zusammen. Es gebe nach wie vor eine kleine Niederlassung des »Alb-Boten« in Waldshut, die allerdings nur bis 13 Uhr geöffnet sei. Sie mussten sich also gedulden und noch einen Tag in Deutschland verbringen.

»Nichts mit Heimfahren«, sagte Emma

Jan strahlte über beide Ohren. Emma und er informierten ihre Arbeitgeber über den Stand der Dinge und machten sich auf die Suche nach einem passenden Hotel. Den

Summton – das Zeichen einer eingehenden Nachricht am benachbarten Tisch – hörten sie nicht mehr.

*

Horowitz hatte sich bereits auf die Rückfahrt eingestellt. Doch in ihrem Metier galt es, flexibel zu bleiben. Die Idee des jungen Assistenten verdiente ihren Respekt: das Zeitungsarchiv, kein schlechter Einfall! Ihr Vater hatte sein ganzes Leben damit verbracht, den beiden von Werdenbergs den Rücken freizuhalten und alle Informationen aus ihrer Vergangenheit zu vernichten. Die Entdeckung ihres dunklen Geheimnisses hätte katastrophale Folgen nach sich gezogen. Sie selbst war mehr im Tagesgeschäft tätig und räumte für ihre Brötchengeber alle Steine aus dem Weg. Mochten sie noch so schwer sein. Auf ihre Entlohnung wäre jeder Bankmanager eifersüchtig.

Der Kellner trat zu ihr an den Tisch und fragte mit einem süffisanten Unterton: »Darf ich Ihnen noch etwas bringen? Wir machen gleich Schichtwechsel.«

Horowitz blieb ihrer Rolle der unscheinbaren Buchhalterin treu, obwohl sich ihre Nackenmuskeln verhärteten. »Nein, danke. Bringen Sie mir bitte die Rechnung mit Quittung. Mein Vorgesetzter nimmt es sehr genau.«

Bevor Horowitz das Lokal verließ, las sie die Mitteilung, die sie auf ihrem Smartphone erhalten hatte.

»Sehr geehrter Herr von Werdenberg. Bis jetzt haben wir leider keine neuen Informationen gefunden. Wir werden morgen noch das lokale Zeitungsarchiv durchforsten. Ich halte Sie auf dem Laufenden. Liebe Grüße, Emma Loppacher.«

Horowitz verzog ihren Mund zu einem schiefen Lächeln. Wieder kribbelte es im Nacken. Diesmal aber bei dem Gedanken an die kleine Loppacher. Zum ersten Mal konnte sich Horowitz vorstellen, die zweite Direktive zu brechen.

DAS INTERNAT

Engadin, 24. Oktober

Nach dem Frühstück auf der Terrasse ihrer Suite im Suvretta House war die Familie Humboldt getrennte Wege gegangen. Sophie plante mit den beiden Kindern eine ganztätige Wanderung. Die Tour sollte sie von St. Moritz über den Muottas da Schlarigna nach Pontresina führen. Dort würde Philipp sie mit dem Wagen abholen. Sollte es ihm zeitlich nicht reichen, wäre die Rückfahrt nach St. Moritz auch mit den öffentlichen Verkehrsbetrieben möglich. Sophie hatte sich schon die ganze Woche auf diese Wanderung gefreut. Gut zehn Kilometer und über 500 Höhenmeter waren für die Kids ein knackiges Programm. Deshalb hatte Sophie für die Pause ein gemütliches Picknick mit Lagerfeuer und Bratwürsten vorgesehen. Sophie hatte mit Philipp eine Wette abgeschlossen, wie oft sie die obligatorische Gretchenfrage hören würde: »Mami, wie lang goht's no?« Wer die Frage öfter stellen würde, war ohnehin klar. David war die Ungeduld in Person.

Philipp hatte also fast den ganzen Tag für seine Recherche zur Verfügung. Er blickte auf dem Parkplatz des Hotels seinen drei Lieblingen nach, bis sie im Wald verschwunden waren. Bis zum Schluss hatte er gehofft, dass sie sich umdrehen und ihm zuwinken würden, aber die Kinder waren mit noch vollem Akku vorneweg gerannt und Sophie war ihnen kaum hinterhergekommen. Das würde sich im Laufe der Wanderung mit Sicherheit ändern. Dann stieg Philipp in seinen Wagen und fuhr nach Zuoz. Dort befand sich das renommierte Internat Lyceum Alpinum. Die internationale Schule war 1904 gegründet worden und hatte schon viele Zöglinge bekannter Familien ausgebildet. Ursprünglich war das Institut für »schwächelnde Knaben« gegründet worden, deren wohlhabende Eltern im noblen St. Moritz in den Ferien weilten und sich für ihre Zöglinge neben guter Gesundheit zweifellos auch eine gute Portion Drill und Disziplin erhofften. Mit der Zeit bildete sich dann ein vollwertiges Gymnasium, das es zu einem gewissen internationalen Ruf brachte. So waren einige Bankmanager dort zur Schule gegangen, die Philipp aus seiner früheren Karriere kannte. Die Schüler des Internats waren in der Regel zwischen zwölf und 19 Jahre alt. Die von Werdenbergs waren also, zumindest was diese Schule anbelangte, genau zum richtigen Zeitpunkt geflüchtet.

Philipp hatte einen Termin mit der Schulleitung. Alexander von Werdenberg war so freundlich gewesen, ihn persönlich anzumelden. Philipp konnte ja nicht einfach in das Institut reinlaufen, fremde Leute ausfragen und die Schränke durchwühlen. Ohnehin hatte er wenig Hoffnung, interessante Neuigkeiten zu erfahren. Vielleicht eine kleine Affäre oder eine amüsante Anekdote? Ehrlicherweise musste sich Philipp eingestehen, dass er keine Ahnung hatte, wonach er suchte. Im besten und wahrscheinlichsten Fall würde er einen von der Universität bezahlten Ausflug ins sonnige Engadin unternehmen und zudem die langweilige Konferenz an der Uni verpassen.

Er war auf der sprichwörtlichen Suche nach der Nadel im Heuhaufen – doch wenn man diese zufällig fand, stach sie.

»Professor Humboldt. Schön, dass Sie uns besuchen. Ich hoffe, Sie hatten eine angenehme Anreise.« Herr Doktor Valentin Braunschweiger, Mitglied der Schulleitung, kam Philipp mit ausgebreiteten Armen entgegen. Er war tadellos gekleidet und an seinem Revers steckte ein Pin mit dem Bündner Steinbock. Herr Braunschweiger legte professionelle Umgangsformen an den Tag. Bei einem jährlichen Schulgeld von 80.000 Schweizer Franken war nichts anderes zu erwarten. Sein Lächeln war jedoch eindeutig mehr Attitüde denn Fröhlichkeit und wirkte aufgesetzt. Er war Philipp auf Anhieb unsympathisch. Wo Philipp denn übernachte? Das Suvretta House sei eine ausgezeichnete Wahl, und die Wanderung der Familie von St. Moritz nach Pontresina sehr gut gewählt, die Aussicht auf das Engadin »magnifique«, und es sei wichtig, die Kinder schon früh zu fördern. »Mens sano in corpore sano«, sagte das Mitglied der Schulleitung mit einem süßen Lächeln.

Philipp dankte dem Gastgeber für die nette Begrüßung und wies ihn nicht auf den kleinen grammatikalischen Fehler im Latein hin. Nur ein feiner Vorhang trennt bekanntlich die Höflichkeit von der Ehrlichkeit, doch Philipp war heute schließlich der Gast und entschied sich daher für die Höflichkeit. Dann begann der Herr Doktor, die Vorzüge des Internats in den höchsten Tönen zu loben. Er war offensichtlich jemand, der sich gerne reden hörte. Der »Spirit of Zuoz« bestimme die Schulphilosophie und vermittle Werte, die sowohl progressiv als auch traditionell seien. Anstand, Ordnung, Hilfsbereitschaft und Respekt seien essenziell für die offene Lebenseinstellung, die hier gelebt werde. Fairplay werde im Sport und im täglichen Zusammenleben großgeschrieben. Die meisten Schüler würden mindestens vier Sprachen beherrschen, was bei einer Gemeinschaft von 30 Nationalitäten nicht weiter überrasche. Herr Braunschweiger wollte gerade die verschiedenen akademischen Programme vorstellen, als sich Philipp entschied, den guten Mann zu unterbrechen. Er wechselte von der Höflichkeit zur Ehrlichkeit.

»Beeindruckend. Es muss ein Privileg sein, hier seine Matura zu absolvieren. Vor rund 70 Jahren durften die Von-Werdenberg-Brüder dieses Privileg genießen. Deswegen bin ich eigentlich heute gekommen.«

Das Mitglied der Schulleitung runzelte verdutzt die Stirn. »Herr von Werdenberg hat mir gesagt, Sie seien an einem Schulplatz für Ihre Kinder interessiert und wollten eine Vorreservation tätigen.«

Es herrschte eine peinliche Stille. Von Werdenberg hatte allem Anschein nach auch eine komische Seite. Einen solchen Scherz hätte ihm Philipp nicht zugetraut. Er erklärte dem sichtlich frustrierten Doktor den wahren Hintergrund seines Besuches. Dessen Interesse an der Fortführung des Gesprächs sank schneller als die Temperatur in einer sternenklaren Engadiner Winternacht.

»Es hat mich gefreut, dass Sie uns besucht haben, Herr Professor«, sagte Braunschweiger. »Ich muss mich nun leider um unsere Schüler kümmern. Sie wissen ja – die Pflicht ruft. Aber eine unserer Schulsekretärinnen, Frau Lydia Caduff, wird Ihnen gern weiterhelfen. Auf Wiedersehen und gute Rückreise.«

Frau Caduff erwies sich im Gegensatz zu Braunschweiger als eine umgängliche und hilfsbereite Person. Sie erinnerte Philipp an seine Lehrerin in der Grundschule, im positiven Sinn. Der klare Blick, das freundliche, offene Lachen und die zupackende Art bildeten einen angenehmen Kontrast zu ihrem Vorgesetzten. Frau Caduff amüsierte sich ausgesprochen über von Werdenbergs kleinen Scherz.

»Streiche auf Kosten des Lehrpersonals gehören seit jeher zum Repertoire der Schüler. Manche können besser damit umgehen, manche weniger gut.« Sie neigte ihren Kopf in Richtung des Lehrerzimmers. »Ich finde es schön, dass sich Herr von Werdenberg an diese Tradition erinnert«, sagte sie mit Schalk in den Augen. »Er hat mich gestern kontaktiert und mich gebeten, Ihnen weiterzuhelfen. Dafür hat er mir eine signierte Ausgabe seines, entschuldigen Sie, Ihres Buches versprochen.«

Frau Caduff hatte eigens für Philipp ein Besprechungszimmer reserviert und ihm dort alle verfügbaren Unterlagen der Schule zu den Jahren 1945 bis 1949 bereitgelegt. Es handelte sich dabei um Jahrbücher, ein paar Berichte aus der Schulzeitung und die Zeugnisse der von Werdenbergs. Mehr gebe es leider nicht. Einige Jahrbücher aus den besagten Jahren wären nicht auffindbar gewesen. Philipp war gleichermaßen enttäuscht und erleichtert. Enttäuscht war der Wissenschaftler und Detektiv Humboldt, der auf interessante Informationen gehofft hatte. Der Familienvater Humboldt dagegen war erfreut, dass er aufgrund der überschaubaren Unterlagen rechtzeitig aus dem Lyceum verschwinden und seine Familie in Pontresina abholen konnte. Frau Caduff ließ Philipp für die Recherche alleine im Büro zurück.

Die Jahrbücher waren nicht ergiebig. Es gab nur zwei Klassenfotos, auf denen die von Werdenbergs zu sehen waren. Getrennt, da sie nicht dieselbe Klasse besuchten. Alexander war ein Jahrgang über seinem Bruder. Die Zeugnisse waren umso interessanter. Die beiden Brüder hatten sich im ersten Jahr so schwergetan, dass sie die Klasse wiederholen mussten. Nicht wirklich erstaunlich, wenn man ihre Vorgeschichte in Betracht zog. Alexander von Werdenberg mauserte sich über die nächsten Jahre zum Klassenbesten. Seine Noten im Abschlussjahr bestanden ausschließlich aus Fünfern und der Höchstnote Sechs. Dazu kamen Berichte über sportliche Erfolge im Fechten, Skifahren und Schwimmen. Johannes dagegen blieb auch nach der Relegation ein schlechter Schüler und bestand gerade so eben die Matura. Er schaffte die Prüfungen mit dem absoluten Minimum. Keine Note war besser als Vier. Es gab mehrere Einträge zu Verhalten und Pünktlichkeit. Die Schulleitung musste beide Augen zugedrückt haben. Was hatte ihm von Werdenberg doch gleich über seinen Bruder erzählt? Ein Wildfang und Lebemensch sei er gewesen, das pure Gegenteil von ihm selbst. Die Zeugnisse bestätigten dies.

Dann studierte Philipp in aller Ruhe die zwei Klassenfotos. Er erkannte die Brüder auf den ersten Blick. Alexander von Werdenberg wirkte reifer als sein Bruder und kleidete sich schon als Jugendlicher wie ein Bankier, während Johannes sich eher an der Mode der einheimischen Landjugend zu orientieren schien. Ihre Statur und Gesichtszüge waren aber zum Verwechseln ähnlich. Wie Zwillinge. Er blätterte noch einmal lächelnd durch die Zeugnisse. Johannes war definitiv ein grottenschlechter Schüler gewesen. Das kleine Geheimnis sollte in der Familie bleiben.

Ehre die Toten.

Nachdem Philipp die Unterlagen gesichtet und sich Notizen gemacht hatte, verabschiedete er sich im Sekretariat bei Frau Caduff. »Vielen Dank für Ihre Hilfe. Über Alexander von Werdenberg kann man getrost schreiben, dass er von Kindesbeinen an ein Leistungsträger gewesen ist. Die Zeugnisse und Medaillen lassen den späteren Erfolgsmenschen sichtbar werden. Seinen Bruder werde ich als lebenslustigen jungen Mann bezeichnen …«, sagte Philipp schmunzelnd.

Frau Caduff lachte herzlich. »Zweifellos. Ich hoffe, es hat sich gelohnt, extra für die wenigen Unterlagen bei uns vorbeizuschauen. Es ist wie verhext. Ich habe über niemanden so wenig gefunden wie über die von Werdenbergs. Vor allem gibt es keine Fotos mit beiden zusammen, obwohl sie unzertrennlich waren.« Sie brach ihren Satz abrupt ab, als ob sie ein Geheimnis verraten hätte. Philipp hatte die feine Veränderung gespürt, war sich aber nicht sicher, was der Grund dafür sein könnte. Sanft, wie bei einer zarten Glut, hielt er das Gespräch am Laufen und hoffte, dass sich das kleine Feuer entfachen würde. So unterhielten sie sich noch ein wenig über dies und jenes. Philipp erfuhr unter anderem, dass von Werdenbergs Tochter Julia ebenfalls das Internat in Zuoz besucht hatte. Auch sie sei eine ausgezeichnete Schülerin gewesen und musisch dazu. Frau Caduff habe die junge Frau gut gekannt. Eine Weltverbesserin im positiven Sinn. Nicht so oberflächlich und markenverrückt wie manche ihrer Mitschülerinnen. Die junge von Werdenberg habe sich sogar für die Lebensumstände der Bewohner der kleinen Engadiner Gemeinden interessiert und sich für die Erhaltung des Rätoromanischen eingesetzt, während sich die meisten ihrer Freundinnen in den teuren Boutiquen von St. Moritz rumgetrieben hätten. »Sie ist das Beste, was von Werdenberg hatte passieren können. Nur wenigen ist es vergönnt, sein Erbe in so gute Hände zu übergeben.« Die Sekretärin wurde richtig emotional.

»Vor allem, wenn man bedenkt, dass die beiden ihre Mutter respektive Ehefrau so früh verloren haben. Meine Eltern sind leider auch schon verstorben. Aber sie hatten wenigstens ein langes Leben«, sagte Philipp.

Frau Caduff nickte nachdenklich. Gut möglich, dass dies das erste persönliche Gespräch war, das sie seit Langem in diesen Räumen führte. Man konnte sich Frau Caduff auch nicht so richtig dabei vorstellen, wie sie mit einem Scheich oder reichen Industriellen persönliche Erfahrungen austauschte. Hastig griff sie sich einen Stift und kritzelte eine Adresse auf einen Zettel. Diesen schob sie unter der Hand zu Philipp hinüber, als ob sie etwas Verbotenes tun würde. Er fürchtete bereits, dass er der guten Frau falsche Hoffnungen gemacht habe. Aber die Angst war unbegründet.

»Besuchen Sie doch Fräulein Caduff im Altersheim von St. Moritz.« Das Fräulein schien wichtig zu sein.

Philipp blickte sie fragend an.

»Fräulein Caduff ist meine Tante mütterlicherseits. Sie war mit von Werdenberg befreundet.«

»Befreundet?«

»›Friends with benefits‹ würden unsere Jugendlichen heute sagen« Sie sah sich verschwörerisch im Büro um.

Philipp konnte sich ein lautes Lachen nicht verkneifen. Frau Caduff hielt den ausgestreckten Zeigefinger an ihre Lippen. Philipp brauchte einige Sekunden, um wieder zu Luft zu kommen.

»Mit welchem der Brüder war Ihre Tante denn liiert?«

»Mit beiden …«

DER SCHEITEL

Zuoz, Winter 1949

»Das ist jetzt ein Witz, oder?« Alexander von Werdenberg betrachtete kopfschüttelnd seinen Bruder. Dieser stand geschniegelt und tadellos gekleidet vor ihm. Er trug einen groben dunkelbraunen Anzug, ein weißes Baumwollhemd, eine gestrickte dunkelgraue Krawatte und solide halbhohe Schuhe mit einer dicken Gummisohle. Draußen schneite es, und ein eisiger Wind pfiff um das Internatsgebäude. Das Zimmer, das sich die Brüder teilten, war gut geheizt. Die Luft trocken wie ein alter Zwieback.

Johannes von Werdenberg knurrte übelgelaunt zurück. »Die einzige Witzfigur hier bist du. Du wirkst lächerlich in meinen Kleidern.«

»Dann solltest du in Zukunft etwas genauer in den Spiegel schauen, denn genauso siehst du normalerweise aus.« Alexander zerzauste sich mit der einen Hand die Haare, in der anderen hielt er eine beinahe heruntergerauchte Zigarette. Die Glut warf ein rotes Licht auf die Fingerkuppen. Das Rauchen in den Zimmern war strengstens verboten, es sein denn, man hatte mit der Aufsicht einen Deal abgeschlossen. Für die Brüder brachte dieser Deal einige Privilegien mit sich und kostete auf der Sollseite eine zusätzliche Monatsmiete. Ihrem Notar, der die Rechnungen der beiden von Werdenbergs bezahlte, waren solche Extraausgaben zwar ein Dorn im Auge, schlussendlich beglich er die Rechnung trotzdem. Geld war genug vorhanden. Alexander von Werdenberg fuhr mit seinem Tadel fort.

»Der Witz, kleiner Bruder, ist natürlich der Scheitel. Mein Scheitel ist links und von dort ziehe ich meine Haare nach rechts. Nicht umgekehrt. So siehst du aus wie eine Hitlerkopie, fehlt nur der Schnäuzer. Du bist wirklich dümmer als ein Stück Brot. Wenn du dich nicht zusammenreißt, fliegen wir beide noch vom Internat.«

»Was wäre denn so schlimm daran?« Johannes war in Trotzlaune, aber Alexander ließ ihm sein Verhalten heute nicht durchgehen. Zu viel stand auf dem Spiel.

»Du hast recht, eigentlich gar nichts. Blasen wir die Übung doch einfach ab. Du schreibst heute deine Mathe- und Englischprüfung und morgen den Aufsatz über Hölderlin. Und nächste Woche kannst du nach Zürich reisen, weil du einmal mehr den Notendurchschnitt verfehlt hast. Und ich kann – Gott sei Dank! – in aller Ruhe mein letztes Jahr an der Schule genießen. Klingt super. Dann hat jeder was davon. So machen wir es.« Alexander begann, die Kleider seines Bruders auszuziehen. Dieser realisierte, dass es Alexander ernst war.

Todernst.

»Jetzt sei nicht gleich eingeschnappt, Alexander.« Er machte eine Pause und rang sichtlich mit sich selbst. Endlich brachte er die magischen Worte über die Lippen. »Es tut mir leid. Du weißt, wie ich es hasse, Theater zu spielen. Aber ich bin dir echt dankbar für das, was du alles für mich tust. Ohne dich wäre ich aufgeschmissen. Bitte hilf mir noch einmal aus der Patsche. Ich bringe die vielen

Informationen einfach nicht in meinen verdammten Schädel.« Er schüttelte den Kopf wie ein begossener Pudel und zog dann mit einem Kamm den Scheitel stramm von links nach rechts. Johannes sah seinen Bruder mit den Augen eines Kindes an. Alexander war nicht nur sein älterer Bruder, sondern auch eine Art Vaterersatz. Er war ungemein stolz auf ihn. Es gab nichts, was Alexander nicht wusste. Er war Klassenbester in seiner Stufe, außerdem ein begnadeter Sportler, und wenn es galt, einen Deal abzuschließen – wie zum Beispiel den Zigarettendeal –, fand Alexander immer die richtigen Schrauben, an denen es zu drehen galt. Seine Perfektion trieb Johannes zwar immer wieder zur Weißglut, aber die beiden waren unzertrennlich.

Wie Zwillinge.

Alexander betrachtete seinen Bruder zufrieden. Jetzt konnte ihn niemand mehr vom Original unterscheiden. Ein weiteres Mal trichterte er seiner Kopie die wichtigsten Verhaltensregeln für die nächsten Tage ein: Kopf einziehen, unter dem Radar bleiben und keine Wortmeldung in der Klasse. Einfach die Schnauze halten.

Für ihn selbst waren die bevorstehenden Prüfungen ein Klacks. Er hatte diese bereits vor einem Jahr mühelos bestanden. Sein Problem war anderer Natur. Er musste sich darauf konzentrieren, bewusst Fehler einzubauen. Es wäre aufgefallen, wenn sein Bruderherz – wahrlich kein Genie unter der Sonne – plötzlich einen lateinischen Text prima vista tadellos übersetzen, in Deutsch einen Aufsatz mit konsistenter Argumentation abliefern und in Mathe die Lösungen stringent herleiten würde. Im Lehrerzimmer würden sofort die Alarmsirenen losgehen. Nein, Alexander musste sehenden Auges Fehler einbauen, die ihm im wahrsten Sinne des Wortes körperliche Schmerzen bereiteten. Die Fehlerquote galt es in einem Maße zu temperieren, dass daraus eine Note zwischen 4,5 und 5 resultierte. Die Bestnote 6 war keine Option, aber eben auch keine 3, da dies das Ende der Schulkarriere seines Bruders bedeutet hätte. Es galt, dessen wahrlich miserablen Notendurchschnitt in den besagten Fächern auf mindestens 3,5 zu bringen, damit die Lehrer ihrerseits mit viel Wohlwollen den Notendurchschnitt des jungen und untalentierten Johannes von Werdenbergs auf ein »genügend« aufrunden konnten. Alexander von Werdenberg graute es vor den nächsten beiden Tagen.

Anstrengend, aber absolut notwendig.

Die Brüder standen sich gegenüber und betrachteten das Resultat. Der Schabernack konnte losgehen.

»Bist du bereit, Alexander?«, frage Alexander.

»Ich bin bereit, Johannes«, antwortete Johannes.

FRÄULEIN CADUFF

Engadin, 24. Oktober

»Nicht Frollein, sondern Froilein Caduff spricht man das aus.« Die rüstige Dame legte großen Wert auf die Betonung des Buchstabens i. Sie sei schließlich keine Servierdüse, sondern eine unverheiratete Frau. Und die nenne man in ihrer Generation nun einmal so.

Philipp schmunzelte. Wie immer, wenn er keine Antwort parat hatte. Die Caduff war vielleicht unverheiratet und in die Jahre gekommen, aber definitiv nicht auf den Mund gefallen und vif wie ein Wiesel. Ihre Nichte hatte gleich vom Sekretariat aus einen Termin für Philipp bei der munteren Dame vereinbart. Sie trafen sich noch am selben Tag um 14 Uhr auf der großen Veranda der Altersresidenz Bergblick in St. Moritz. Die Caduff hatte auf ihre kurze Siesta nach dem frühen Mittagessen bestanden.

Sie saßen sich einige Minuten schweigend gegenüber. Philipp befürchtete bereits, dass Fräulein Caduff eingeschlafen sei. Er betrachtete die Residenz und die Umgebung. Die Caduff musste einen gutbezahlten Job ausgeübt haben, um sich diesen edlen Rückzugsort leisten zu können. Philipp zuckte zusammen, als sie plötzlich mit klarer Stimme zu sprechen begann.

»Ja, ja. Die von Werdenbergs … Ich erinnere mich gut an sie. Das waren stramme Burschen.« Ihre langen Haare waren grau, aber immer noch dicht und glänzend. In ihrer Jugend musste sie eine Schönheit gewesen sein. Ihr Blick war klar und interessiert. Wie bei ihrer Nichte. Die klugen Augen hatten über die Jahre ihre Farbe eingebüßt und schimmerten nun wie kalter Wodka. Behände nahm sie eine Fotografie aus der Tasche und streckte den Arm in Philipps Richtung. Er nahm das Bild entgegen. Es zeigte einen jungen, kräftigen Mann, der in Badehosen an einem Bergsee lachend in die Sonne blinzelte. Seine Haare waren zerzaust. Die Wiese im Hintergrund stand in voller Blüte und eine stattliche Kuh sah neugierig in die Kameralinse.

»Ist das Johannes oder Alexander?«, fragte Philipp.

»Ich weiß es nicht«, antworte Fräulein Caduff. »Aber nicht etwa, weil ich senil bin«, schob sie rasch nach. »Man konnte die beiden nur anhand ihrer Kleider auseinanderhalten. Darum hatte ich auch meine liebe Mühe, mich zwischen ihnen zu entscheiden. Ihr Kleidungsstil dagegen hätte unterschiedlicher nicht sein können. Alexander war der elegante Grandseigneur. Johannes mochte es bequem.« Die rüstige Rentnerin schwelgte in ihren Erinnerungen und lächelte entrückt. Philipp war die Situation peinlich. Er wartete und schwieg, bis seine Gesprächspartnerin den Faden wieder aufnahm.

»Aber ihre Charaktere hätten unterschiedlicher nicht sein können. Johannes hatte etwas Unberechenbares, ja fast Grobes an sich, was die Mädchen hier oben magisch anzog. Keiner der Nebenbuhler legte sich freiwillig mit ihm an. Seine Fäuste waren noch härter als sein Dickschädel. Und küssen konnte er …«

Nun wurde es Philipp definitiv zu intim. »Was war mit Alexander? Er war der Ältere der beiden, nicht wahr?«

Sofort bereute er seine Frage, denn Fräulein Caduff schwärmte nun noch mehr. »Alexander! Er war ein Gentleman wie aus dem Buche. Charmant, belesen, intelligent. Er interessierte sich für Dinge, von denen die einheimischen Trampel nicht einmal wussten, dass sie existierten. Schon damals war mir klar, dass einmal eine bedeutende Persönlichkeit aus ihm werden würde. Was für ein Unterschied zu den Bauerntölpeln, die sonst um uns Mädchen herumschlichen. Alexander war auch groß und kräftig, jedoch viel feinfühliger als sein Bruder. Er war der Fechter, der Leichtathlet, der Schwimmer. Unschlagbar, immer zuoberst auf dem Treppchen. Wussten Sie, dass er eine konstante Körpertemperatur von nur 36,5 Grad hatte?«

Philipp blickte seine Gesprächspartnerin überrascht an.

»Ja, da staunen Sie, nicht wahr? Unser Schularzt hat dieses Kuriosum bei der alljährlichen Routinekontrolle immer zum Besten gegeben. Alexander war nie krank, nie verschnupft, nie erkältet, immer gesund. Sein Körper, so der Arzt, sei vollkommen entzündungsfrei, daher auch die tiefe Körpertemperatur. Johannes dagegen – mein Gott, das war ein Draufgänger! Immer knapp an der Grenze zum Abgrund, oft bereits mit einem Bein darüber. Es hat mich nicht überrascht, als ich von seinem Tod erfuhr.« Sie machte eine Pause und eine Träne kullerte über ihre Wange.

Philipp fragte freundlich, ob er gehen solle, doch Fräulein Caduff schüttelte den Kopf. »Nein, bleiben Sie noch ein bisschen. Ich habe nur selten Gesellschaft. Einer der vielen Nachteile, wenn man so alt ist wie ich. Als Alexander noch nicht verheiratet war, besuchte er mich einige

Male in St. Moritz. Ich habe es nie geschafft, dieses Nest zu verlassen. Aber wenn Alexander kam, brachte er die Welt mit. Das waren wunderschöne Tage. Er erinnerte mich immer an Christopher Plummer, den Schauspieler. Schauen Sie sich einmal alte Fotos von ihm an. So sahen die Brüder von Werdenberg aus.«

»Und so sieht Alexander von Werdenberg bis heute aus«, rief Philipp spontan. Jetzt war ihm klar, warum ihm der alte Patron bei ihrem ersten Treffen so bekannt vorkam. Er hatte erst neulich zusammen mit Sophie »Das Haus am See« angeschaut. Plummer spielte dort eine kleine Nebenrolle. Da Philipp kein Fan von Romanzen war, hatte er den Film nicht bis zum Ende durchgehalten und war auf dem Sofa eingeschlafen. Er stand auf Thriller und Krimis, bei welchen dann Sophie jeweils vorzeitig wegtauchte. Eine besondere Vorliebe hatte Philipp seit seiner Jugend für Klassiker von Alfred Hitchcock wie »Der unsichtbare Dritte« oder die Miss-Marple-Evergreens mit Margaret Rutherford in der Hauptrolle, die er schon dutzende Male angeschaut hatte. Später kamen neuere Regisseure wie Jim Jarmusch oder Tarantino dazu.

Philipp lächelte. Plummer und von Werdenberg. So wollte man als Mann im Alter aussehen. Beide mussten etwa im gleichen Jahr auf die Welt gekommen sein. Philipp hätte gerne Johannes von Werdenberg noch persönlich kennengelernt. Es wäre sicher interessant gewesen, die so ungleichen Brüder miteinander zu erleben. Philipp fragte Fräulein Caduff, ob er mit seinem Smartphone ein Foto ihres Erinnerungsbildes machen dürfte. Sie hatte nichts dagegen. In der nächsten halben Stunde unterhielten sie sich über das Klima, die hohen Preise in St. Moritz, die politische Großwetterlage und wie schnell doch die Zeit vergehe. Eins musste man der rüstigen Pensionärin lassen, ihre kleinen grauen Zellen funktionieren nach wie vor tadellos.

Schließlich verabschiedete sich Philipp freundlich und bedankte sich für die vielen Informationen. Er stieg in seinen Wagen und fuhr in Richtung Pontresina, um seine Familie abzuholen. Unbewusst blickte er immer wieder in den Rückspiegel. Er fühlte sich beobachtet, was natürlich Unsinn war. Doch er wusste zu diesem Zeitpunkt noch nicht, dass er gar nichts wusste.

Seine Familie erwartete ihn glücklich und müde am Bahnhof in Pontresina. Die Wette, wie häufig sich die Kinder nach der Dauer der Wanderung erkundigen würden, gewann Sophie. Sie kannte ihren Sohn nur zu gut – die Frage wurde über 20-Mal gestellt. Der einzige Wermutstropfen des schönen Tages war die Sprachnachricht einer Arbeitskollegin von Sophie. Sie spielte sie Philipp vor, nachdem die Kinder eingeschlafen waren. Schelbert hatte ihr wahres Gesicht gezeigt und sich an der Tagung der Universität Zürich vor den versammelten Professorinnen und Professoren über Sophie beschwert. Es könne doch nicht sein, dass man als Mitglied der wichtigen Projektgruppe »Fit for Future«, die nicht mehr und nicht weniger als die Zukunft der Universität und damit der ganzen Schweiz sichern solle, anstatt an der Tagung teilzunehmen, sich einfach ins Engadin absetzte. Sophie sei nicht länger Teil des Teams und werde durch eine andere Rechtsprofessorin ersetzt. Philipp kochte vor Wut. Er hatte ja vermutet, dass die Schelbert eifersüchtig auf seine bisherige Karriere war und ihn als unliebsamen Konkurrenten betrachtete. Der hinterhältige und feige Angriff auf Sophie galt eindeutig ihm. Philipp spürte das Knurren von Mister Hyde in seinem Hinterkopf. Dieser Verrat durfte nicht ungesühnt bleiben.

Aber alles zu seiner Zeit.

W WIE WALDSCHACHTELHALM

Waldshut, 25. Oktober

Jan fluchte leise vor sich hin. Der letzte Grappa am Vorabend wäre echt nicht nötig gewesen. Und der vorletzte genauso wenig. Ganz zu schweigen von der Packung Marlboro light, die er aus lauter Frust geraucht hatte. Er fühlte sich wie eine Kloschüssel und sah auch so aus: weiß wie die Keramik von Geberit. Dabei hatte alles so gut begonnen. Das Abendessen mit Emma – vom Feinsten. Der Wein – eine exquisite Begleitung, die der Zunge schmeichelte. Die Unterhaltung – kurzweilig und amüsant. Die Arbeit war kein Thema, dafür sprachen sie über ihre Hobbys, deren Emma zahlreiche hatte wie zum Beispiel Motorradfahren, E-Gitarre spielen und Karatetraining, wogegen sich Jan mit Biken, Skitouren und Kochen nicht verstecken musste, ja sogar über ihre Familien unterhielten sie sich, mit allen Auf und Abs, schwarzen und weißen Schafen, und das alles in einer Vertrautheit, die sich für Jan weich und warm angefühlt hatte. Kurz: Die Stimmung – hätte nicht besser sein können. Das Resultat – vernichtend. Er hatte sich wie ein Vollpfosten angestellt. Tollpatschig war nur sein Vorname. Dabei hatte ihn sein Chef vor der Reise extra noch gute Tipps gegeben. Dos und Don'ts. Am besten solle er sich ganz normal benehmen, er selbst sein, was ihm dann aber gerade zum Verhängnis wurde. Auf Emmas Frage, ob es in Waldshut Sehenswürdigkeiten gäbe, die es sich lohnen würde nach dem Abendessen gemeinsam anzuschauen, war ihm nichts Besseres eingefallen, als zu antworten: »Du meinst außer dir?« Einfach dämlich und kindisch. Der ultimative Stimmungskiller. Emma hatte sich deshalb nach dem Essen auf ihr Zimmer zurückgezogen, und er war auf seine Sumpftour gegangen. Mit den bekannten Folgen. Sein Kater war so groß wie ein ausgewachsenes Rindvieh, als er nun am nächsten Morgen angeschlagen das Hotel verließ.

Emma war zu seinem Glück nicht nachtragend. Im Gegenteil. Frisch und ausgeschlafen begrüßte sie Jan strahlend vor dem Hotel. Mit großen Augen inspizierte sie das Häufchen Elend. Jan hielt sich am Treppengeländer fest und blinzelte mit schmerzverzerrtem Gesicht in die Morgensonne. Seine Sonnenbrille hatte er in Zürich vergessen. Wer hätte auch damit gerechnet, dass er sie brauchen würde? Mit der freien Hand hielt er eine Einkaufstüte, gefüllt mit den notwendigsten Artikeln, die er gestern für die ungeplante Übernachtung gekauft hatte.

Emma hakte sich bei ihm unter und munterte ihn auf. »Sieh es positiv. Wenn dir schwindlig ist, dreht sich die ganze Welt nur um dich.«

Jans Lachversuch sah aus, als hätte er auf eine Zitrone gebissen. Emmas nette Begrüßung war jedoch Balsam für seine geschundene Seele. Kurzerhand verdrängte er seine Übelkeit und lud sie auf ein nahrhaftes Frühstück und reichlich Kaffee ein. Sie nahm dankend an und er schwor sich, nie mehr Alkohol zu trinken und keine Altherrenwitze mehr zu erzählen. Zumindest für heute.

In der Nähe der lokalen Zeitungsagentur fanden sie ein nettes Café.

»Ich finde es übrigens sehr mutig von dir, dass du ohne zu zögern auf dem Sozius meiner Maschine mitgefahren bist«, sagte Emma und führte eine Gabel mit Spiegelei und Speck zum Mund. Den Gedanken an die Heimfahrt hatte Jan gut verdrängt. Die Erinnerung daran löste einen kurzen Brechreiz aus, dem er mit einem Schluck schwarzen Kaffee Herr wurde. Ohne zu antworten biss er in seinen trockenen Toast.

»Weißt du, die meisten Typen mit denen ich in letzter Zeit ausgegangen bin, haben alle abgewinkt und den Macho rausgehängt. Schlussendlich sind wir immer mit ihrem Auto zum Abendessen gefahren. Aber dafür nur einmal«, sprach Emma munter weiter und betrachtete Jan mit warmem Blick.

»Das wird dir bei mir nie passieren«, reagierte Jan nun doch. Seine Felle waren ja eh schon davongeschwommen, dachte er sich und fühlte, wie der Druck, unbedingt gefallen zu müssen, von ihm wich. »Ich bin kein Macho und habe auch kein Auto.«

Emma lachte laut und ließ die Sirenen in Jans Kopf ohrenbetäubend schrillen. »Der war echt gut. Dafür gebe ich dir neun von zehn Punkten.«

»Und ich gebe dir ein Triple A.«

»Du meinst die AAA-Bestnote bei der Unternehmensbewertung?«

Jan biss in seinen Toast und antwortete genauso trocken. »Attraktiv, aber anstrengend …«

Diesmal lachten beide laut.

Den restlichen Morgen verbrachten sie mit Recherche. Die nette Journalistin des »Alb-Boten« stellte Jan und Emma das historische Bildarchiv zur Verfügung. Es sei alphabetisch geordnet und bestehe aus alten Fotografien und Zeitungsartikeln mit Bildern bis ins Jahr 1945. Wie fast schon erwartet, fand sich unter dem Buchstaben W nichts Brauchbares. Es gab Bilder zu Waldshut in den 40er-Jahren und verschiedenen Weinfesten im Raum Baden-Württemberg, Fotografien von Winzern, Wiesen, Wieseln, Wachholdersträuchern, Wachteln, einem Waisenhaus, einer antiken Wanduhr, von verschiedenen Wappen, Wehrmachtsangehörigen, einer Weidenmeise, einem Widder, von Wolken und einem Wolf, von Würsten und weiteren Waren. Ganz zu schweigen vom Waldschachtelhalm. Aber kein einziges Bild von den von Werdenbergs, der ehemals reichsten Familie des ganzen Landkreises.

Wahnsinn.

Schließlich leitete Jan den Durchbruch ein. War die kreative Idee dem Rausch des Vorabends geschuldet? Jedenfalls wurde sie von einem stechenden Schmerz im Vorderhirn begleitet. »Es macht keinen Sinn, nach Unterlagen zu den von Werdenbergs zu suchen, sonst machen wir immer wieder den gleichen Fehler. Weiß Gott, warum es unter ihrem Namen keine Informationen mehr gibt. Lass uns indirekt suchen. Das Pferd von hinten aufzäumen.«

Emma schaute Jan fragend an.

»Wir wissen, dass Alexander von Werdenberg ein ausgezeichneter Fechter und auch sonst eine Sportskanone war. Vielleicht finden wir etwas unter ›Schulsport‹, ›Turnier‹ oder ›Meisterschaft‹. Also Bilder, auf die er eher zufällig geraten ist. Was meinst du?«

»Ich meine, dass das eine verdammt gute Idee ist. Kompliment, Casanova.« Sie verzog keine Miene. Dann schauten sich die beiden jungen Leute an und schüttelten sich vor Lachen. Horowitz, die sich im oberen Stock mit der Journalistin des »Alb-Boten« unterhielt, fragte sich, was da unten wohl los sei.

SCHNEEGESTÖBER

Rehetobel, Winter 1972

Horowitz stand mit Alexander von Werdenberg außerhalb von Rehetobel am Straßenrand und blickte den steilen Abhang hinunter. Das kleine Dorf oberhalb von St. Gallen war der ideale Ort für ihren Plan. Und das Wetter spielte mit. Es hatte Schneeregen eingesetzt, und die feuchte Kälte kroch den beiden in die Glieder. Sie traten von einem Bein auf das andere und verkrochen sich hinter dem Kragen ihrer dicken Mäntel. Mit ihren Borsalino-Hüten sahen sie aus wie zwei Mafiosi. Nur die neumodischen Moon Boots von Horowitz passten nicht ins Bild. Dafür hielten sie warm.

Der Schnee konnte sich noch nicht auf der Straße festsetzen und verschwand auf magische Weise kurz vor dem Bodenkontakt. Es war aber nur eine Frage der Zeit, wann sich das änderte – laut Wetterbericht würde hier in einigen Stunden ein halber Meter Schnee liegen. Höchste Zeit also, um zu verschwinden. Horowitz blickte ungeduldig auf seine Uhr. Die phosphoreszierenden Zeiger kündeten fast schon den nächsten Tag an. »So ein Mist! Wo bleibt denn Johannes? Hoffentlich ist er nicht auf der Fahrt vom Gupf den Hang hinuntergeschlittert.«

Im Gebiet um Rehetobel war das Appenzellerland besonders hügelig. Eine Haarnadelkurve reihte sich an die nächste und dahinter wartete die gähnende Leere.

Perfekt für einen Autounfall.

Wie auf Kommando wurden zwei dunkelgelb leuchtende Doppelscheinwerfer sichtbar, die sich durch den immer dichter werdenden Schneefall bohrten. In einem halsbrecherischen Zickzackkurs näherte sich Johannes von Werdenberg in einem nagelneuen Ford Capri. Das Heck des hinterradangetriebenen amerikanischen Sportwagens wedelte wie der Schwanz eines wildgewordenen Hundes. Während sich Alexander von Werdenberg hinter dem am Straßenrand geparkten VW Bus in Sicherheit brachte, stellte sich Horowitz todesmutig mitten auf die Straße und lotste den Wagen mit weit ausgestreckten Armen zu sich. Der Capri schoss noch einige Meter weiter, und Horowitz musste sich mit einem Hechtsprung in Sicherheit bringen. Fluchend stand er auf und wischte sich seine schmutzigen Hände am Mantel ab. Johannes von Werdenberg setzte seinen Capri zurück und fiel den beiden steifgefrorenen Männern gut gelaunt und stockbetrunken aus der offenen Fahrertür vor die Füße.

»Die Appenzeller Bauern saufen wie die Kühe. Diese selbstgebrannten Schnäpse! Seid ihr wahnsinnig, hier im Dunkeln rumzustehen? Ich hätte euch beinahe überfahren.«

Dann krümmte er sich, sein Magen rebellierte. Alexander von Werdenberg packte seinen Bruder am Kragen und drückte seinen Kopf unzimperlich durch die Fahrertür ins Innere des Wagens, wo sich sein Bruder wild gestikulierend auskotzte. Erbrochenes Hochprozentiges auf der Straße passte nicht zu ihrer Geschichte.

Im Capri dagegen kein Problem.

Nachdem sich Johannes erleichtert hatte, lag sein Oberkörper wie der eines ausgeknockten Boxers auf dem vollgekotzten Fahrersitz. Horowitz trug mit Alexander von Werdenberg das gut hundert Kilo schwere Bündel zu ihrem Wagen und warf den lallenden Johannes durch die offene Schiebetür auf die Rücksitzbank, wo er wie ein Sack in sich zusammenfiel und keinen Wank mehr machte.

»Ein Wunder, dass er überhaupt bis hierher gekommen ist«, schrie Alexander von Werdenberg, um gegen den immer stärker und damit lauter werdenden Sturm anzukommen.

Horowitz verdrehte erleichtert die Augen. Der junge von Werdenberg war ihm ans Herz gewachsen. Aber er war definitiv anstrengender als dessen älterer Bruder. »Der Wirt im Restaurant Gupf wird sich mit Sicherheit an den betrunkenen Gast aus Zürich erinnern, der kurz vor Mitternacht stockbesoffen den Hügel hinunterfahren wollte.«

Alexander von Werdenberg drückte aufs Tempo. Sie hatten keine Zeit zu verlieren. Obwohl es unwahrscheinlich war, dass um diese Zeit und bei diesem Hundewetter jemand vorbeifuhr, durften sie kein Risiko eingehen. Je schneller sie verschwunden wären, desto besser. Er befahl Horowitz mit einem kurzen Nicken, Stufe zwei ihres Plans einzuleiten. Der bullige Mann öffnete die Heckklappe ihres kleinen Transporters. Dann hievte er scheinbar mühelos die sterblichen Überreste von Dieter auf die Straße und schleifte den Leichnam zum Ford Capri. Dort setzte er ihn zusammen mit Alexander von Werdenberg hinters Steuer und fixierte ihn mit dem Sicherheitsgurt. Von Werdenberg zog Dieter den Siegelring seines Bruders über den Ringfinger der linken Hand und band ihm dessen Rolex ans Handgelenk.

Was für eine Verschwendung!

Horowitz hatte in der Zwischenzeit einen großen Kanister geholt und leerte den Inhalt über die Leiche und die Polster. Der Gestank von Erbrochenem wich dem beißendem Geruch des Benzins. Horowitz hatte lange recherchiert – diese Ford Version war bekannt dafür, dass sie bei einem schweren Unfall gerne einmal in Flammen aufging und zu einem wahren Feuerinferno werden konnte. Wie die Sonne auf Capri. Zumindest in der Theorie.

Aber nicht im Appenzellerland.

Nachdem sie den Wagen innen angezündet und mühsam über den Bordstein gestoßen hatten, rauschte der Capri laut krachend ins Tal und überschlug sich mehrmals. Hollywoodreif. Aber dann – Ruhe. Die beiden Männer sahen lediglich das langsam erlöschende Feuerchen im Wageninneren. Perplex schauten sie sich an. Zum Glück war Horowitz ein Mann der Tat. Er flüstere ein kurzes »Entschuldigung«, öffnete dem überraschten Alexander von Werdenberg behände den Krawattenknoten, hielt den Schlips in den Kanister mit dem Restbenzin, und stieg samt dem seidenen Tuch in die Dunkelheit hinunter. Der Weg nach unten war nass und rutschig. Und deshalb auch schnell. Da seine Moon Boots wenig Halt boten, rutschte er aus und sauste auf dem Hosenboden dem Capri entgegen. Er hielt auf den Sportwagen zu und schlitterte laut fluchend mit den Füßen voran ins Heck des Wagens. Zum

Glück war dieser so zum Stillstand gekommen, dass die Tanköffnung obenauf lag. Horowitz öffnete die Klappe, steckte die Krawatte bis zur Hälfte hinein und benutzte die andere Hälfte als Lunte. Diese zündete er mit seinem Feuerzeug an und krabbelte dann so schnell er konnte den Abhang wieder hinauf. Das Unterfangen erwies sich schwieriger als angenommen. Zwei Schritte nach oben, einen nach unten. Der Sünder im Pilgerschritt. Und die Lunte brannte munter weiter. Horowitz lief gebückt auf allen vieren wie ein Hund und krallte seine Fingernägel in den kalten Boden. So hatte er schließlich 20 Meter Abstand gewonnen, als der Capri samt Dieter mit einem ohrenbetäubenden Knall in Flammen aufging.

ZEUGEN DER VERGANGENHEIT

Zürich, 28. Oktober

Philipp hatte zur Redaktionssitzung geladen. Bereits am Montagmorgen traf er sich mit Jan, Emma und Rektorin Fries am runden Besprechungstisch in seinem Büro. Fries hatte auf den frühestmöglichen Termin bestanden. Die Aussicht auf von Werdenbergs Millionen stand zuoberst auf ihrer Prioritätenliste.

»Also, erzählt mal, was ihr herausgefunden habt. Unsere Rektorin wirft nicht gerne das Geld der Universität aus dem Fenster.«

Den kleinen Seitenhieb von ihrem Lieblingsprofessor spülte Fries stoisch mit einem Schluck Kaffee hinunter. Philipp forderte Jan mit einem Nicken auf, mit der Zusammenfassung ihrer Ergebnisse anzufangen. Dieser räusperte sich kurz und legte zwei kopierte Zeitungsartikel auf den Tisch.

»Wir haben nach intensiver Arbeit einen Erfolg verbuchen können. Zwei Zeitungsausschnitte mit Fotos und Textzeilen«, sagte er zufrieden.

Stille. Fries tippte mit dem Zeigefinger auf die Kopien und zog die Unterlagen zu sich herüber. Sie konnte ihren Missmut nur schlecht verbergen. »Sie erwarten jetzt aber nicht etwa ein Lob, Herr Siegenthaler?«, sagte sie mit einem drohenden Unterton in ihrer Stimme. »Ich hatte erwartet, dass Sie mit einem ganzen Ordner an Materialien über die von Werdenbergs zurückkommen.«

Jan, der im Institut nur selten mit seinem Nachnamen angesprochen wurde, blickte verunsichert in die Runde. Er hatte selten mit der Rektorin zu tun und mit einer positiven Reaktion gerechnet.

Emma sprang ihm zur Seite. »Wenn Jan nicht auf die Idee gekommen wäre, die alten Archive des lokalen Zeitungsarchivs zu durchforsten, wären wir mit leeren Händen zurückgekommen. Wir haben den Auftrag erhalten, nach historischen Dokumenten über die Brüder von Werdenberg zu suchen. Et voilà. Mehr gibt es nicht. Wir waren selber überrascht, dass über eine so bekannte und wohlhabende Familie nicht mehr Dokumente zu finden waren. Unsere Ausbeute liegt bei 100 Prozent. Ich glaube, wir können tatsächlich zufrieden sein.«

Fries blickte missmutig in die Runde, als wüsste sie nicht, ob sie sich bei der jungen Frau bedanken oder sie zurechtweisen sollte. Sie tat schließlich weder das eine noch das andere, sondern schob die beiden Kopien zu Philipp hinüber, der sich interessiert darüber beugte. Das eine Bild zeigte einen Fechter, der in der rechten Hand einen Degen hielt – gut erkennbar am halbkugelförmigen Handschutz, der größer war als beim Florett. Der Sportler attackierte mit ausgestrecktem Arm und langem Schritt seinen Kontrahenten, von dem nur eine Fußspitze zu erkennen war. Das Foto war unmittelbar vor dem sich abzeichnenden Treffer gemacht worden. An der Wand hinter dem in Weiß gekleideten und unter einem schützenden Visier verborgenen Fechter hing gespenstisch die

Flagge mit dem Hakenkreuz. Unter dem Bild war zu lesen: *Alexander von Werdenberg setzt zu seinem siegbringenden Stoß an. Die deutsche Jugend zeigt einmal mehr ihre Wehr- und Standhaftigkeit. Einer glorreichen Zukunft steht nichts im Wege. HH.*

Angewidert schob Philipp das Bild zur Seite. Auf der zweiten Fotografie waren vier Knaben auf einer verschneiten Wiese zu sehen. Es war Winter, und im Hintergrund waren deutlich Häuser und ein Kirchturm zu erkennen. Die Sonne stand tief am Himmel und warf lange Schatten. Die Kinder bewarfen sich mit Schneebällen. So friedlich das Bild, so martialisch der Text: *Die Söhne der Familien Hauser und von Werdenberg üben Zielschießen im Sportunterricht, während unsere tapferen Soldaten an der Ostfront ihr Vaterland verteidigen. Früh übt sich, wer ein guter Landser werden will. HH.*

Philipp atmete laut aus der Nase und presste die Lippen zusammen. Was für eine schlimme Zeit. Kaum zu glauben, dass das Land, welches Goethe und Schiller, die Gebrüder Grimm, Rilke und Hölderlin, Hegel und Schopenhauer, Bach, Beethoven und Mozart hervorgebracht hatte, auch der Ursprung des Nationalsozialismus war. Und dennoch … Philipp schüttelte die morbiden Gedanken ab und widmete sich wieder den beiden Fotografien.

Nach längerem Hinsehen erkannte man auf dem zweiten Bild die von Werdenbergs. Ohne jeglichen Zweifel. Der robuste Körperbau, die kantigen Gesichtszüge, die bereits Männlichkeit andeuteten. Er nahm sein Smartphone zur Hand und warf einen Blick auf das Foto, das er im Altersheim Bergblick aufgenommen hatte. Definitiv die von Werdenbergs. Philipp fotografierte gleich noch die

Zeitungsartikel ab. Dann betrachtete er die zwei anderen Knaben genauer. Er war überrascht, fast schon enttäuscht von den Brüdern Hauser. Mit ihren Wollmützen und den dicken Schals sahen sie alles andere als heroisch aus. Beinahe zierlich und verletzlich. »Ich habe mir die Hauser-Zwillinge ganz anders vorgestellt, größer und kräftiger wie die von Werdenbergs. Kaum zu fassen, dass die zierlichen Knaben den stämmigen Kerlen geholfen haben, und nicht umgekehrt.«

»Man sollte sich nie von Äußerlichkeiten blenden lassen«, ermahnte ihn die zierliche Rektorin mit einem scharfen Unterton. »Was haben Sie eigentlich in Zuoz erfahren, Professor Humboldt? Ich hoffe, Sie bringen mehr mit als zwei Fotografien.«

Philipp betrachtete immer noch die Bilder. Unheimliche Zeitzeugen. Wieder beschlich ihn das seltsame Gefühl, ein Detail übersehen zu haben. Was sah, aber verstand er nicht? Etwas passte nicht. Aber Philipp kam nicht darauf, was.

Fries holte ihn mit Nachdruck in die Realität zurück. »Hallo, Herr Humboldt. Erde an Raumschiff! Wir warten auf Ihre Antwort.«

»Ich habe tatsächlich mehr erfahren, als man sich vorstellen will. Fräulein Caduff war sehr detailliert in ihren Erzählungen ...«

DIE AUFERSTEHUNG

Nicht weit von der Universität entfernt fand an der Bahnhofstrasse eine Krisensitzung statt. Alexander von Werdenberg saß mit seinem offiziell längst verstorbenen Bruder in der privaten Bibliothek im obersten Stock der Privatbank von Werdenberg. Sie waren wie immer in den letzten Jahren identisch gekleidet, die Ähnlichkeit war jedoch verschwunden. Johannes von Werdenberg hatte in den vergangenen Tagen deutlich an Gewicht verloren und seine Augen erinnerten an eingeschlagene Glühbirnen. Horowitz war über das abhörsichere Telefon zugeschaltet. Aus Gründen der Diskretion war sie nie persönlich in der Bank anzutreffen. Alexander von Werdenberg schaltete den Lautsprecher ein, damit sein Bruder mithören konnte. Die Problemlöserin hatte ein Problem.

»Die beiden Schnüffler haben mich überrascht. Sind nicht auf den Kopf gefallen. Haben zwei Fotos in einem Zeitungsarchiv aufgestöbert. Aus den 40er-Jahren. Aufgenommen in der Schule von Waldshut.«

»Wissen wir, was auf den Bildern zu sehen ist?«, fragte Alexander von Werdenberg.

»Nein. Die Besprechung findet gerade in Humboldts Büro statt. Fries ist mit dabei. Die kleine Loppacher hat dummerweise ihr Smartphone nicht in die Sitzung mitgenommen. Sonst könnte ich mithören. Aber sie wird sich sicherlich bald schriftlich bei uns melden, pflichtbewusst, wie sie ist. Sobald sie die Informationen an Ihre Adresse sendet, Herr von Werdenberg, werde ich mich sofort mit Ihnen absprechen. Machen Sie sich keine Sorgen. Sofern nötig, werden wir das wie gewohnt diskret regeln.«

»Da mache ich mir keine Sorgen, Horowitz. Auf Sie war immer Verlass. Und was hat Humboldt in St. Moritz so getrieben?«, fragte der Patron. Er schmunzelte beim Gedanken an seinen Scherz, den er dem Mitglied der Institutsleitung gespielt hatte.

»Meine Leute haben ihn im Auge behalten. In Zuoz ist er aufgelaufen, denn im Lyceum gibt es nichts mehr von Belang. Er hat dann eine gewisse Heidi Caduff in der Altersresidenz Bergblick besucht. Unseren Informationen nach hat die Frau in den 40er-Jahren auch das Internat besucht. Vielleicht sagt Ihnen der Name ja etwas. Was sie besprochen haben, entzieht sich meiner Kenntnis. Sollen wir uns die Caduff mal vorknöpfen?«

»Danke, Horowitz. Nein, das ist nicht nötig. Lassen Sie die gute Frau in Ruhe. Bleiben Sie an Humboldt und seinem Team dran und halten Sie uns auf dem Laufenden.«

Von Werdenberg legte auf und wandte sich an sein Gegenüber. »Heidi Caduff! Ich glaub es einfach nicht. Ich war bis über beide Ohren verknallt ... Kannst du dich noch an sie erinnern? Dicke blonde Haare. Augen so klar wie ein Bergsee und ...«

»... Brüste wie zwei knackige Äpfel. Wir haben uns in Zuoz nicht nur das Zimmer geteilt, Bruderherz.«

Perplex starrte Alexander von Werdenberg seinen Bruder Johannes an, der ihn fies angrinste. »Du hättest halt nicht so viel büffeln sollen ...«

Bevor Alexander von Werdenberg protestieren konnte, war schon wieder Horowitz am Apparat. Ihre Stimme klang aufgeregt. »Die Loppacher hat Ihnen den neuesten Zwischenbericht via SMS geschickt. Ich habe ihn soeben gelesen. Die Schnüffler haben zwei Zeitungsberichte mit Bildern gefunden. Das eine zeigt Sie, Alexander von Werdenberg, beim Fechten und das andere Sie beide zusammen mit den Hauser Zwillingen beim Schulsport. Die Aufnahmen stammen aus dem Jahre 1944. Die Originale liegen im Archiv des ›Alb-Boten‹ in Waldshut, die Kopien hat Humboldts Assistent.«

Loppachers Mitteilung kam überraschend. Alexander von Werdenberg stellte sich die Bilder vor und was sie bedeuten konnten. Dann lachte er schallend auf. Die Brüder Hauser und die Brüder von Werdenberg auf einem Bild – was für eine groteske Situation. Was für eine Illusion. Was für ein Risiko. Als er sich gefasst hatte, sagte er zu Horowitz: »Damit haben wir ein Problem, das sofort gelöst werden muss. Schicken Sie jemanden nach Waldshut, der sich dort um die Originale kümmert. Und Sie persönlich beschaffen mir die Kopien von diesem Assistenten. Noch heute!«

Nachdem Horowitz mit hörbarer freudiger Erregung aufgelegt hatte, setzte sich Alexander von Werdenberg zu seinem Bruder und atmete erschöpft aus. »Siehst du, ich hatte recht. Es hat sich gelohnt, noch einmal jeden Stein umzudrehen. Stell dir vor, Julia würde nach unserem Tod mit der Wahrheit konfrontiert. Sie wäre ruiniert. Ich werde mich gleich mit der Zürcher Investment Bank in Verbindung setzen. Der Verkauf der Privatbank von Werdenberg muss unbedingt vor Jahresende über die Bühne gehen. Wir machen jetzt Nägel mit Köpfen und bringen alles zum Abschluss.«

Während Alexander von Werdenberg sprach, waren die Lebensgeister wieder in den Körper seines Bruders gefahren. Sein Körper hatte sich auf wundersame Art und Weise gestrafft und die Gesichtszüge schienen voller. Er war wieder zum Ebenbild seines Gegenübers geworden. Und das volle Gesicht lächelte diabolisch.

»Die Hauser Zwillinge! Ich hätte nicht gedacht, dass uns die beiden nochmals über den Weg laufen. Manche Geister der Vergangenheit scheint man einfach nicht totzukriegen …«

DIE CHANCE

Waldshut, Herbst 1944

»Ihr erinnert mich an Kolumbus.«

Für einen kurzen Augenblick hofften die Brüder auf ein Lob ihres Vaters. Das kam selten genug vor, wenn überhaupt. Auch diesmal wurden sie enttäuscht.

»Der war genauso ein Taugenichts. Hatte keine Ahnung, wo er hinfuhr. Und als er ankam, wusste er nicht einmal, wo er war. Einfach eine riesengroße Enttäuschung. So wie ihr zwei.«

»Du trinkst zu viel, bist ja schon wieder besoffen. Oder besser gesagt, immer noch«, hielt der eine der beiden dagegen, was den Vater endgültig in Rage brachte. Er stand schwankend auf und fuchtelte bedrohlich mit der Faust in der Luft herum.

»Willst du wohl dein freches Maul halten!«, schrie er seinen Sohn an. »Durchfüttern tu ich euch. Und was ist der Dank dafür?«

Er machte eine Pause und leerte die halbvolle Buddel Bier in einem Zug. Dann fasste er sie am Flaschenhals und hob sie schlagbereit in die Höhe. Die Knaben traten einen Schritt zurück.

Der Vater senkte die Flasche langsam und lachte verächtlich. »Meint ihr etwa, ich weiß nichts von eurem kleinen Nebenverdienst? Eine Schande seid ihr! Feinde des Reichs über die Grenze schmuggeln – das ist Hochverrat. Und für solches Gesindel wie euch habe ich im Ersten Weltkrieg gekämpft.«

»Und verloren«, blaffte der mutigere der Jugendlichen zurück.

Der Vater holte wieder zum Schlag aus, verlor dann das Gleichgewicht und fiel zu Boden. »Ich bring euch um!«, schrie er laut, mehr vor Scham als vor Zorn.

»Zuerst bringst du dich selber um mit deiner ewigen Sauferei.« Der ruhigere Sohn versuchte zu schlichten und legte seinem jüngeren Bruder die Hand auf die Schulter. »Lass ihn in Ruhe. Das bringt alles nichts.«

Doch das Verhalten stachelte den Säufer nur noch mehr an und er verhöhnte seine Söhne. »Vielleicht bin ich ein Säufer. Das kann sein. Aber ich habe meinem Vaterland gedient und würde es auch jetzt tun, wenn ich könnte. Ihr zwei dagegen seid nichts als Schmarotzer. Wie eure Mutter.«

Mit großer Mühe hielt Walter seinen Bruder Hans davon ab, auf den Vater loszugehen. Dieser provozierte munter weiter. »Ich habe genau beobachtet, wie ihr euch bei diesen von Werdenbergs eingeschleimt habt. Diesen Kommunistenschweinen. Der vornehme Geck und sein bleichsüchtiges Weibsbild. Was haben sie euch versprochen, damit ihr ihnen den Arsch rettet? Geld? Schmuck? Ein gutes Gewissen? Ihr ekelt mich an. Deshalb habe ich vorgesorgt. Die Partei wird sich der Sache annehmen.« Er griente hinterhältig und entblößte seine gelben Zähne.

»Was hast du getan?«, schrie Walter, der seinen Bruder Hans immer noch an der Schulter festhielt.

»Vorgesorgt habe ich. Die von Werdenbergs werden heute Nacht abgeholt. Die Reise geht allerdings nicht in die Schweiz, sondern ins Konzentrationslager. Dort können sie dann mit ihren kommunistischen Genossen in ihrem roten Saft schmoren«, zischte er mit bösartiger Stimme.

Walter war sprachlos und ließ seinen Bruder los.

Der Vater hatte sich nun vollends in Rage geredet. »Und ihr zwei werdet morgen eingezogen. Das Reich braucht Soldaten. Die Ostfront wird Männer aus euch machen – wenn wahrscheinlich auch nur für kurze Zeit.« Er krümmte sich vor Lachen.

»Du verdammtes Schwein!« Hans ballte seine Fäuste. Der Säufer ließ sich davon nicht beeindrucken.

»Ich habe viel zu lange gewartet. Spätestens als eure Mutter, diese blöde Schlampe, gestorben ist, hätte ich euch loswerden sollen. Ihr habt nichts als Schande über mich gebracht.«

Nun war Hans nicht länger zu halten. Und Walter machte auch keine Anstalten mehr, seinen Bruder zu bremsen. Der großgewachsene Bursche kniete neben seinen Vater und schlug mit der Faust zu. Immer und immer wieder. Zuerst hörte man das Knacken des Kieferknochens, dann spritzte Blut aus der zertrümmerten Nase. Der Säufer schrie nicht einmal auf. Zu überrascht war er. Ungläubig schaute er zu seinem Sohn auf, der zu einem gewaltigen Racheengel geworden war.

»Du hast unsere Mutter ins Grab gebracht. Mit deiner Sauferei. Deinen Lügen. Deinen Schlägen. Aber das ist jetzt vorbei. Du tust uns nie wieder weh!«

Irgendwann hörte Hans auf. Das Gesicht des Vaters war zu einer blutigen Masse geworden. Dort, wo einmal der

Mund gewesen war, bildeten sich kleine Bläschen, wie bei mit Kohlensäure angereichertem Wasser. Das Blubbern nahm langsam ab und hörte schließlich ganz auf. Erschöpft drehte sich Hans weg und ließ sich schwer atmend auf den Rücken fallen. Seine rechte Hand war geschwollen und blutverschmiert.

Walter hatte die Szene wie in Trance beobachtet. Ihr Leben, wie sie es kannten, war vorbei. Unwiderruflich. Nach einer kurzen Schockstarre begann sein Gehirn erschreckend präzise und logisch zu arbeiten. »Wir müssen verschwinden, noch heute. Ich habe keine Lust, an der Ostfront zu verrecken. Und außerdem müssen wir die von Werdenbergs warnen. Sofern sie nicht schon einkassiert worden sind.«

Hans setzte sich auf. Sein Atem ging schwer und er betrachtete mit schmerzverzogener Miene seine blutigen Finger. »Ich glaube, ich habe mir die Hand gebrochen.«

Walter lachte hysterisch. Die Szenerie war ebenso grässlich wie absurd. »Vergiss deine Hand. Ich mache mir mehr Sorgen um unser Genick. Und um das der von Werdenbergs. Wir müssen unsere Freunde warnen.«

Hans stand auf, wischte sich das Blut am Vorhang ab und zündete sich eine Zigarette seines Vaters an. »Nun mal langsam«, sagte er und hustete sich den Qualm aus den Lungen. »Wahrscheinlich ist die Polizei oder die Gestapo längst bei von Werdenbergs. Wenn nicht, sind sie im Anmarsch. Und wer sagt denn, dass wir erst morgen früh eingezogen werden? Vielleicht steht in diesem Moment schon ein SS-Scherge vor der Haustür und empfängt uns mit vorgehaltener Pistole. Wir müssen uns aus dem Staub machen. Jetzt, und nicht warten, bis es zu spät ist.«

»Aber wir können doch Alexander und Johannes nicht einfach verraten«, sagte Walter.

»Wer spricht denn von verraten?«, erwiderte Hans kühl. »Wir verraten gar niemanden. Er dort«, er neigte den Kopf zum toten Vater, »hat sie verraten. Und wir haben uns gerächt. Mehr kann man nicht von uns verlangen. Mach die Augen auf, Bruderherz. Siehst du nicht die Chance, die sich für uns aufgetan hat? Heute wird die ganze Familie von Werdenberg verschwinden. Für immer. Das ist so sicher, wie der Krieg verloren ist. Traurig für die von Werdenbergs, aber so ist es nun mal. Und heute werden auch die Brüder Hauser verschwinden. Und nie wieder auftauchen. Alexander und Johannes haben uns alles erzählt. Denk mal an das viele Geld der von Werdenbergs, das Essen, die eleganten Kleider … Ihr Notar in Zürich hat Johannes und Alexander von Werdenberg noch nie gesehen. Er weiß nur, dass die beiden Brüder diese Woche bei ihm vorsprechen werden.«

Walter verstand plötzlich, worauf sein Bruder hinauswollte, und sah ihn verblüfft an. Die Idee war grausam, gemein – und genial.

DAS PARFUM

Zürich, 29. Oktober

Philipp befand sich noch im Tiefschlaf, als das Telefon Sturm läutete. Es kam inzwischen nur selten vor, dass jemand auf dem Festnetz anrief. Sein Smartphone stellte er vor dem Zubettgehen prinzipiell aus. Er aktivierte die Bildschirmbeleuchtung seines Weckers. 6.30 Uhr. Wer konnte das in aller Herrgottsfrühe sein? Als Erstes fiel ihm einer dieser unsäglichen Callcenter-Agenten ein, der einem eine Versicherung verkaufen wollte, die man schon lange hatte. Aber um diese Zeit würde nicht einmal der kühnste Verkäufer sein Glück versuchen.

Philipp drückte Sophie einen Kuss auf die Wange. Sie duftete nach warmer Zuckerwatte. Dann quälte er sich aus dem Bett, schlüpfte in seinen Morgenmantel und trottete schlaftrunken zum Anschluss im Erdgeschoss. Angriffslustig nahm er den Hörer ab und meldete sich mit einem mürrischen »Hallo«.

Am anderen Ende der Leitung war überraschenderweise eine völlig aufgelöste Emma Loppacher. »Philipp, du musst unbedingt ins Institut kommen. Es wurde eingebrochen. Alles ist durcheinander und Jan liegt bewusstlos am Boden. Jemand hat ihn niedergeschlagen. Die Polizei habe ich bereits alarmiert.« Emmas Stimme zitterte wie das viel bemühte Espenlaub.

Philipp war sofort hellwach. Er befahl ihr, bei Jan zu bleiben. Dann informierte er kurz Sophie und zog sich rasch an. Keine drei Minuten später saß er im Wagen und raste in die Innenstadt. Über die Freisprecheinrichtung rief er Armand an und bat ihn, sofort ins Institut zu kommen.

*

Jan atmete schnell und flach. Er trug eine Sauerstoffmaske, welche die blauen Flecken in seinem Gesicht nur teilweise verdeckte. Das Blutdruckgerät zeigte 85 zu 55 an, definitiv zu niedrig für einen jungen und sonst gesunden Burschen. Überall blinkte und piepte es wie bei einer kitschigen Christbaumbeleuchtung, was alleine schon einem Besucher, der nichts von der Materie verstand, eine Heidenangst einjagen konnte. Aber so war eben der Alltag auf einer Notfallstation. Philipp saß auf einem Stuhl neben dem Bett seines Assistenten und konzentrierte sich auf die Kochsalzlösung, die rhythmisch aus der Infusionsflasche in eine Zwischenablage tropfte, um von dort über einen Plastikschlauch in der Armbeuge des Patienten zu verschwinden. Das Personal bewegte sich mit traumwandlerischer Sicherheit zwischen all den Kabeln, Geräten, Patienten und Angehörigen, wobei Letztere oft noch leidender aussahen als die Kranken selbst. Die Professionalität beruhigte Philipp.

Jan war nicht ansprechbar. Die Ärzte waren allerdings zuversichtlich, dass sich sein Zustand im Verlauf der nächsten Stunden verbessern würde. Für eine detaillierte Prognose war es bislang zu früh. Als Philipp im Institut angekommen war, hatten die Notfallärzte Jan bereits stabilisiert und transportbereit gemacht. Zum Glück lag die Notfallstation des Universitätsspitals nur einen Steinwurf vom Institut entfernt. Philipp durfte seinen Assistenten begleiten, um allfällige Fragen zu beantworten und die Personalien sauber aufzunehmen. Philipp war froh, einige Zeit bei Jan sitzen zu dürfen. Die verantwortliche Stationsschwester bat Philipp, den bewusstlosen Patienten nun alleine zu lassen. Sie werde sich bei ihm melden, sobald er aufwachte. Philipp bedankte sich und war froh, seinen Assistenten in den guten Händen zu wissen.

Nachdenklich ging er ins Institut zurück. Wie lange hatte Jan schon bewusstlos auf dem kalten Fußboden gelegen, bevor ihn Emma entdeckte? Zum Glück war sie eine ausgesprochene Frühaufsteherin und immer die Erste im Gebäude. Was mochte passiert sein? Hin und wieder wurden an der Universität kleinere Delikte begangen. Smartphones wurden eingesteckt, Fahrräder verschwanden, Kleider und Schuhe wechselten in den Umkleidekabinen des Akademischen Sportvereins die Besitzer, es gab auch Lücken in den Bibliotheksregalen, wo es eigentlich keine geben sollte, und Ähnliches. Aber warum sollte jemand in Philipps Institut einbrechen?

Als Philipp kaum fünf Minuten später in seinem Institut ankam, beendete die Polizei gerade die Tatortbesichtigung. Auch Armand war anwesend. Er war bei der Kantonspolizei für die schweren Gewaltverbrechen verantwortlich. Für diesen Fall hier war die Stadtpolizei zuständig, die nichts dagegen hatte, dass der geschätzte und bekannte Kollege sich ein wenig umschaute.

Armand brachte seinen Freund auf den neuesten Stand der Ermittlungen. »Gemäß Frau Loppacher hat Jan bis spät in die Nacht gearbeitet. Sie feilten zusammen an einigen Details des Buches. Frau Loppacher ist um kurz vor zwölf nach Hause gegangen, während Jan noch das Kapitel fertigschreiben wollte. Sie haben sich für 7 Uhr früh verabredet, um am Projekt weiterzumachen. Als Frau Loppacher das Büro so gegen 6.30 Uhr betrat, fand sie Jan bewusstlos vor. Sonst hat sie niemanden gesehen. Der Überfall muss also zwischen Mitternacht und circa 6 Uhr morgens stattgefunden haben. Von den Tätern fehlt jede Spur. Für Frau Loppacher war das besser so. Es ist immer gefährlich, wenn man Verbrecher in flagranti ertappt. Das Einzige, was sie bemerkt hat, war ein auffälliger Geruch nach Parfum.«

»Parfum?«, wiederholte Philipp überrascht.

»Ja. Patschuli, Zimt, Pfeffer. Frau Loppacher war sich ziemlich sicher, dass es sich um ein Frauenparfum gehandelt haben muss. Jetzt riecht man natürlich nichts mehr. Kann auch eine Sinnestäuschung gewesen sein. Das kommt in Stresssituationen durchaus vor. Ich wäre übrigens froh, wenn du kontrollieren würdest, was alles verschwunden ist. Jans Wertsachen stecken jedenfalls noch in seinem Jackett.«

Philipp verschaffte sich konzentriert einen Überblick. »Auf den ersten Blick fehlt der Computer und der kleine Fernseher. Die anderen Räume werde ich gleich inspizieren, aber hier sieht es ja aus, als ob ein Tornado gewütet hätte.«

»Vielleicht hatte es ja jemand auf Jan persönlich abgesehen? Hat er sich kürzlich mit jemandem gestritten?«

Philipp schüttelte den Kopf. »Nicht, dass ich wüsste. Jan ist kein streitbarer Typ. Er war letzte Woche mit Emma in Waldshut. Du weißt schon, wegen dem Buch. Sonst war business as usual. Auch mit seinen Studenten lief alles prima.«

Armand war hellhörig geworden. »Hatte Jan allenfalls Informationen im Zusammenhang mit diesem Projekt in seinem Büro? Irgendetwas von Brisanz?«

»Du meinst im Ernst, dass der Überfall mit Alexander von Werdenberg zu tun haben könnte?«

»Nur so eine Idee«, antwortete Armand. »Wir sollten zu diesem Zeitpunkt nichts ausschließen.«

Philipp winkte Emma zu sich und wiederholte die Frage von Armand. Emma überlegte kurz. »Wir bewahren alle wichtigen Dokumente dort im Registerschrank auf. Aber die allermeisten Informationen sind öffentlich bekannt, außer die Transkriptionen der persönlichen Gespräche mit Herrn von Werdenberg und die Presseberichte mit den Fotografien, die wir im Zeitungsarchiv gefunden haben.«

»Kann ich einen Blick auf die Fotografien werfen?«, fragte Armand.

Emma ging zum schweren Aktenschrank und entnahm diesem ein dickes Register mit den wichtigsten Unterlagen des Projektes. Dann schlug sie die Mappe auf und blätterte sie durch. »Seltsam, die Kopien mit den Fotografien lagen gestern zuoberst auf dem Stapel. Ich kann sie nicht finden. Sie sind weg!«

Armand sah Philipp ernst an. »Die ganze Sache stinkt doch zum Himmel. Wer wusste alles von den Fotografien?«

Philipp musste nicht lange überlegen. »Jan, Emma, ich und … Rektorin Fries.«

Ohne eine Antwort abzuwarten, drehte sich Philipp auf dem Absatz um und stürmte aus dem Büro.

EIN SCHUSS IN DEN OFEN

Das Wort »Emotion« stammt vom lateinischen »movere« ab und bedeutet so viel wie »Bewegung«. Emotionen bewegen also. Bei den einen lösen sie Angst und Fluchtreflexe aus, bei Philipp bewirkten sie das Gegenteil. Das Gefühl von Bedrohung legte bei ihm den Schalter schon immer auf Angriff um, vor allem dann, wenn es um Personen ging, die ihm nahestanden. Wie zum Beispiel seinen Assistenten Jan, der ihm mittlerweile ans Herz gewachsen war.

Philipp schritt grimmig durch das Vorzimmer der Rektorin der Universität Zürich. Deren aufgebrachten Assistenten nahm er erst wahr, als sich dieser ihm in den Weg stellte und den Zugang zu seiner Chefin versperrte. Frau Fries sei beschäftigt und empfange niemanden. Doch Widerstand war zwecklos. Philipp packte den bemitleidenswerten Sekretär kurzerhand am Kragen und warf ihn gegen die Tür. Dort drückte er ihm seinen rechten Unterarm an den Hals und hielt ihm warnend den Zeigefinger vor die weit aufgerissenen Augen. »Frau Fries wird sich Zeit nehmen für mich. Und ich rate Ihnen, keinen Mucks mehr von sich zu geben. Sonst endet das hier sehr unerfreulich. Haben wir uns verstanden?«

Ohne eine Antwort auf die ohnehin rhetorische Frage abzuwarten, drückte er die Klinke herunter. Der Sekretär fiel mit der sich öffnenden Tür ins Zimmer und landete perplex auf dem Hosenboden. Die Rektorin schien vom Hereinplatzen der beiden Männer nicht sonderlich überrascht zu sein. Der Lärm im Vorzimmer hatte sie vorgewarnt.

»Ich rufe die Polizei!«, krächzte der Assistent nach Luft ringend. Er zitterte am ganzen Leib, das Gesicht war kreideweiß.

Fries bewahrte stoisch die Ruhe. Sie war aufgestanden und half ihrem Mitarbeiter wieder auf die Beine. Jeder Muskel ihres kleinen drahtigen Körpers war jedoch angespannt wie bei einer Raubkatze in Lauerstellung, jederzeit bereit, dem Angreifer die Augen auszukratzen. »Lassen wir es gut sein. Professor Humboldt und ich werden das Missverständnis sicher wie kultivierte Menschen klären. Den Vorfall vergessen wir mal schön. Ich hoffe, Sie haben sich beim Hinfallen nicht verletzt.«

»Hinfallen? Humboldt hat mich tätlich angegriffen. Das haben Sie doch gesehen?«

Alles Protestieren half nichts.

»Jetzt beruhigen wir uns alle erst einmal. Und dann nehmen Sie ein paar Tage frei. Gönnen Sie sich was, fahren Sie nach London, Paris oder Venedig. Dort gibt's nie so wenige Touristen wie zu dieser Jahreszeit. Von diesem kleinen Missverständnis muss niemand etwas erfahren.« Der junge Mann begriff, dass Widerstand zwecklos war, und wehrte sich nicht, als die Rektorin ihn sanft, aber bestimmt aus ihrem Büro schob. Anschließend begab sie sich hinter ihren Schreibtisch, der einen willkommenen Schutz bot, und setzte sich in den viel zu großen Bürosessel. Sie musterte ihren aufgebrachten Besucher. Die impulsive Art ihres Professors war kein Geheimnis. Sie entschied sich zu einem sofortigen Gegenangriff verbaler Natur. »Hat Ihnen jemand ins Gehirn geschissen, Humboldt? Sie können sich hier nicht wie eine angeschossene Wildsau aufführen. Ist denn heute nicht schon genug passiert?«

Philipp lachte höhnisch auf. »Machen Sie sich Sorgen um das Geld oder meinen Mitarbeiter? Jan liegt im Spital und ist immer noch nicht ansprechbar.«

»Ich habe davon gehört. Das ist sehr bedauerlich. Der Sicherheitsdienst der Universität steht in engem Kontakt mit der Polizei. Und Ihrem Assistenten wünsche ich gute Besserung. Was bezwecken Sie eigentlich mit dem ganzen Theater?«

Die beiden Alphatiere belauerten sich wie hungrige Wölfe.

»Wissen Sie, was gestohlen wurde? Die Fotografien der Von-Werdenberg-Brüder. Klingelt es jetzt bei Ihnen?«

Ein leichtes Zucken um die Mundwinkel und das Tippen mit den Fingern auf der Tischplatte verrieten, dass Fries überrascht war. »Die Fotos sind verschwunden?«

Philipp hatte die Rektorin im Schraubstock. Und er drückte weiter zu. »Genau. Und nur vier Leute wussten von ihnen. Sie sind eine davon.«

Fries lachte böse auf. Nun verstand sie Philipps Rage. »Sind Sie verrückt geworden, Humboldt? Wollen Sie etwa behaupten, ich hätte etwas mit dem Vorfall zu tun? Sie sind völlig übergeschnappt! Was soll ich denn mit diesen verdammten Fotografien anfangen?«

Die Replik klang authentisch, nicht aufgesetzt. Philipp wollte der Sache ein für alle Mal klären. »Ich behaupte nicht, dass Sie Jan niedergeschlagen haben. Aber ich bin überzeugt, dass Sie die Neuigkeiten von den Fotos Ihrem Freund von Werdenberg brühwarm erzählt haben und dieser dann aktiv geworden ist. Aus welchem Grund auch immer.« Er sah seine Chefin herausfordernd an. »Genau, diesem Herrn von Werdenberg, den Sie ja anscheinend gar nicht kennen. Und das, obwohl Sie beide Freimaurer sind und sich daher ohne Zweifel schon öfter über den Weg gelaufen sind. Sie haben mich angelogen. Was steckt wirklich hinter der ganzen Sache? Es ging von Anfang an um mehr als eine simple Unternehmensgeschichte.«

Die Körperhaltung und die Gesichtszüge der Rektorin entspannten sich und das Trommeln hörte auf. Die von ihr gewohnte Souveränität kehrte zurück. »Okay, ich kenne Alexander von Werdenberg vom Orden. Es gibt einen Kodex bei den Freimaurern, wir sprechen nie über aktive Brüder und Schwestern. Zudem ist der Frauen- vom Männerorden getrennt. Ich bin nicht verpflichtet, Sie über mein Privatleben auf dem Laufenden zu halten, Professor Humboldt. Und gelogen habe ich auch nicht. Ich kenne von Werdenberg effektiv nur oberflächlich, Orden hin oder her. Ich verstehe immer noch nicht, was Sie mir eigentlich unterstellen.«

»Was steckt hinter dieser verdammten Firmengeschichte?«

Fries hob die Schultern. »Was soll da groß sein? Ein alter Multimillionär, oder vielleicht bald Milliardär, will sich ein Denkmal setzen. Kennen Sie einen erfolgreichen Machtmenschen, der nicht früher oder später von seiner Eitelkeit eingeholt wird? Frauen einmal ausgenommen, die scheinen das nicht nötig zu haben.« Die Rektorin hatte wieder Boden unter den Füßen und ihre Selbstsicherheit zurückgewonnen.

»Und die Fotos?«, fragte Philipp.

»Ach, kommen Sie mir doch nicht schon wieder mit diesen blöden Bildern. Ich habe mit niemandem darüber gesprochen. Ehrenwort. Sind Sie nun zufrieden?«

Philipp war natürlich ganz und gar nicht zufrieden. Er war keinen Millimeter weitergekommen. Die Rektorin sagte zweifellos die Wahrheit. Er hatte überreagiert, zumindest bei den falschen Leuten.

»Lassen Sie die Polizei und die Ärzte ihren Job machen, Professor Humboldt. Ein unnötiger Skandal nutzt keinem etwas. Bringen Sie das Projekt zu Ende und dann überraschen wir Ihren Assistenten mit einer schönen Beförderung und einer Gehaltserhöhung. Wir müssen alle unsere Nerven im Zaum halten und nicht über das Ziel hinausschießen. Damit wäre niemandem gedient.«

Der Vorfall war für Fries gegessen. Sie wechselte das Thema und war wieder zur kühlen Managerin geworden. »Und das mit Ihrer Frau tut mir leid. Es war nicht korrekt von Professorin Schelbert, an der Tagung so schlecht über Sophie zu sprechen. Das habe ich ihr mit aller Deutlichkeit gesagt und es wird nie mehr vorkommen. Sonst wird es Konsequenzen geben.«

Philipp war sich sicher, dass dieser Vorfall Konsequenzen haben würde. Einfach zu einem späteren Zeitpunkt. Jetzt hatte er ein dringlicheres Problem zu lösen. Mit einem abwesenden Kopfnicken verließ er wortlos das Büro der Rektorin. Das Vorzimmer war bereits verwaist und der bemitleidenswerte Sekretär auf dem Weg nach Irgendwohin. Aber etwas war immerhin klar geworden: Wenn Fries nichts mit der Sache zu tun hatte, blieb nur eine Person übrig, die die Existenz und den Aufbewahrungsort der Bilder ausgeplaudert haben konnte.

Als Philipp ins Institut zurückkehrte, war die Katze bereits aus dem Sack. Emma hatte keine Gelegenheit gehabt, die Sache aufzuklären, bevor Philipp Hals über Kopf aus dem Büro gestürmt war. Tatsächlich hatte sie von Werdenberg über die Fotografien und den Ausflug nach Waldshut informiert. Und sie stand auch dazu, hatte dieser Angelegenheit aber keine Bedeutung beigemessen. Sie sei schließlich bei der Privatbank von Werdenberg angestellt und werde von dieser bezahlt. Alexander von Werdenberg habe sie gebeten, ihn persönlich über alle Entwicklungen im Projekt mit einer kurzen Textnachricht zu informieren. Sie habe sich nichts dabei gedacht und könne sich immer noch nicht vorstellen, dass der alte Patron bei dem Vorfall seine Finger im Spiel haben könnte.

Philipp sprach der völlig aufgelösten Emma gut zu. »Nun mach dir mal keinen Kopf. Was geschehen ist, ist nicht deine Schuld. Du hast nur deinen Job gemacht. Wenn sich jemand Vorwürfe machen muss, dann ich.«

Er nahm Armand zur Seite, und die beiden Freunde steckten die Köpfe zusammen.

Armand machte eine ernste Miene. »Da will uns jemand Angst einjagen oder er versucht etwas zu vertuschen. Ich wette 100.000 Franken, dass auch die Fotos aus dem Archiv in Waldshut verschwunden sind. Wir müssen die ganze Geschichte von vorne aufrollen, Philipp. Da treibt jemand ein übles Spiel. Kannst du mir bitte im Detail schildern, was auf den Fotografien zu sehen war?«

Philipp verzog sein Gesicht zu einem teuflischen Schmunzeln. »Das ist nicht nötig, ich habe die Bilder mit meinem Smartphone abfotografiert. Etwas stimmt nicht damit. Ich weiß nur noch nicht, was …«

DAS VORGEZOGENE WEIHNACHTSGESCHENK

Zürich, 6. November

Alexander von Werdenberg saß im Raucherzimmer seiner herrschaftlichen Villa am Zürichberg, die von einem gepflegten Garten umgegeben war. Hohe Tannen und eine mit Efeu bewachsene Natursteinmauer boten Diskretion und Schutz. Das ausgeklügelte Sicherheitssystem mit Bewegungsmeldern und Kameras war so verbaut, dass es nicht einmal einem Experten auffallen würde. Das Haus war vor über hundert Jahren für eine reiche Industriellenfamilie errichtet worden, dementsprechend opulent und geräumig war es konzipiert. Es gab sechs Schlafzimmer, zwei Salons, davon einer mit dem obligaten Steinway, eine Bibliothek, ein Billard- und Rauchzimmer, Estrich und Keller waren riesig, mehrere kleine Kammern, die früher als Lagerraum benutzt wurden, dazu kamen Bäder, Heiz- und Waschräume sowie eine stattliche Küche. Heute wohnten hier die beiden Brüder von Werdenberg, ihre rechte Hand Horowitz und ein älteres, verschwiegenes Butlerpärchen. Von Werdenbergs Tochter Julia war nach dem Internat in eine eigene Wohnung gezogen. Alexander von Werdenberg hatte seiner Tochter ein schmuckes Penthouse gekauft, mitten in der Stadt. Nicht günstig und schon gar nicht uneigennützig. Julia sollte von seinem Doppelspiel nie etwas erfahren und noch weniger dafür büßen.

Von Werdenberg saß in Gedanken versunken in einem schweren dunkelbraunen Ledersessel nach englischer Art, wie man ihn in einem klassischen Rauchsalon erwartete. Der Gentleman trug auch zu Hause einen frischgebügelten Anzug und rahmengenähte Lederschuhe, welche er nie außerhalb des Hauses benutzte.

Stil musste sein.

Der Raum war schlicht, aber gemütlich eingerichtet. Ein dicker, weicher Teppich lag auf den dunklen Eichendielen. Die seidenen englischen Vorhänge erinnerten an voluminöse Ballkleider. Landschaftsbilder von William Turner, Segantini und Hodler schufen eine angenehme Atmosphäre. Von Werdenberg betrachtete den in die Wand eingelassenen Humidor und überlegte, welche Zigarre er sich gleich anzünden sollte. Er rauchte nur noch ganz selten, dann aber großformatige Zigarren. Wichtiger als die Länge war ihm der Durchmesser. Er verlieh dem Tabak Volumen. Im Moment präferierte er das von Cohiba entwickelte Cañonazo-Format mit 21 Millimeter Durchmesser und 150 Millimeter Länge. Die noch üppigeren Formate wie die Gigante waren ihm mittlerweile zu deftig. An den bis zu 240 Millimeter langen Prügeln konnte man gut und gerne zwei Stunden ziehen. Bei seiner letzten Montecristo Gigante hatte er sich heftig übergeben müssen, seither war er zurückhaltender geworden.

Der Butler öffnete diskret die Tür. Wie es sich für einen exzellent ausgebildeten Hausdiener gehörte, hatte er auf das Anklopfen verzichtet. »Herr von Werdenberg, Ihr Gast ist soeben eingetroffen.«

Von Werdenberg quittierte mit einem kaum sichtbaren Kopfnicken, und Werner Tuchel, CEO der Zürcher Investment Bank, betrat den Raum.

Das Gespräch sollte kurz und ergiebig verlaufen – für von Werdenberg. Für Tuchel nur kurz.

»Mein lieber Tuchel«, empfing von Werdenberg seinen Gast, sanft wie Kaschmir. Von Werdenberg entnahm dem Humidor zwei Zigarren. Er bot Tuchel eine Cohiba Petit Corona an. Das kleine Format musste genügen. Für sich selbst suchte von Werdenberg eine Cohiba in seinem Lieblingsformat aus. Sofort verbreitete sich ein süßer Geruch im Raum, der an Kakao und Kaffee erinnerte.

»Wie geht es mit Ihrer Biografie voran?«, fragte Tuchel freundlich, jedoch eine Spur zu fraternisierend.

»Wir werden bereits vor Weihnachten fertig sein, dann den organisatorischen Krimskrams erledigen und im Februar wird das Buch auf dem Tisch liegen. Also im geplanten Zeitraum. Ihr Vorgänger, Professor Humboldt, macht eine exzellente Arbeit.«

Tuchel machte eine betretene Miene. Kein CEO wird gerne an seinen beliebteren Vorgänger erinnert. Schon gar nicht Tuchel, der sein eigener treuster Fan war.

»Damit wären wir auch gleich beim Thema, Herr Tuchel.« Der Kaschmir wurde durch die Stahlbürste ersetzt. »Die Übernahme der Privatbank von Werdenberg muss bis Ende des Jahres abgeschlossen sein. Am besten vor Weihnachten. Beschleunigen Sie die Transaktion und legen Sie gleich noch 100 Millionen drauf. 990 Millionen Franken soll der Deal einbringen.«

Tuchel verschluckte sich und bekam einen Hustenanfall. Der Rauch schien aus allen Öffnungen seines Kopfes zu dampfen.

»Ein Glas Bourbon oder Scotch?«

»Scotch, bitte.« Die Antwort klang gepresst.

Von Werdenberg machte sich einen Spaß und servierte Bourbon. Nur wirkliche Kenner merkten den Unterschied. Nachdem sich Tuchel wieder einigermaßen gefasst hatte, brachte er stotternd seine Bedenken vor.

»Herr von Werdenberg, wie stellen Sie sich das denn vor? Das ist unmöglich. Die Zürcher Investment Bank gehört mir ja nicht. Es gibt auch noch einen Verwaltungsratspräsidenten. Und Aktionäre«, sagte er weinerlich.

Auf dem Beistelltisch neben Alexander von Werdenberg stand eine kleine metallene Glocke, wie man sie von Hotelrezeptionen oder Ladentheken kennt. Der rüstige Hüne schlug einmal mit der flachen Hand darauf. Die Tür ging auf und Horowitz trat ein, sie brachte ein schweres schwarzes Buch und überreichte es von Werdenberg. Dann verschwand sie so schnell und lautlos, wie sie gekommen war. Von Werdenberg war ein Verfechter von unkomplizierten Handlungsanweisungen. Die für Horowitz lauteten an diesem Tag folgendermaßen: einmal klingeln – das schwarze Buch bringen. Zweimal klingeln –Tuchel zum Wagen begleiten und freundlich verabschieden. Dreimal klingeln – Tuchel zum Wagen begleiten, ihm mit dem Totschläger eins überziehen und Wagen und Besitzer verschwinden lassen ... Sein Bruder hätte aufgrund seines sardonischen Gemüts höchstwahrscheinlich auf die Varianten eins und zwei verzichtet. Alexander von Werdenberg mochte Tuchel zwar auch nicht besonders gut leiden, sah in ihm aber einen willigen Vollstrecker seiner Wünsche. Es war zudem keinesfalls sicher, dass sie gegen Tuchels Nachfolger, den es nach dreimaliger Betätigung der Klingel bräuchte, ebenso viel kompromittierendes Material in der Hand hätten. Daher hatte sich Alexander von Werdenberg aus Gründen der schieren Opportunität entschieden, nur einmal zu klingeln. Es bestand jedoch kein Zweifel: Sollte sich Tuchel weiterhin bockig zeigen, würde von Werdenberg ihn ohne mit der Wimper zu zucken in den Tod schicken.

Alexander von Werdenberg öffnete fast ehrfürchtig das in Leder gebundene Buch. Er glich in diesem Moment einem gütigen Großvater aus einem Dickens-Roman, der seinem Enkelkind eine Weihnachtsgeschichte vorliest. Tatsächlich las von Werdenberg laut vor, aber keine Weihnachtsgeschichte.

»Nun, mein lieber Tuchel«, begann er mit sonorer Stimme, »was haben wir denn da: Ich zähle vier Affären, allerdings ist nur eine davon Ihrer Ehefrau bekannt. Könnte also teuer werden. Na ja, das muss ja niemand erfahren. Dazu kommen mehrere Abendessen mit Ihren Liebschaften auf Kosten der Zürcher Investment Bank. Ich habe mich immer gefragt, wie man so geizig sein kann, fast schon geschmacklos. Fremdgehen ist das eine, aber die Bank dafür bezahlen lassen? Dann haben wir einen Unfall nach einer feuchtfröhlichen Weihnachtsfeier – es ist zwar niemand zu Schaden gekommen, trotzdem ist Fahrerflucht kein Kavaliersdelikt. Ach ja, erinnern Sie sich noch an die teure Armbanduhr, die Sie vor zwei Jahren von einem russischen Oligarchen angenommen haben? Dabei haben Sie doch persönlich die interne Weisung unterschrieben, die genau solche Dinge verbietet. Wasser predigen und Wein saufen, das haben wir gerne! Käme bei der Belegschaft und der Bankenaufsicht sicher nicht gut an. Den Vogel abgeschossen haben Sie allerdings bei diesem privaten Aktiendeal, der …«

»Genug, genug, genug!« Tuchels Verteidigungslinie fiel in sich zusammen. Es roch nach Angst. Er legte die Cohiba in den schweren Aschenbecher und überließ sie dort ihrem Schicksal. »Ich werde sehen, was ich machen kann. Die Dokumente sind unterschriftsbereit. Ich muss aber noch mal mit unserem Verwaltungsratspräsidenten Herrn von Fink über die 990 Millionen sprechen. Wenn er sich einverstanden erklärt, sollte nichts dagegensprechen, dass wir schon vor Weihnachten alles unter Dach und Fach haben.«

»Glauben Sie mir, Herr von Fink wird keine Einwände haben«, sagte von Werdenberg und tippte auf sein schwarzes Buch. »Die großen Banken sind es ja gewohnt, überteuerte Übernahmen zu tätigen. Die Privatbank von Werdenberg wird, wie viele andere Institute vor ihr, einfach im schwarzen Loch ihrer Bankbilanz verschwinden.«

Von Werdenberg klingelte zweimal und hielt die flache Hand noch eine Sekunde länger über der Glocke. Er lachte kopfschüttelnd und verabschiedete sich vom bedauernswerten Tuchel, CEO der Zürcher Investment Bank und bald auch der völlig überteuerten Privatbank von Werdenberg.

REISE IN DIE VERGANGENHEIT

Deutschland, 28. November

Sie flogen unter einer Überführungsbrücke hindurch, auf welcher zwei Fußgänger auf den Verkehr unter sich blickten. Hoffentlich werfen die jetzt keine Steine oder Flaschen auf die Fahrbahn, dachte sich Philipp und schloss die Augen. Als sie die Brücke ohne Frontalschaden hinter sich gelassen hatten, drehte er sich zu seinem Freund, der in einen Geschwindigkeitsrausch geraten war.

Philipp hielt sich krampfhaft am Türgriff von Armands Dienstwagen fest, einem unscheinbaren, dafür umso stärker motorisierten BMW. Seine Knöchel waren bereits weiß und Philipps Wangen auf dem besten Weg dahin. Der Tacho zeigte über 200 Stundenkilometer. Zum Glück gab es nur wenig Verkehr.

»Bitte fahr langsamer. Ich komme im Gegensatz zu dir bei einem Crash nicht in den Himmel.«

Armand griente und zog seinen rechten Fuß leicht nach oben. Das Tempo sank langsam, aber stetig.

»Wir haben den ganzen Tag Zeit, kein Grund zur Eile. Außer du willst, dass ich deinen Dienstwagen vollkotze«, sagte Philipp zu seinem Freund und entspannte sich synchron zum sinkenden Tempoanzeiger.

»So weit kommt es noch. Na ja, du hast ja recht. Wir haben Zeit ohne Ende und Punkte in Flensburg wären für einen Schweizer Polizeibeamten echt peinlich. Aber einmal in meinem Leben wollte ich die 200 knacken.«

Philipp applaudierte scherzhaft. »Und diesen großen Moment durftest du nun mit mir teilen.«

Die beiden Freunde waren bereits um fünf in der Früh aufgebrochen, um dem gröbsten Pendlerverkehr aus dem Weg zu gehen. Sie hatten eine rund 400 Kilometer lange Autofahrt vor sich, die sie via Basel, Offenburg und Saarbrücken nach Hinzert führen sollte, wo bis März 1945 ein SS-Sonderlager betrieben worden war. Dort waren gemäß Alexander von Werdenberg seine Eltern inhaftiert gewesen. Ein befreundeter Geschichtsprofessor hatte Philipp bestätigt, dass politische Häftlinge aus Süddeutschland wie die von Werdenbergs 1944 wahrscheinlich dorthin gebracht worden waren. Vor dem Krieg waren in Hinzert Arbeiter inhaftiert, die als »notorische Faulenzer und Gewohnheitstrinker« galten. Ab 1940 waren im Lager dann vor allem politische Gefangene eingeliefert worden, viele davon Kommunisten. Armand und Philipp hatten sich diesen Tag im November frei gehalten, um sich vor Ort ein Bild zu machen. Der Vorfall mit Jan lag bereits gut einen Monat zurück, und sie hatten bislang erfolglos nach einer Antwort gesucht.

Jan hatte mittlerweile das Spital auf eigenen Wunsch verlassen. Es sei, so seine Aussage, nicht zum Aushalten gewesen. Schlimmer als in einer Bienenwabe. Die Ärzte, die Krankenschwestern, die Pfleger und das Putz- und Servicepersonal gäben sich förmlich die Klinke in die Hand. Und um fünf am Nachmittag könne er beim besten Willen nicht schon zu Abend essen. Obwohl Jan nach wie vor angeschlagen war, hatte man ihn unter Auflagen entlassen. Er musste einige Tage zu Hause Bettruhe einhalten. Gehätschelt wurde er dabei von Emma Loppacher, die immer noch ein schlechtes Gewissen hatte. Die beiden arbeiteten nun bei Jan zu Hause und standen kurz vor dem Abschluss ihrer Arbeit. Philipp hatte sie dazu ermuntert, weiterzuarbeiten. So kamen sie auf andere Gedanken, und er gewann wertvolle Zeit für seine Erkundungen.

Philipp und Armand hatten aus Sicherheitsgründen niemanden vom Grund ihrer Reise erzählt. Der Überfall auf Jan hatte sie misstrauisch werden lassen. Es musste ein dunkles Geheimnis um die von Werdenbergs geben, da waren sie sich nun vollkommen sicher, auch wenn sie bislang völlig im Dunkeln tappten. Aber die gestohlenen Zeitungsberichte hatten sie überzeugt, dass die Antworten auf ihre Fragen in der Vergangenheit der von Werdenbergs zu finden waren. Es schien alles in den letzten Monaten des Zweiten Weltkrieges seinen Anfang genommen zu haben.

Sophie hatte Philipp wahrheitsgetreu gesagt, dass er mit Armand die Porta Nigra besuchen werde. Die Porta Nigra bei Trier war das wahrscheinlich bekannteste römische Stadttor in Deutschland. Sophie hatte kurz die Augenbrauen gehoben. Ein ungewöhnlicher Ausflug für gewöhnliche Männer – und umgekehrt. Doch Philipp und Armand hatten schon immer spezielle Vorlieben gehabt. Sie gönnte den beiden ihre Männertage. Sophie hatte vor langer Zeit aufgegeben, ihre Rituale verstehen zu wollen. Die zwei konnten ganze Wochenenden zusammen verbringen, ohne sich über ihre Partner, Kinder, Patenkinder, die Verwandtschaft oder gar Gefühle auszutauschen. Die Gespräche über Sport, Essen und Beruf schienen ergiebig genug zu sein.

Männer eben.

Armand und Philipp ließen derweil Saarbrücken hinter sich und kamen weiterhin gut voran – nur etwas gemächlicher.

»Du hast mir noch gar nichts über das Gespräch mit dem ehemaligen Berater der Privatbank von Werdenberg erzählt. Du weißt schon, dem Kerl, der verprügelt worden ist.«

»Das darf ich auch nicht. Amtsgeheimnis.«

Philipp gönnte seinem Freund den Scherz.

»Wie geht es mit dem Buch voran? Seid ihr bald fertig?«, fragte Armand nach einer längeren Pause.

»Sorry, mein Lieber, ich würde dir gerne darüber berichten, aber mir sind leider die Hände gebunden. Du weißt schon, Amtsgeheimnis.«

Beide lachten laut.

»Komm, wir machen bei der nächsten Raststätte eine Zigaretten- und Kaffeepause und bringen uns auf den neuesten Stand der Dinge«, schlug Armand vor.

Gesagt, getan.

An der Kaffeebar der Raststätte erzählte Armand von seinem informellen Gespräch mit dem verprügelten Bankberater. Der einstige Mitarbeiter der Privatbank von Werdenberg – ein Relationship Manager, wie Philipp präzisierte – behaupte felsenfest, dass er von Alexander von Werdenberg verdroschen worden sei. Es sei außerdem eine junge Frau dabei gewesen, die dem Ganzen zugeschaut habe, als ob sie einer Schullektion beiwohnen würde. Wenn jemand aussage, von Werdenberg sei zur gleichen Zeit in der Kronenhalle gewesen, dann müsse es sich um einen Doppelgänger gehandelt haben. Auf die Frage, was sich von Werdenberg denn von dieser Aktion versprochen haben könnte, wollte der mittlerweile pensionierte Banker nur widerwillig antworten. Der Fall sei von der Polizei schließlich schon lange abgeschlossen worden, und es habe ihm sowieso niemand geglaubt. Zudem sei er nicht scharf darauf, noch einmal verprügelt zu werden. Armand habe ihn freundlich, aber bestimmt einen offiziellen Termin auf der Polizeiwache angeboten, sofern er ihm nicht sofort am Telefon Auskunft geben wolle. Auf den empörten Ausruf des Mannes, er lebe auf Mallorca und könne nicht einfach mir nichts, dir nichts vorbeikommen, war Armand nicht eingegangen, was den Banker im Ruhestand schließlich zur Kooperation bewog.

»Für mich klang das doch sehr nach Konspirationstheorie«, sagte Armand. »Die Bank sei eigentlich keine Bank. Die Kunden würden Serviceleistungen erhalten, die an das FBI erinnerten. Die Berater, sorry, die Relationship Manager seien letztlich nichts als Staffage. Die Kunden würden vor allem in einem dubiosen Backoffice betreut und bezahlten dafür horrende Gebühren. Was das genau für Serviceleistungen sind, sei streng geheim. Die Finanztransaktionen seien jedenfalls sehr überschaubar geblieben. Er und seine Kollegen hätten zwischendurch mit den Kunden gespeist, Zahlungen und Kreditkarten gebucht oder Ferien und Arztbesuche organisiert. Er sei zu der Überzeugung gelangt, dass die Bank im Geschäft mit Informationen tätig sei, mit Bespitzelung, Bestechung, Industriespionage und der Vermittlung von Kontakten in die höchsten Kreise. Schlimmer als in jedem Krimi. Unter dem Deckmantel der Bank sei so ein illustrer Machtzirkel entstanden: israelische Hightech-Firmen, amerikanische Diplomaten, Oligarchen und kirchliche Würdenträger, eine Mischung aus World Economic Forum und Mafia. Und quasi als Nebenprodukt habe die Privatbank von Werdenberg die Konkurrenten an der Bahnhofstrasse bespitzelt. Echt schräg, was der Kerl alles erzählt hat. Es fehlten nur noch die Ufos.«

Philipp staunte nicht schlecht. Er wusste aus eigener Erfahrung, dass die Banken an der Bahnhofstrasse immer hart im Wind segelten und manchmal bewusst oder durch Nachlässigkeit verbotene Gewässer durchfuhren. »Hat der Berater auf dich einen glaubwürdigen Eindruck gemacht?«, fragte er Armand.

»Ich glaube vor allem, dass er sich nicht von den Kopfnüssen erholt hat. Aber er war extrem überzeugt, das schon. Beweise? Keine Chance. Und dann diese junge Frau, die einfach zugeschaut haben soll. Vielleicht ist der Kerl auch ein Perverser. Und was sagt dir dein Gefühl?«

»Ich kann mir ebenfalls keinen Reim darauf machen. Aber mein Gefühl sagt mir, dass ich noch einen Kaffee und eine Zigarette brauche.«

Sie bestellten sich zwei Coffee to go an der Bar und gingen damit zurück zum Wagen, wo sie ihrem kleinen Laster frönten und sich ihre Zigaretten anzündeten.

»Was hältst du eigentlich von diesem Deal zwischen der Zürcher Investment Bank und der Privatbank von Werdenberg. Macht das Sinn aus deiner Sicht? Hättest du als CEO die Privatbank von Werdenberg gekauft, wenn du die Möglichkeit gehabt hättest?«, fragte Armand und schlürfte vorsichtig seines heißen Kaffee.

»Der Kaufpreis, den die Zürcher Investment Bank bezahlt, muss viel zu hoch sein, sonst könnte von Werdenberg nicht so mit Geld um sich schmeißen. Ich habe mich ein bisschen umgehört bei meinen alten Kollegen. Man hat sich anscheinend auf einen horrenden Fixpreis geeinigt. Das ist in der Branche unüblich, man macht den Preis sonst immer vom Vermögen abhängig, das effektiv transferiert wird. Wer sagt überhaupt, dass die Kunden den Wechsel mitmachen? Außer …«

»… außer von Werdenberg hat etwas gegen die Führung der Bank in der Hand«, ergänzte Armand.

Philipp zuckte mit den Schultern. »Das sind alles Spekulationen, aber die Idee ist mir auch schon gekommen. Vielleicht sollte ich mal mit meinem Nachfolger oder dem Verwaltungsratspräsidenten sprechen. Ich sehe langsam überall Gespenster.«

»Vielleicht sind wir nach dem Besuch der Gedenkstätte schlauer.«

»Ich hoffe es!«

Sie traten ihre Kippen auf dem Boden aus und setzten sich wieder in den Wagen. Armand stellte den Motor an und wandte sich Philipp zu. »Ich lag übrigens richtig mit meiner Vermutung. Die Zeitungsartikel mit den Fotos sind aus dem Zeitungsarchiv in Waldshut verschwunden. Da hat jemand sauber gemacht. Die ganze Sache stinkt zum Himmel. Wir sehen alles und verstehen nichts.«

Philipp blickte nachdenklich aus dem Fenster und betastete die Innentasche seines Jacketts. Ein Ausdruck der beiden Fotos, die er während der Sitzung mit seinem Team mit dem Smartphone aufgenommen hatte, trug er seit dem Überfall auf Jan immer bei sich. Auch heute. Irgendetwas musste es damit auf sich haben.

DER CHAGALL

Zürich, Frühling 1995

Alexander von Werdenberg saß steif unter dem Chagall. Ohne die qualmende Cohiba zwischen Daumen und Zeigefinger hätte man ihn für eine Wachsfigur halten können, mit unglaublich echten, leicht säuerlichen Gesichtszügen. Doch die Wachsfigur zog zwischendurch nicht nur an der besagten Zigarre, sondern trank dazu einen Château d'Yquem. Der edle Süßwein war sonst ein Genuss erster Güte, heute hätte Alexander von Werdenberg trotzdem gerne darauf verzichtet. Morgen würde er mit Sicherheit bitterlich bereuen, ihn getrunken zu haben. Schon die Flasche Château Lafite-Rothschild, 1er Grand Cru Classé, war zu viel des Guten gewesen. Die Flasche Champagner, notabene ein Philipponnat Cuvée Parcellaire Les Cintres, die er sich zu seiner Vorspeise – Austern und russischem Kaviar – hatte kredenzen lassen, hätte vollauf gereicht. Aber da war es erst 19 Uhr gewesen. Und sein Bruder hatte ihm eingebläut, bis mindestens 21 Uhr zu Tisch zu sitzen und ein Menu inklusive Getränke zu verschlingen, das in etwa dem Monatsgehalt des Kellners entsprechen müsse. Einfach auffallen.

Gesagt, getan.

Nach dem Champagner, den Austern und dem russischen Kaviar war also der besagte Rotwein getrunken und dazu ein vorzügliches Chateaubriand genossen worden. Alexander von Werdenberg war ein guter Esser, aber das Chateaubriand – für zwei Personen gedacht – lag ihm nun schwer im Magen. Er fühlte sich wie der Wolf im grimmschen Märchen, nachdem ihm die Steine in den Bauch gelegt worden waren. Das Passionsfruchtsorbet hatte nur für eine kurzfristige Erfrischung gesorgt. Das alles mag die säuerliche Miene erklären, die nicht zur Zigarre und dem d'Yquem passen wollte.

Alexander von Werdenberg drückte seinen Rücken durch, der ihm Schmerzen bereitete. Wenn er sich genügend Zeit für seine Übungen nahm, konnte er das chronische Leiden eindämmen. In den vergangenen Wochen war dies nicht der Fall gewesen. Sein Geschäft boomte. Vor allem die neue Kundschaft aus der ehemaligen Sowjetunion, die russischen Oligarchen, brachten viel Geld und noch mehr Gewinne. Die Verspannungen waren das eine, vor allem aber ärgerte sich Alexander von Werdenberg über seinen Bruder. Der Berater, der die Bank von Werdenberg verlassen wolle, brauche, so Johannes, eine ordentliche Abreibung, sonst riefe das Lästermaul noch die Behörden auf den Plan. Er stellte die falschen Fragen und stecke seine Nase in Dinge, die ihn nichts angingen. Er habe sogar einige seiner Kunden gefragt, warum sie wirklich bei der Bank von Werdenberg seien. An der Anlagestrategie könne es ja schwerlich liegen. Alexander von Werdenberg zog an seiner Zigarre. Auch nach dessen offiziellem Tod machte ihm sein kleinerer Bruder immer noch Ärger. Wobei die beiden genau genommen gleich alt waren und nur 30 Minuten nacheinander auf die Welt gekommen waren.

Zwillinge, eineiig, nicht zu unterscheiden. Außer im Charakter.

Eine dicke Fliege war auf dem Tischtuch gelandet und machte sich an einer Brotkrume zu schaffen. Von Werdenberg hatte nichts gegen das Insekt. Er machte eine für die anderen Gäste kaum wahrnehmbare Bewegung mit der rechten Hand. Genug für die Fliege, um diese mit ihrem hochentwickelten Sehapparat wie im Zeitlupentempo wahrzunehmen und sich im Eiltempo in Sicherheit zu bringen. Ein schwaches Lächeln huschte über von Werdenbergs Gesicht, das gleich darauf wieder hinter dem dichten Rauch der Cohiba verschwand.

Der elegante Gast mit dem exquisiten Geschmack blieb dem Personal in bester in Erinnerung. Als eine Woche später zwei Polizeibeamte den Kellner befragten, konnte sich dieser sehr gut an den Herrn auf der Fotografie erinnern.

»Herr von Werdenberg hat einen ausgezeichneten Geschmack und vorzügliche Tischmanieren. Wie könnte man einen solchen Gast vergessen? Würde es doch mehr solche Kunden geben«, schwärmte der Kellner und dachte nicht ohne Wehmut an von Werdenbergs üppiges Trinkgeld.

DIE FEHLENDE SEITE

Hinzert, 28. November

Philipp und Armand wurden in der Gedenkstätte Hinzert von Frau Martha Epstein begrüßt. Die Mitarbeiterin der Anlage führte die beiden durch die Räumlichkeiten und informierte kurz und präzise über die Geschichte des Lagers. »Im November 1944 wurde das Sonderlager Hinzert formell dem Vernichtungslager Buchenwald zugeordnet, was für die Inhaftierten nichts Gutes versprach. Es kam dann leider auch so. Nachdem die Alliierten im Februar 1945 das Sonderlager bombardiert und teilweise zerstört hatten, wurde der Großteil der ohnehin schon schwachen und kranken Gefangenen auf einen Fußmarsch nach Buchenwald geschickt. Nicht alle überlebten diese Strapazen. Nur ein kleiner Teil der Häftlinge blieb damals im Lager Hinzert zurück und wurde gegen Ende des Krieges befreit. Die Dokumentationen über die Gefangenen sind leider nicht mehr vollständig.«

Armand kam auf den offiziellen Teil des Besuches zu sprechen. »Wie wir bereits am Telefon besprochen haben, Frau Epstein, sind wir an Informationen zur Familie von Werdenberg interessiert. Wir haben die Hoffnung, dass wir bei Ihnen fündig werden könnten. Der Hintergrund ist eine bereits verjährte Untersuchung, die wir seitens der

Polizei in Zürich noch einmal aufrollen.« Die kleine Notlüge schien Armand gerechtfertigt. Er kaschierte sie mit seinem charmantesten Lächeln.

Frau Epstein dämpfte die Erwartung ihrer Gäste. »Die Unterlagen im Lager sind nicht vollständig. Wir arbeiten bis heute daran, aber die Zeit läuft gegen uns. Wir konnten noch lange nicht alle Todesfälle dokumentieren. Die Dunkelziffer dürfte wesentlich höher sein. Es ist davon auszugehen, dass nach Kriegsende nicht alle Opfer korrekt identifiziert wurden.«

»Dürfen wir dennoch die vorhandenen Häftlingslisten überprüfen?«, frage Philipp.

»Ja, natürlich. Ich sehe keinen Grund, warum das nicht möglich sein sollte«, sagte die hilfsbereite Mitarbeiterin. Sie führte Armand und Philipp in das Archiv mit den Häftlingsbüchern und ließ sie dort allein.

Sofort machten sie sich an die Arbeit. Die Insassen des Sonderlagers waren in den Kriegsjahren mit deutscher Gründlichkeit feinsäuberlich in einem Verzeichnis erfasst worden. Wie beim Einwohnermeldeamt war für jede inhaftierte Person in chronologischer Reihenfolge eine Kartei erstellt worden. Gemäß von Werdenberg waren die beiden Brüder im September 1944 geflohen, unmittelbar bevor ihre Eltern und auch ihre Retter, die Brüder Hauser, von der Gestapo inhaftiert wurden. Das war der einzige Anhaltspunkt, den Philipp und Armand hatten.

Sie blätterten durch das imposante, in Leder gebundene Verzeichnis. Das schwere Buch war ursprünglich sicher für eine Staatskanzlei oder ein Kontor gedacht gewesen und dann für die hässlichste aller Verwendungen zweckentfremdet worden. Auf jeden Fall waren September und Oktober 1944 bewegte Monate für Hinzert gewesen und es gab viele Einträge. Es schien, als habe das sich im Zusammenbruch befindliche Naziregime noch einmal mit wilder Entschlossenheit gegen sein Schicksal zu stemmen versucht. Die Liste der neuen Häftlinge war lang. Es waren vor allem politische Gefangene aus Deutschland und dem Elsass, das sich damals in deutscher Hand befand. Dazu kamen Partisanen, Kriegsgefangene, entflohene Zwangsarbeiter und einheimische Kriminelle unterschiedlichster Herkunft. Jedoch keine von Werdenbergs und keine Hausers.

»Hätte mich auch irgendwie überrascht, wenn wir auf Seite eins die von Werdenbergs inklusive ihrer ganzen Familiengeschichte und darunter gleich noch die Einträge der beiden Hausers gefunden hätten«, murrte Philipp. »Wäre zu einfach gewesen. Bleibt uns nichts anderes übrig, als uns von Frau Eppstein zu verabschieden und dann nichts wie weg von diesem traurigen Ort. Ich habe die Schnauze gestrichen voll. Wir werden nach Strich und Faden verarscht.« Philipp wollte gerade das schwere Buch zuklappen, als Armand seine Hand darauf legte.

»Gibst du immer so schnell auf? Kein Wunder, dass die Professoren in Zürich alle so blendend und ausgeruht aussehen.«

Philipp blickte seinen Freund schmunzelnd an. »Also gut, Dr. Watson, was sollen wir Ihrer Meinung nach unternehmen?«

»Watson bist du, mein Freund. Du darfst mich Sherlock nennen.« Armand zog seine Jacke aus, krempelte die Ärmel des schwarzen Rollkragenpullovers hoch und zog das schwere Buch des Todes zu sich. »Jetzt analysieren wir jeden verdammten Eintrag. Ich bin schließlich Polizist. Und wir machen das vom 1. September bis zum 31. Oktober 1944. Jede einzelne Linie, jeder Eintrag, jeder Buchstabe wird analysiert. Vielleicht haben wir etwas übersehen. Jetzt sind wir nun mal hier, und die Porta Nigra wird auch in 20 Jahren noch stehen.«

»Und wir sind dann zwei rüstige Rentner ...«, gab Philipp zu bedenken.

»Keine Widerrede, Watson!« Armand stieß seinem Freund den Ellbogen in die Rippe, und sie beugten sich wieder konzentriert über die Zeilen.

Eine halbe Stunde später fand Philipp, was niemand hätte finden dürfen. Diesmal sah er es nicht nur, sondern verstand es außerdem. Er schlug mit der flachen Hand dermaßen hart auf die Tischplatte, dass Armand erschrocken zusammenzuckte.

»Willst du mich umbringen oder hast du eine Fliege plattgemacht?« Er atmete laut aus und drückte mit einem leisen Knacken die verspannten Schultern nach hinten.

»Nein, schau doch«, sagte Philipp aufgeregt. »Hier muss eine Seite fehlen.« Er drehte das Buch leicht zu Armand und hielt seinen Zeigefinger auf die betreffende Stelle. Armand verstand nur Bahnhof.

»Darum bist du Watson und ich Sherlock«, witzelte Philipp gut gelaunt und erklärte seinem Freund den Fund. »Auf der linken Seite des Lagerbuches haben wir immer das Eintrittsdatum, den Namen und den Zivilstand, das Alter und den Grund der Inhaftierung. Auf der rechten Seite steht dann etwas über die politische und religiöse Gesinnung, Besonderheiten der Gefangenen und wofür man die betreffenden Personen im Arbeitslager einsetzen will. Und ganz am Schluss das allfällige Todesdatum.«

»Und?«, fragte Armand, den die Wiederholungen seines Freundes nervten. Dieser erlöste ihn.

»Auf dieser Doppelseite hier passt das alles nicht zusammen. Die Angaben auf der linken Seite korrespondieren nicht mit den Angaben auf der rechten Seite. Da hat jemand eine Seite vom September 1944 rausgerissen. Schau mal, auf der linken Seite steht hier: ›15. September 1944, Hans Bauer, verwitwet, geboren 1901, Selbstverstümmelung zwecks Umgehung des Wehrdiensts‹. In der gleichen Zeile geht es auf der rechten Seite so weiter: ›katholisch, spricht Französisch, eignet sich aufgrund kräftiger Statur und gutem Allgemeinzustand für schwere Arbeiten‹. Oder nimm die nächste Zeile. Links steht: ›15. September 1944, Juri Pawlenko, ledig, entflohener Kriegsgefangener, russisch-orthodox‹. Dann auf der rechten Seite: ›Deutschlehrer, geeignet für administrative Arbeiten‹.« Philipp war richtiggehend elektrisiert.

Armand schnippte mit den Fingern. »Du vermutest also, dass jemand die Seite mit dem Namen der Familie von Werdenberg entfernt hat und darum die Zeilen auf der linken und rechten Seite nicht zusammenpassen?«

»Ganz genau! Und jetzt halt dich fest«, fuhr Philipp fort. »Die nächste Zeile ist unser Lottogewinn. Auf der linken Seite steht: ›16. September 1944, Henry Dupont, geboren 1918, der Spionage beschuldigt‹. Und auf der rechten Seite: ›ganze Familie katholisch und kommunistisch, Vater und Söhne Linkshänder, vielfach einsetzbar, wenn auch schwächlich, Mutter zeigt Symptome einer Bleichsucht, Januar 1945, Familie erschossen bei Fluchtversuch‹. Da haben wir unsere von Werdenbergs!«

Für einige Sekunden herrschte gespenstische Stille. Armand war baff. Er bückte sich, bis er das Buch praktisch mit seiner Nasenspitze berührte. »Du hast verdammt noch mal recht. Da hat jemand mit feiner Klinge die Seite mit den Namen entfernt. Saubere Arbeit. Aber die rechte Seite mit den weiterführenden Angaben zur Familie von Werdenberg wurde vergessen.«

Philipp nahm die Kopien der beiden Fotos aus seiner Jacketttasche, knallte sie auf den Tisch und ballte seine Hand zu einer Faust. »Linkshänder! Jetzt weiß ich auch, was mich an diesen alten Zeitungsfotos gestört hat. Wie konnten wir nur so blöd sein.«

»Sind das etwa nicht die Brüder von Werdenberg?«, fragte Armand und zeigte auf das Bild mit den Knaben, die sich mit Schneebällen bewarfen.

»Eben schon …«

Bevor Armand weiterfragen konnte, war Philipp aufgesprungen.

»Ich muss dringend zwei Anrufe machen!«

*

Philipp betrat den Raum mit einem breiten Grinsen.

»Bingo! Hab ich es mir doch gedacht. Wir hatten alles vor unseren Augen, haben aber nichts verstanden. Wir waren blind wie die Maulwürfe.«

Armand verdrehte die Augen. »Möchtest du mir nicht erzählen, was es mit den Fotografien auf sich hat und was das alles mit dem Eintrag im Häftlingsregister zu tun hat?«, fragte er ungeduldig.

Philipp schob beide Kopien zu Armand und stricht sie glatt. »Laut dem Text sehen wir auf diesem Bild Alexander von Werdenberg bei einem Fechtturnier. Er hält den Degen in der rechten Hand. Von seinem Gegner ist nur eine Fußspitze zu erkennen.«

»Ich habe Augen im Kopf«, unterbrach ihn Armand.

Philipp ließ sich nicht aus der Ruhe bringen. »Etwas hat mich an diesem Bild von Anfang an gestört. Betrachte mal die Fahne mit dem Hitlerkreuz im Hintergrund.«

Armand konnte nichts Außergewöhnliches feststellen. Philipp nahm sein Smartphone zur Hand und googelte nach Abbildungen von Hakenkreuzen. »Vergleich mal diese Bilder mit der Fahne auf der Fotografie.«

Armand beugte sich tief über die Darstellungen und atmete plötzlich laut aus. »Shit. Jetzt sehe ich es auch. Das Hakenkreuz auf der Fotografie ist seitenverkehrt. Das ganze Bild ist seitenverkehrt.« Er überlegte kurz. »Aber das würde ja heißen, dass ...«

»Genau! Dass Alexander von Werdenberg – der richtige Alexander von Werdenberg – Linkshänder war. Wie dies ja auch im Lagerbuch festgehalten wurde. Eines meiner Telefonate von vorhin habe ich mit einem Kunstprofessor von der Uni geführt. Er bestätigte mir, dass in den 30er- und 40er-Jahren die Fotografien oft seitenverkehrt abgedruckt wurden. Das hatte mit den damals verwendeten Kameras und der Entwicklung der Fotos zu tun. Und dieses Bild vom Fechtkampf ist definitiv seitenverkehrt gedruckt. Das Hakenkreuz beweist es.«

Philipp griff sich sein Smartphone, stellte die Selfie-

Funktion ein und hielt es schräg vor das Foto, sodass Armand den Bildschirm sehen konnte.

»Im Selfie-Modus wird man selbst und alles andere seitenverkehrt dargestellt. Erst wenn man abgedrückt hat, wird das Foto automatisch richtig gedreht. Wenn du also jetzt auf den Bildschirm siehst, wird das seitenverkehrte Zeitungsbild richtig gedreht. Schau genau hin.«

Armand hielt seinen Kopf ganz nahe an das Smartphone. Auf dem Bildschirm war Alexander von Werdenberg jetzt mit dem Degen in der linken Hand abgebildet. Im Hintergrund das Hakenkreuz an der Wand. Im richtigen Format. »Ich werde verrückt. Das seitenverkehrte Hakenkreuz hätte uns schon früher auffallen können. Wir haben den Wald vor lauter Bäumen nicht gesehen. Mit wem hast du eigentlich das zweite Gespräch geführt?«, fragte Armand.

»Mit Fräulein Caduff, der Jugendliebe der von Werdenbergs aus Zuoz. Sie hat mir bestätigt, was ich geahnt habe. Die beiden Jungs, die sie als Alexander und Johannes von Werdenberg kannte, waren definitiv Rechtshänder. Dafür könne sie ihre Hand ins Feuer legen. Linkshänder, so Fräulein Caduff, seien früher richtige Exoten gewesen. Daran würde sie sich erinnern.«

Armand atmete tief durch. »Ist dir klar, was das bedeutet?«

»Ja. Die von Werdenbergs sind nicht die, für die sie sich ausgeben. Das würde so einiges erklären. Es kommt aber noch dicker. Die zweite Fotografie hat die Sprengkraft einer Wasserstoffbombe. Und sollte sie hochgehen, dann kann man am Paradeplatz die Scherben zusammenwischen.«

BIS DASS DER TOD EUCH SCHEIDET

Zürich, 28. November

Johannes von Werdenberg legte die Zeitung auf den Beistelltisch, streckte sich auf dem Sofa aus und verschränkte seine Hände auf der Brust. Die schlottrige Kleidung wirkte an seinem abgemagerten Körper wie ein achtlos hingeworfener Bettüberzug. Johannes' Verstand arbeitete aber weiterhin tadellos, was die Situation für ihn nicht einfacher machte. Der Schilddrüsenkrebs fraß sich gierig und rasend schnell durch seine Organe. Dem stolzen Lebemann blieb nichts anderes übrig, als seinem eigenen Sterben zuzusehen. Den Vorschlag seines Arztes, ihm zu einem schmerzlosen Tod zu verhelfen, hatte er dankend abgelehnt. Johannes von Werdenberg war mit dem Fahrstuhl ganz nach oben gefahren und hatte nicht vor, beim Hinunterfahren vorzeitig auszusteigen. Seltsamerweise hing er an schlechten Tagen genauso am Leben wie an guten. Vielleicht sogar etwas mehr.

Alexander von Werdenberg betrat den Raum. Er setzte sich in einen schweren Sessel neben seinen Bruder und atmete erleichtert aus. »So, das wäre geschafft. Der Deal ist über die Bühne gegangen. Der Verwaltungsrat hat meine Forderungen abgesegnet. 990 Millionen! Wir werden die Verträge vor Weihnachten unterzeichnen. Wir haben doch noch etwas hinterlassen, was die Welt ein klein bisschen besser machen wird.«

»Gute Taten wurden schon immer mit schlechtem Geld erkauft, Bruderherz«, blaffte Johannes zurück, gefolgt von einem wüsten Hustenanfall.

Alexander von Werdenberg hob die Augenbrauen und goss sich einen Drink ein. Er hatte es aufgegeben, seinen Bruder zu einem besseren Menschen machen zu wollen. Wann hatten sich ihre Charaktere zu unterscheiden begonnen? An jenem schicksalshaften Tag im September 1944, später in der Schweiz oder waren sie schon unterschiedlich auf die Welt gekommen? Schwierig zu sagen. Vor allem weil er sich kaum an seine Kindheit erinnern konnte. Alles vergessen. Er hatte sogar vergessen, wann er es vergessen hatte. Aber er nahm es gelassen. Der Mensch, so war Alexander von Werdenberg überzeugt, überschätzte sich sowieso maßlos – mehr ein kluges Tier denn eine vernunftgeleitete unabhängig denkende Spezies und der Verstand definitiv näher an den kleinen Dingen denn an der großen Wahrheit.

Heute war das alles egal – der Deal unter Dach und Fach. Alexander von Werdenberg träumte davon, noch einmal die Welt zu bereisen, als freier Mann. Noch einmal durch New York und London schlendern, in Paris und Rom einen Espresso trinken, in Wien und Mailand die Oper besuchen, in Singapur und Hong Kong die Hektik aufsaugen, in Kanada Bären und Elche sehen, in Buenos Aires einen feurigen Tango genießen (heutzutage zwar nur als Zuschauer) und zu guter Letzt eine Wanderung in den Alpen unternehmen. Und da war noch Julia, vor allem sie. Er liebte seine Tochter über alles, so wie er seine Frau geliebt hatte. Ein letztes Mal mit ihr essen gehen, sie umarmen, eines ihrer vertrauten Gespräche führen. Der Tod seines Bruders würde auch das Schicksal Alexander von Werdenbergs besiegeln. Die von ihm geschaffene Kunstfigur würde für immer verschwinden. Doch noch war es nicht so weit. Johannes riss ihn aus seinen Tagträumen.

»Ohne deine hirnamputierte Idee, diesen Humboldt in unserer Vergangenheit rumstochern zu lassen, wären wir jetzt über der Ziellinie. Weiß Gott, was dieser Kerl gerade ausbrütet. Horowitz hat mir berichtet, dass er mit seinem Bullenfreund in Hinzert rumschnüffelt. Wenn die nicht so saublöd wären, hätten sie uns schon lange auffliegen lassen.« Entkräftet ließ er sich in das Kissen zurückfallen.

»Das war ja genau mein Plan, Bruderherz. Humboldt und sein Team recherchieren so akribisch, dass es nach unserem Tod keine Überraschungen geben wird. In Hinzert gibt es nichts mehr zu finden. Und wenn doch, so haben wir Humboldt in der Hand – er weiß es einfach noch nicht. Damit sind Julia und unser Erbe geschützt. Das wollten wir doch immer.«

»Das wolltest du, Brüderchen. Meine Ziele waren nie so hoch gesteckt. Deshalb habe ich sie auch alle erreicht.«

Alexander blickte seinen Bruder warmherzig an. Er liebte ihn wie sich selbst. »Was für ein Leben hätten die beiden Hauser Brüder geführt?«

Johannes lachte laut auf. »Wie wäre ihr Leben wohl verlaufen? Kurz und schmerzhaft.«

DIE WASSERSTOFFBOMBE

Hinzert, 28. November

Philipp zündete die Wasserstoffbombe, deren Denotation nicht alle Beteiligten überleben sollten. Er drückte seinen Zeigefinger so fest auf das zweite Foto, das die vier Kinder beim Schneeballwerfen zeigte, dass sein Knöchel weiß wurde.

»Konzentrier dich zuerst auf die Kirchenuhr im Hintergrund«, sagte Philipp und nahm seinen Finger vom Blatt.

»Die Uhr zeigt halb sieben. Aber wenn das Bild auch seitenverkehrt ist, dann wäre es halb fünf«, antwortete Armand.

»Exakt! Es muss halb fünf sein. Überleg doch mal. Die vier Knaben werfen mit Schneebällen um sich und es ist noch hell. Um halb sieben ist es im Winter dunkel – und zwar am Morgen und am Abend. Und um diese Zeit gab auch kein Schulturnen, nicht einmal im Dritten Reich. Das Foto muss also um halb fünf gemacht worden sein. Vielleicht im Februar oder März 1944.«

Philipp hielt wieder das Smartphone im Selfie-Modus vor das Bild. Die Kirchturmuhr wechselte auf halb fünf.

»Und wo ist die Wasserstoffbombe?«, fragte Armand.

»Wer wirft die Schneebälle mit links und wer mit rechts? Also richtig, nicht seitenverkehrt. Schau genau auf den Bildschirm.«

Armand nahm sich Zeit und blickte verblüfft auf. »Die beiden von Werdenbergs werfen die Schneebälle mit rechts, die Hausers mit links. Ich begreife gar nichts mehr.«

Philipp konnte ein triumphierendes Schmunzeln nicht unterdrücken. Er las seinem Freund noch einmal den kurzen Begleittext zum Bild vor: »›Die Söhne der Familien Hauser und von Werdenberg üben Zielschießen im Sportunterricht, während unsere tapferen Soldaten an der Ostfront ihr Vaterland verteidigen. Früh übt sich, wer ein guter Landser werden will. HH.‹«

Für einen Augenblick herrschte gespenstische Stille. Man hörte nur den Atem der beiden Freunde. Philipp sprach mit ruhiger Stimme weiter: »Also, was siehst du, Armand? Vergiss all die Geschichten, die uns aufgetischt wurden!«

Armand wurde bleich. »Ich sehe die zwei von Werdenbergs und die Zwillingsbrüder Hauser. Aber …«

»… unsere berühmten Privatbankiers Alexander und Johannes von Werdenberg sind in Wirklichkeit Hans und Walter Hauser! Die zwei sind ganz perfide Hochstapler.«

DRITTER TEIL

DER ENTSCHLUSS

Zürich, 15. Dezember

Philipp saß am späten Abend des dritten Advents bei sich zu Hause vor dem prasselnden Kaminfeuer. Sophie und die Kinder waren bereits zu Bett gegangen. Nur die kleine Hündin Bella leistete ihm Gesellschaft, wenn auch schlafend. Gedankenverloren blickte er eine Weile in die lodernden Flammen. Dann nahm er zum wiederholten Male den Wirtschaftsteil der Sonntagszeitung in die Hand und las sich den Bericht auf der ersten Seite halblaut vor.

Der Deal des Jahres!

Am vergangenen Freitag wurde die Übernahme der Privatbank von Werdenberg durch die Zürcher Investment Bank publik gemacht. Über den Kaufpreis wurde Stillschweigen vereinbart. Alexander von Werdenberg, vormaliger Eigentümer der renommierten Privatbank, und Werner Tuchel, CEO der Zürcher Investment Bank, traten gemeinsam vor die Presse. Beide zeigten sich sehr zufrieden, dass die Transaktion noch in diesem Jahr vollzogen werden konnte. Alexander von Werdenberg, der seine Privatbank über 50 Jahre erfolgreich geführt hat, äußerte seine Genugtuung darüber, dass sein Lebenswerk nun in gute Hände übergegangen sei. Seine angeschlagene Gesundheit habe das Loslassen erleichtert, sagte der rüstig wirkende Patron. Er werde sich per sofort aus dem operativen Geschäft zurückziehen. Von Werdenberg nutzte die Gelegenheit, um für die Stiftung seiner Tochter zu werben. Die Julia-von-Werdenberg-Stiftung, die sich für den Zugang zu Bildung und ärztlicher Betreuung von Kindern und Jugendlichen auf der ganzen Welt einsetze, werde den gesamten Transaktionserlös erhalten. Er freue sich außerordentlich, dass er so der Gesellschaft etwas zurückgeben könne. Die Stiftung werde ein Leuchtturmprojekt sein und motivierten Mädchen und Knaben ermöglichen, ihren eigenen Weg zu gehen.

CEO Tuchel bedankte sich daraufhin in knappen Worten bei von Werdenberg und wünschte dessen Tochter mit ihrer Stiftung alles Gute. Die Mitarbeiter der Privatbank von Werdenberg würden alle übernommen werden, Entlassungen seien keine geplant. Die Zürcher Investment Bank konsolidiere damit ihre Stellung als führende Privatbank. Der Aktienkurs der Bank fiel um vier Prozent, da Gerüchte über einen sehr hohen Kaufpreis die Runde machten. Speziell zu erwähnen ist an dieser Stelle, dass im ersten Quartal des nächsten Jahres die Familien- und Unternehmensgeschichte der schillernden Familie von Werdenberg erscheinen wird. Geschrieben von keinem Geringeren als

Professor Philipp Humboldt, ehemaliger CEO der Zürcher Investment Bank. Man darf gespannt sein.

Die Übernahme war reibungslos über die Bühne gegangen. Philipp konnte nur darüber spekulieren, warum es von Werdenberg plötzlich so eilig gehabt hatte. Ahnte er etwas von ihrem Fund im alten Lagerbuch? Und warum konnte er die Zürcher Investment Bank derart vor sich hertreiben? Vielleicht hatte er ja belastendes Material über CEO Tuchel oder den Verwaltungsrat in der Hand. Wusste er sogar über Philipps eigene Machenschaften von damals am Paradeplatz Bescheid?

Ein unerfreulicher Gedanke.

Von Werdenberg – Philipp blieb aus Gewohnheit bei diesem Namen – war ein kultivierter Gentleman und ein erfolgreicher Geschäftsmann. Ohne Zweifel. Allem Anschein nach verbarg sich hinter der schneeweißen Weste des Bankiers aber auch ein gefährlicher Hochstapler, der bei Bedarf über Leichen ging. Seit ihrem Besuch im ehemaligen Konzentrationslager Hinzert waren über zwei Wochen vergangen. Die beiden Freunde hatten niemandem von ihrer Entdeckung erzählt. Es gelte, die nächsten Schritte sorgsam zu planen, so Armand, da es sonst leicht zu einer Katastrophe mit ungewissem Ausgang kommen könne. Philipp hatte eingewilligt und mit seinem Team die Arbeit an der Unternehmens- und Familiengeschichte von Werdenbergs abgeschlossen. Damit war sein Teil des Deals erledigt. Armand hatte die Zeit für weitere Nachforschungen genutzt, war aber nicht auf noch mehr belastendes Material gestoßen. Ihr Handlungsspielraum war daher extrem eingeschränkt. Für ein formelles Einschreiten der

Polizei war die Beweislage zu dürftig. Der berühmte Privatbankier von Werdenberg, geborener Hauser, sei in Wahrheit ein übler Gauner, vielleicht sogar ein Mörder – und als Beweis würden sie zwei Fotokopien aus dem Jahre 1944 vorlegen?

Abstrus.

Doch es musste so sein. Und wer machte eigentlich die Drecksarbeit für von Werdenberg? Obwohl sich der alte Patron bester Gesundheit erfreute, konnte ihn sich Philipp nicht als hinterhältigen Schläger vorstellen. Die vielen Fragen begannen ihn verrückt zu machen. Er goss sich reichlich Armagnac nach. Genervt schwenkte er das tiefbauchige Glas, bis der Weinbrand sich der Zentrifugalkraft folgend aus dem Behältnis befreite und sich über seine Hand und Hose ergoss. Fluchend wischte sich Philipp die Hand ab und stellte das Glas auf den Beistelltisch.

Er ging in den Garten. Die kalte Luft tat ihm gut und er betrachtete die Sterne, die in der glasklaren Nacht um die Wette funkelten. Die wunderschöne Dezembernacht lenkte Philipp nur kurze Zeit ab. Warum war von Werdenberg überhaupt das Risiko einer Unternehmensgeschichte eingegangen, und warum war die Wahl auf ihn, Philipp, gefallen? Von Werdenberg war ein alter Mann, der mehr Lebenszeit hinter als vor sich hatte. Sein wertvollstes Vermächtnis war seine Tochter Julia. Wollte er sie vor der Wahrheit schützen? Einer Wahrheit, die schlimme Konsequenzen nach sich ziehen würde. Dieser Gedanke beruhigte Philipp keineswegs.

Im Gegenteil.

Er ging fröstelnd zurück ins Wohnzimmer und leerte den Armagnac in einem Zug. Eigentlich war der Baron

Sigognac 1918 dafür viel zu schade. Aber das war Philipp heute egal. Bella lag immer noch behaglich auf der flauschigen Felldecke und schnarchte leise vor sich hin. In diesem kleinen Tier, das Sophie, den Kindern und ihm selbst so viel Freude bereitete, steckte absolut nichts Böses. Nichts Berechnendes. Dafür umso mehr Verletzlichkeit. Das galt für seine ganze Familie. Würde er für seine Kinder und Sophie töten? Ohne Zweifel. Würde das auch von Werdenberg tun? Wahrscheinlich. Philipp ballte grimmig die Faust. Seine Familie zu beschützen war sein wichtigstes Ziel. Dafür war er schon immer bereit gewesen, rote Linien zu überschreiten. Vor langer Zeit hatte er am Paradeplatz einmal vor der Wahl gestanden, Opfer oder Täter zu sein. Er hatte sich für Letzteres entschieden. Man sollte nie einen Skorpion in die Ecke drängen. Es war an der Zeit, endlich das Heft in die Hand zu nehmen. Sein Entschluss stand fest. Es war an der Zeit, Mr. Hyde seit Langem wieder freien Lauf zu lassen. Philipp rief kurzentschlossen Armand an. »Armand, ich werde der ganzen Sache nun endgültig ein Ende setzen. Dafür brauche ich deine Hilfe – und das Smartphone von Emma Loppacher.«

Advent, Advent, die Lunte brennt!

DIE NACHRICHT

Zürich, 17. Dezember

Alexander von Werdenberg war für einmal von seinen Prinzipien abgerückt und speiste mit seiner Tochter Julia im Ristorante Ornellaia zu Mittag. Das Lokal lag in Wurfweite zur Bahnhofstrasse und war von seinem Büro aus in wenigen Minuten zu Fuß erreichbar. Von Werdenberg schätzte die übersichtliche Karte und den exzellenten Service. Zudem standen die Tische in einem großzügigen Abstand, was eine angenehme Diskussion ermöglichte.

Sie hatten sich gerade die Seezunge auf Gemüse schmecken lassen und genossen den restlichen Weißwein. Von Werdenberg hatte sich vom Namen des Restaurants inspirieren lassen und einen Ornellaia bianco bestellt. Der ausgewogene Sauvignon Blanc schmeckte ausgezeichnet. Trotz des gelungenen Deals und des schmackhaften Mittagessens machte Julia einen betrübten Eindruck.

»Papa, was sollte das heute bei der Pressekonferenz bedeuten – angeschlagene Gesundheit? War das eine Fehlinformation oder verschweigst du mir etwas?« Die junge Frau hatte Tränen in den Augen.

Alexander von Werdenberg räusperte sich und trank umständlich einen Schluck Wein, um Zeit zu gewinnen. »Mach dir keine Sorgen, Liebes. Es wäre wohl vermessen zu sagen, dass ich die Gesundheit eines 40-Jährigen hätte. Da ist es doch ganz normal, dass die Ärzte immer wieder mal Alarm schlagen, um ein wenig Umsatz zu generieren. Darin unterscheiden sie sich nicht groß von den Bankern. Ich wollte unbedingt diese Transaktion persönlich abschließen. Das ist gelungen. Lass uns einfach den Moment genießen. Ich fühle mich so frei und unbeschwert wie seit Langem nicht mehr.« Er sah seine Julia mit warmen Augen an. Man spürte die tiefe Verbundenheit zwischen Vater und Tochter.

»Du weißt, dass du mir nichts schuldig bist. Du warst der beste Vater, den ich mir hätte wünschen können. Mama fehlt mir bis heute als Mensch, du hast mir aber auch ihre Liebe gegeben.«

Von Werdenberg bekam glasige Augen. Rasch wandte er sich ab und hustete künstlich in die Serviette. Bei dieser Gelegenheit wischte er sich gleich noch die Tränen ab. »Ja, das war eine schwierige Zeit für uns beide. Ich bin unglaublich stolz auf dich, Julia. Und du weißt gar nicht, wie wichtig es für mich ist, dass mit meinem Erbe nun Gutes geschehen wird. Endlich kann ich loslassen und Frieden mit meinen Leben schließen.«

Julia legte ihre Hand auf die ihres Vaters. »Du und Frieden schließen? Ich kenne niemanden, der so prinzipientreu und rechtschaffen ist wie du, Papa. Schade, dass Johannes so früh gestorben ist. Dein Bruder wäre jetzt sicher ebenfalls glücklich.«

»Da wäre ich mir nicht so sicher«, brummte Alexander von Werdenberg und bestellte die Rechnung.

*

Besagter Johannes von Werdenberg, gebürtiger Hans Hauser, lag in der herrschaftlichen Villa im Salon und brütete dunkel vor sich hin. Das Whiskeyglas in seiner Hand war gut gefüllt. Um seine Leber brauchte sich der schwerkranke Mann keine Sorgen mehr zu machen. Obwohl er seinen Tagen sehr viel Leben gegeben hatte und sein Leben viele Tage zählte, schien alles wie im Schnelldurchlauf über die Bühne gegangen zu sein. Über einen tieferen Sinn seines Daseins zerbrach er sich längst nicht mehr den Kopf. Mit religiösen Erklärungen und vor allem den Religiösen selbst hatte er noch nie etwas anfangen können. Die Verlogenheit und Selbstgerechtigkeit vieler dieser moralisierenden Pharisäer, meist gepaart mit handfesten Eigeninteressen, war ihm schon immer zuwider gewesen.

Verlogen.

Konnte es bei knapp acht Milliarden Menschen überhaupt einen Sinn geben? Einem Vater mit hungernden Kindern in einem Flüchtlingslager würde es wahrscheinlich nie einfallen, nach einem anderen Sinn zu suchen, als seine Familie zu ernähren, während ein wohlgenährter Bischof, ein millionenschwerer Investor oder eine schöne Influencerin vollkommen andere Ziele verfolgten. So war Johannes von Werdenberg schließlich zu der festen Überzeugung gelangt, dass jedes Individuum seinen Lebenssinn selbst bestimmen müsse. Sein persönliches Ziel war es seit jeher gewesen, intensiv zu leben. Nach dieser Maxime hatte er sein ganzes Tun ausgerichtet. Zu leben. Punkt. Und nun war die Zeit gekommen zu sterben. Punkt. Er musste und konnte sich nichts vorwerfen. Mittlerweile hatte er seine Krankheit akzeptiert, und er war bereit, den ultimativen Schritt zu gehen.

Er drehte den Kopf zur Tür, als Horowitz den Salon betrat und sagte: »Ich habe soeben eine irritierende Mitteilung von der kleinen Loppacher erhalten. Gemäß ihrer Aussage hat Humboldt hinter unserem Rücken einiges aufgedeckt. Und auch verstanden – Sie wissen, was ich meine. Loppacher hat ein Telefongespräch zwischen dem Professor und der Polizei belauscht. Morgen will er auspacken.«

Johannes von Werdenberg schoss mit schmerzverzehrtem Gesicht von dem Sofa auf. Seine Lebensgeister riefen zum letzten Gefecht. Er warf sein Whiskeyglas an die Wand, wo es mit einem lauten Knall in tausend Stücke zerbarst. »So eine verdammte Kacke! Hat man denn nie seine Ruhe? Wir müssen das in Ordnung bringen. Aber mit meinen Mitteln. Die Schonfrist für den Herrn Professor ist definitiv abgelaufen.« Mit einem fiesen Grinsen legte er Horowitz die Hand auf die Schulter. »Wir zwei regeln das jetzt endgültig. Für Humboldt darf es kein Morgen geben.«

»Und Ihr Bruder?«, fragte Horowitz.

»Was soll mit ihm sein? Der Kopf des Professors wird mein Weihnachtsgeschenk.« Er ging zum Salontisch und schlug mit der flachen Hand dreimal auf die Klingel. Dann verließ er mit Horowitz den Raum. Es war noch zu früh zu sterben.

Zumindest für ihn.

WILDSCHWEINE

Philipp saß in seinem Büro hinter dem Schreibtisch, den Blick auf die angelehnte Tür gerichtet. Draußen dämmerte es bereits, sodass sich der Raum rasch mit Dunkelheit füllte. Dezember eben. Gut für Fans von Weihnachtsbeleuchtungen und lichtscheue Kreaturen wie Eulen.

Oder Ganoven.

Philipp zündete sich eine Zigarette an und zog den Rauch tief und gierig in seine Lungen. Die Glut warf ein rötliches Licht in den Raum. Eigentlich schmeckte ihm immer nur der erste Zug einer Zigarette, wobei von Schmecken nicht die Rede sein konnte. Philipp war intelligent genug, um sich einzugestehen, dass Rauchen eine Sucht war und rein gar nichts mit Genuss zu tun hatte. Er nahm sich vor – wenn auch nicht zum ersten Mal –, damit aufzuhören, sollte er unbeschadet aus dieser Situation herauskommen. Eine Situation, in die er sich selbst hineinmanövriert hatte.

Philipp hatte nicht die leiseste Ahnung, was in den nächsten Stunden passieren würde. Schließlich war seine Idee, mit Emmas Smartphone die brisante Nachricht an die von Werdenbergs zu senden, genau das gewesen: eine Idee. Nicht mehr und nicht weniger. Ein durchdachter Plan sah anders aus. Als Emma Alexander von Werdenberg damals über die Fotos informierte, war noch am selben Abend im Institut eingebrochen und Jan niedergeschlagen worden. Würde die Gegenseite nochmals sofort reagieren? Armand war gegen dieses riskante Vorgehen gewesen. Philipp war trotzdem nicht davon abzubringen, und sollte er mit seiner Vermutung recht behalten, konnte es für ihn ungemütlich werden. Gefährlich sogar. Wenn er keinen Besuch bekommen würde, dann hätte er sich halt getäuscht und es bestünde keine Gefahr. Weder für ihn noch seine Familie. Auf alle Fälle würde er bald Klarheit haben. Vorerst galt es abzuwarten.

Gelangweilt spielte er mit seinem prallgefüllten Rolodex. Die fast schon antike Rollkartei, bei welcher Visitenkarten um eine drehbare Achse angeordnet sind, beinhaltete zufällige geschäftliche Bekanntschaften wie auch die Kontaktdaten seiner engsten Freunde und bot immer wieder Anlass zum Schmunzeln und dem Schwelgen in Erinnerungen. Aber nicht heute.

Philipp stand auf, ging zum Fenster und blickte in die Dämmerung. Er kam sich plötzlich lächerlich vor. Dabei bemerkte er nicht, wie sich leise hinter ihm die Tür öffnete.

Philipp zuckte zusammen, als er sich zufällig umdrehte. Die unbekannte Frau, die lautlos in sein Büro geschlüpft war, stand regungslos im Halbdunkeln. Für einige Sekunden begutachteten sich die beiden wortlos. Man hörte nur ihren Atem. Wie zwei Raubkatzen, die auf ihre Beute lauerten. Die Zeit schien stillzustehen. Draußen fuhr ein Wagen an. Eine Tram ratterte die Rämistrasse hinauf. Irgendwo im Gebäude schlug eine Tür zu. Dann war es wieder still. Philipp setzte sich hinter seinen Schreibtisch und stellte die Leselampe an. Die Tizio von Artemide warf einen hellen Schein auf die fremde Besucherin. Sie war nicht nur groß gewachsen, athletisch gebaut und wunderschön, sondern roch außerdem gut. Ein feiner Geruch nach Patschuli, Ambra, Zimt, Pfeffer und Myrrhe verbreitete sich im Raum.

Passend zu Weihnachten.

Die Haare der Unbekannten waren so pechschwarz wie ihre Augen. In ihren schwarzen Jeans und der schwarzen Lederjacke, die sich an der Oberweite bedrohlich spannte, sah die Frau aus wie die ältere Schwester von Lara Croft. Philipp bückte sich und öffnete eine Schublade. Aus dem Augenwinkel bemerkte er, wie die rechte Hand des ungebetenen Gastes unter die Jacke griff. Philipp legte vorsichtig Emmas Smartphone vor sich auf den Tisch, und die Unbekannte ließ ihre Hand wieder sinken.

»Nehmen Sie das Gerät mit, wenn Sie das Gebäude verlassen. Frau Loppacher braucht es nicht mehr. Sie wird von jetzt an für uns arbeiten. Besten Dank, dass Sie auf meine Nachricht reagiert haben und kurz vorbeischauen.« Philipp wagte den ersten Schritt und versuchte, sein Gegenüber aus der Reserve zu locken. Er wollte Antworten. Und die konnte ihm die Unbekannte mit Gewissheit liefern. Aber dafür musste sie reden.

Die Schönheit grinste böse und setzte sich auf den Besucherstuhl. Dabei ließ sie Philipp keine Sekunde aus den Augen. »Wenn wir schon dabei sind, Nettigkeiten und Geschenke auszutauschen … Ich bewundere Ihren Mut. Sie entsprechen weder dem Bild eines zerstreuten Professors noch dem eines schmierigen Bankers. Allerdings bin ich ja nicht hergekommen, damit wir uns gegenseitig Komplimente machen können. Also, wo sind die Unterlagen, die Sie erwähnt haben? Herr von Werdenberg würde sich alles gerne einmal in Ruhe anschauen. Es handelt sich zweifellos um ein Missverständnis, das wir wie kultivierte Menschen aus dem Weg schaffen können. Es liegt ganz bei Ihnen, lieber Professor«, sagte die Frau mit rauchig sanfter Stimme.

Philipp blieb ruhig, obwohl sein Gegenüber ihn mächtig zu nerven begann. Seine Hände ballten sich leicht zusammen. »Sie meinen, wie bei meinem Assistenten, den Sie spitalreif geschlagen haben? Oder bei diesem Berater der Von-Werdenberg-Bank, wo Sie einfach zugeschaut haben? Benutzen Sie bei Ihrer Arbeit eigentlich immer dasselbe Parfum?«

Nun blickte die Frau ehrlich überrascht und entblößte ihre schneeweißen Zähne. Sie nickte anerkennend. »Ah, der schwächliche Relationship Manager, der jetzt in Mallorca lebt. Was für ein Loser. Ich hätte ihm damals gerne selber eine reingehauen, mein Vater hielt das für verfrüht. Meine Ausbildungszeit war noch nicht ganz abgeschlossen. Das Parfum ist bis heute tatsächlich das gleiche. Sie haben vollkommen recht. Opium von Yves Saint Laurent. Ich liebe diesen opulenten orientalischen Duft. Mein Vater war während seiner Zeit in der Fremdenlegion öfter im Orient und schenkte mir mein erstes Flacon, als ich ein kleines Mädchen war. Ich bin dabei geblieben, lieber Professor.«

»Ich bin nicht Ihr ›lieber Professor‹, sondern Professor Humboldt. Und dieser Professor wird gleich den Sicherheitsdienst rufen, wenn Sie sich nicht ausweisen.«

Die Frau lachte laut auf. »Sie sind nicht in der Position, Forderungen zu stellen, Humboldt. Sie haben ja keine Ahnung, auf was Sie sich hier einlassen. Glauben Sie mir, es ist definitiv eine Nummer zu groß für Sie.«

»Dann erleuchten Sie mich doch. Oder verschwinden Sie wieder. Und vergessen Sie bitte nicht, die Tür hinter sich zu schließen.«

Ohne dass Philipp eine Bewegung wahrgenommen hatte, hielt seine Gegenspielerin plötzlich eine Waffe in der Hand. Sie stützte die Hand mit der Pistole entspannt auf ihrem Oberschenkel ab, die Mündung war bedrohlich auf Philipps Brust gerichtet. In der anderen Hand hielt sie ein kleines Rohr, das sie mit traumwandlerischer Sicherheit auf den Lauf der Pistole schraubte, ohne Philipp aus den Augen zu lassen. Es musste ein Schalldämpfer sein.

Gar nicht gut, dachte Philipp.

So saßen sie sich eine Weile gegenüber. Die wenigen Sekunden fühlten sich wie eine Ewigkeit an. Philipp hatte zwar keine Pistole, dafür den wichtigsten Trumpf in der Hand. Von Werdenbergs Handlangerin wollte etwas von ihm, und ohne diese Beweisstücke würde sie weder verschwinden noch ihn ins Jenseits befördern. Die Schurkin schien seine Gedanken zu erraten.

»Machen Sie sich keine Sorgen, Humboldt. Ich werde Sie nicht erschießen. Aber ich kann Ihnen garantieren, dass eine Kugel in der Schulter oder im Knie eine sehr schmerzhafte Sache ist. Und früher oder später werden Sie mir geben, was ich will. Ich empfehle Ihnen, dies lieber früher als später zu tun. Sie können sich damit einige Schmerzen ersparen. Sonst besuche ich womöglich als Nächstes Ihre nette Familie. Vielleicht sind die Unterlagen ja bei Ihnen zu Hause versteckt. Im Keller? In der Hundehütte? Im Kinderzimmer oder in Ihrem Schlafzimmer?«

Ein dreckiges Lachen erfüllte den Raum. Die Killerin war nur einen winzigen Moment unaufmerksam, in dem sich Philipp auf sie stürzte. Wie von Sinnen rammte er seiner Gegnerin mit voller Wucht die Faust in die rechte Schulterpartie. Der Stuhl kippte durch die Wucht des Aufpralls um und die beiden fielen zu Boden. Philipps Kontrahentin musste eine geschulte Kämpferin sein, denn sie ließ trotz der Überraschung und des heftigen Aufpralls die Waffe nicht fallen. Philipp drückte die Pistole mit seiner linken Hand zu Boden und schlug mit der rechten kräftig zu. Irgendetwas knackte, vielleicht das Nasenbein oder ein Zahn. Die Fremde stöhnte auf. Als Philipp zum nächsten Hieb ausholte, hob die scheinbar Unterlegene ruckartig ihre Hüfte und brachte ihn aus dem Gleichgewicht. Die eng ineinander verkeilten Streithähne kippten zur Seite. Die Fremde rammte Philipp das Knie mit voller Wucht in den Magen und rollte sich dann abrupt nach hinten ab, wie bei einer Rolle rückwärts. Dadurch verdrehte sich Philipps Arm, und er musste die Schusshand loslassen. Als er sich aufrappelte und zum nächsten Angriff übergehen wollte, stand seine Gegnerin bereits wieder auf den Beinen und trat ihm wie bei einem Elfmeterschuss ins Kontor. Es verschlug Philipp den Atem, er konnte sich nur mit Mühe auf allen vieren halten. Wie eine tollwütige Bulldogge starrte er die Frau von unten an.

Ein Kampf gegen John Wick wäre aussichtsreicher gewesen. Horowitz griente Philipp diabolisch an und genoss den Augenblick in vollen Zügen. »So, mein lieber Professor, dann sag ich mal arrivederci! Sie hatten Ihre Chance.« Sie hob die Waffe und zielte auf Philipps Kopf.

Plopp, plopp.

Philipp kannte das Geräusch eines Schalldämpfers aus dem Fernsehen. Aus amerikanischen Thrillern. Er spürte keinen Schmerz. War es womöglich einfacher zu sterben, als man gemeinhin annahm? Oder war er schon tot? Aber wieso konnte er dann noch denken? Philipp hob den Kopf und blickte in die Augen der Killerin. Mehr überrascht denn erschrocken sah sie ihn mit einem ironischen Lächeln an. Langsam fiel sie in sich zusammen, als hätte ihr jemand den Stecker gezogen. Der Boden um sie herum färbte sich im Schein der Leselampe blutrot.

Hinter der Toten stand Armand mit gezückter Waffe. Konzentriert, professionell, Bruce Willis in Person. Er senkte die Waffe, atmete laut aus und schüttelte den Kopf. Tadelnd und erleichtert zu gleichen Teilen.

»Was würdest du nur ohne mich anfangen?«, sagte er mit ruhiger Stimme. Anschließend steckte er seine Waffe zurück in das Schulterhalfter und schloss die Tür, nachdem er sich versichert hatte, dass der Korridor leer war. Er bückte sich zur leblosen Unbekannten hinab und durchsuchte deren Taschen. Er wurde fündig und hielt Philipp eine Identitätskarte vor das Gesicht. »Ich kann das Kleingeschriebene bei diesem Licht nicht entziffern. Meine Lesebrille liegt unten im Wagen.«

»Zum Glück brauchst du die nicht zum Zielen.« Philipp war mittlerweile wieder auf den Beinen, aber seine Knie zitterten. Er nahm die Karte und drehte sich leicht zur Tischlampe. Von einem Foto schaute ihn die soeben Dahingeschiedene mit harmloser Miene an.

»Deborah Horowitz. Geboren am 8. April 1969«, las Philipp vor.

»Und gestorben an einem 17. Dezember«, quittierte Armand.

Die beiden Freunde diskutierten noch einige Minuten, was nun zu tun sei. Das Ganze wirkte wie die Szenerie auf einer Kleintheaterbühne. Nur die Zuschauer fehlten.

Zum Glück.

Armand war der Plan von Philipp überhaupt nicht geheuer gewesen und er hatte sich deshalb vor dem Institut postiert. Zu Recht, wie sich herausgestellt hatte. Er war der unbekannten Person, die auffällig unauffällig ins Gebäude geschlüpft war, gefolgt und hatte das Gespräch und den Kampf vom Gang aus verfolgt. Dann war alles sehr schnell gegangen. Armand war keine Zeit zum Überlegen geblieben. Er hatte routiniert und instinktiv gehandelt.

Ein Lob auf die Polizeiausbildung.

»Was machen wir jetzt?«, fragte Philipp seinen Freund. Er war immer noch etwas wacklig auf den Beinen.

»Zuerst müssen wir unsere neue Freundin Horowitz loswerden, und zwar diskret. Wir können unmöglich die Polizei einschalten. Ganz zu schweigen von der Journaille, die sich auf den Fall stürzen würde. Unser Vorgehen war auch nicht unbedingt legal. Ich sehe die reißerischen Schlagzeilen schon vor mir. Weiß Gott, was dann noch alles zum Vorschein kommt…«

»Zu Gott hattest du immer einen besseren Draht als ich«, antwortete Philipp. Armands Gelassenheit begann auf ihn abzufärben und sein Puls normalisierte sich langsam. »Meinst du wirklich, die hätte mich erschossen?«

»Ich hoffe es, sonst wäre ich ja ein kaltblütiger Mörder.«

Die beiden lachten laut. Die Situation war geradezu absurd. Es hätte Philipp keinesfalls überrascht, wenn die Horowitz plötzlich aufgestanden und so leise verschwunden wäre, wie sie gekommen war. Aber die Tote tat nichts dergleichen. Sie blieb tot.

Mausetot.

»Wie bringen wir die Leiche am besten zu meinem Wagen? Gibt es einen Hinterausgang?«

Philipp verneinte. »Hast du vor dem Institut geparkt? Mit deinem Kombi?«

Armand bejahte.

»In diesem Fall gibt es nur eine unauffällige Variante, bei der wir sicher niemandem begegnen.« Er machte eine Kopfbewegung. »Wir werfen Horowitz aus dem Fenster. Dann verstauen wir sie in deinem Kofferraum. Etwas brachial, aber schnell und sauber.«

»Gute Idee.«

Philipp zögerte kurz. »Und wo werden wir die Leiche los?«

»Lass das meine Sorge sein. Ich kenne ein Waldstück, wo es von Wildschweinen wimmelt.«

»Wildschweinen?«, frage Philipp entsetzt.

»Das willst du nicht wissen.«

Philipp spürte, wie sich sein Magen drehte. Zum Übergeben war es jedoch nicht der richtige Zeitpunkt. Sie schleppten die Tote zum Fenster und warfen sie in den kleinen Vorgarten hinunter. Dort landete sie mit einem dumpfen Knall und verschwand im dunklen Schatten der dichten Eibenhecke.

»So, das hätten wir. Und was machen wir nun?«, wollte Armand wissen.

»Zunächst entsorgst du die Leiche und ich putze hier die Schweinerei auf. Dann warten wir ab.«

»Warten?«, fragte Armand. »Auf was denn?«

»Auf den nächsten Zug von Werdenbergs.«

DAS FESTMAHL

Zürich, 19. Dezember

Die Einladung folgte zwei Tage später.

> *Lieber Herr Professor Humboldt,*
> *gerne lade ich Sie heute zu einem Diner ein. Lassen Sie uns bei dieser Gelegenheit auf die erfolgreiche Zusammenarbeit anstoßen. Zudem habe ich Ihnen eine private Mitteilung zu machen, die nur persönlich erfolgen kann. Ich freue mich, Sie um 17 Uhr in der Villa von Werdenberg empfangen zu dürfen.*
> *Höflichst, Ihr AvW*

Es muss nicht speziell darauf hingewiesen werden, dass Armand Philipp vehement von der Annahme der Einladung abriet. »Hast du schon einmal gesehen, dass eine Kuh freiwillig zum Metzger gerannt ist? Wenn du zu von Werdenberg gehst, bist du wirklich ein Hornochse. Ich kann dich nicht überall beschützen!«

Armand hatte zweifellos ein Argument. Aber würde jemand, der einen Mord plant, sein Opfer offiziell einladen und dann einfach verschwinden lassen? Philipp hielt das für ausgeschlossen. Zudem passte der Auftritt von dieser Horowitz so gar nicht zu dem von Werdenberg, den er von seinen Gesprächen her kannte. Würde dieser weltgewandte Gentleman, dem so viel an der Stiftung seiner Tochter lag, wirklich eine brutale Killerin schicken, um ihm im Institut eine Kugel zu verpassen? Das alles kam Philipp sehr stillos vor. Es musste mehr dahinterstecken. Er war den Weg nun schon so weit gegangen, dass es keine Umkehr gab. Die Puzzlestücke lagen vor ihm auf dem Tisch. Es galt lediglich noch, sie richtig zusammenzusetzen. Es ging Philipp dabei nur am Rande um von Werdenberg, auch nicht um diese Horowitz, die sie am Abend ihres Todes den Wildschweinen überlassen hatten. Nein. Philipp wollte seine Familie in Sicherheit wissen. Und dafür musste er dem Geheimnis auf den Grund gehen.

Philipp hielt kurz vor fünf vor der Villa von Werdenberg am noblen Zürichberg. Das schwere gusseiserne Tor öffnete sich bei seiner Ankunft lautlos wie von selbst. Die geschwungene Einfahrt, der Steinbrunnen und die alten Bäume erinnerten an ein französisches Palais. Zwei gut verborgene Scheinwerfer warfen dezentes Licht auf die Fassade. Die warmen Farben standen in krassem Gegensatz zu der niedrigen Temperatur. Es würde eine klare, frostige Nacht werden. Die Luft schien direkt von den Sternen zu kommen. Philipp stieg aus. Der Kies knirschte unter seinen Ledersohlen. Er liebte dieses Geräusch. Heute klang es jedoch metallisch. Bedrohlich. Ohne zu zögern schritt er zur Eingangstür hinauf, wo er von einem livrierten Butler in Empfang genommen wurde.

»Herr von Werdenberg erwartet Sie.«

Das Spiel konnte beginnen.

Von Werdenberg saß schon zu Tisch, als Philipp in den Speisesalon geführt wurde. Der Butler wies ihm höflich, aber bestimmt den Platz am anderen Ende des Tisches zu und nahm ihm den Mantel ab. Philipp war gut und gerne drei Meter von seinem Gastgeber getrennt, der bei seinem Eintreten sitzen geblieben war. Das Licht im Raum war gedimmt und es roch nach dunklem Holz, gebratenem Fleisch und Zigarrenrauch.

Philipp erschrak beim Anblick von Werdenbergs. Aus dem stolzen Patron war seit ihrem letzten Treffen ein Greis geworden. Von Werdenberg saß eingefallen und sichtlich abgemagert in dem viel zu großen Sessel. Auf einem Nebentisch stand ein imposanter Leuchter, dessen flackernde Kerzen ein rötliches Licht auf den Gastgeber warfen. Es herrschte eine gefährliche Stille, die nur Sekunden andauerte, sich jedoch wie eine kleine Ewigkeit anfühlte. Von Werdenberg schlug mit der flachen Hand auf die alte Klingel vor sich auf dem Tisch. Philipp zuckte zusammen. Es klang wie eine Totenglocke. Kurz darauf öffnete sich die Tür und der Butler brachte die Vorspeise auf einem klassischen Buffetwagen. Er schnitt den beiden Herren großzügig Roastbeef ab und servierte das herrlich duftende, zart rosa gebratene Fleisch mit etwas Kartoffelpüree an einer Morchelsauce. Dann goss er reichlich vom bereits dekantierten Burgunder ein, einem exzellenten Romanée-Conti. Die Flasche war vorgängig mit einer glühenden gusseisernen Schere geköpft worden. Der abgetrennte Flaschenhals und das schwere Gerät wurden auf einem kleinen Beistelltisch präsentiert. Eine Kunst, die nur noch äußerst selten zelebriert wurde. Philipp hatte diesen Wein in der Preisklasse eines Mittelklassewagens erst einmal gekostet. Ein Genuss sondergleichen.

Der Gastgeber sagte mit leiser Stimme: »Man soll diesen Wein riechen, atmen, trinken. Aber nie beschreiben! Die passenden Worte existieren nicht!« Dann hob er sein Glas und prostete seinem Gast zu.

Die Vorspeise, eigentlich ein Hauptgang, verzehrten sie ohne weitere Worte. Das Klimpern des Bestecks verstärkte die Stille. Philipp genoss, wie gut das Messer von Laguiole in der Hand lag. Die Klinge war scharf wie ein Rasiermesser. Als sie fertig waren, klingelte von Werdenberg. Sogleich erschien der Butler, als hätte er vor der Tür gewartet. Er deckte ab, während eine ältere Haushälterin mit weißer Schürze und Haube den Zwischengang auftischte. Wahrscheinlich seine Frau – zumindest harmonierten sie wie ein altes Ehepaar. Auf den Tellern dampfte alsbald eine üppige Portion hausgemachter Tagliarini mit weißem Trüffel. Der intensive Geruch des Pilzes durchströmte den Raum.

Die Situation wirkte bizarr. Von Werdenberg stopfte die Köstlichkeiten in sich hinein, als wäre er soeben von den Toten auferstanden. Und so sah er auch aus. Sein Gesicht war fahl und eingefallen, Muskeln und Fett waren verschwunden. Eine gespenstische Aufführung. Die erste Flasche Romanée-Conti neigte sich dem Ende zu. Philipp drehte eine Gabel mit Pasta und Trüffel auf und schob sie sich in den Mund. Er schloss die Augen. Köstlich. Von Werdenberg griff immer wieder zur Serviette und hustete kräftig. Es ging mit ihm zweifellos zu Ende. Man musste nicht Medizin studiert haben, um das zu erkennen. Aber das tat seinem Appetit keinen Abbruch. Im Gegenteil. Kaum hatte von Werdenberg die Pasta verschlungen, tupfte er mit reichlich Brot die Sauce auf. Dazu leerte er sein halbvolles Glas Rotwein in einem Zug. Gierig, unersättlich.

Philipp hatte seinen Gang mit einiger Verzögerung gerade beendet, als der Butler und die Haushälterin den Raum wieder betraten. Behände räumten sie die gebrauchten Teller beiseite, deckten neues Geschirr auf, trugen dann zu zweit eine opulente Platte herein und stellten diese auf den Tisch. Es ging zu wie im alten Rom. Die Platte war geradezu überhäuft mit Leckereien von Land und Wasser. Krebse, Langusten, Hummer, Kalbskoteletts und Rinderfilets, dazu gedünsteter Brokkoli, Radieschen, Tomaten und Gurken. Eine XXL-Dose mit Petrossian-Kaviar durfte nicht fehlen. Von Werdenberg griff zu und nahm von allem. Sein überfüllter Teller erinnerte an die Büffetschlacht in einem Pauschalhotel. Philipp senkte angewidert den Blick und nahm sich einen Hummer. Die Schalentiere waren glücklicherweise bereits bearbeitet. Er löste das zarte Fleisch und tunkte es in etwas Buttersauce. Herrlich.

Von Werdenberg bestellte eine Flasche Champagner. »Ein so üppiges Essen schreit nach einer Erfrischung.«

Der Butler füllte die Champagnergläser bis zum Rand und arrangierte die Speisen auf der Platte neu. Philipp trank sein Glas in einem Zug, Dom Pérignon hin oder her, sein Magen gierte nach Kohlensäure. Doch das Theater wurde ihm langsam zu bunt. »Sie wollten mir etwas Wichtiges mitteilen, Herr von Werdenberg. Oder soll ich Sie lieber mit ›Herr Hauser‹ ansprechen?«

Sein Gegenüber ließ sich nichts anmerken. Kein Zucken. Keine Erregung. Nur Schmatzen und Schlürfen. Nachdem das Skelett seinen Teller gebodigt hatte, wischte es sich den Mund ab und blickte Philipp lange an. Von Werdenbergs Augen funkelten gefährlich. Als wollte die Person, die in diesem kranken Körper gefangen war, herausspringen und sich auf ihn stürzen.

»Bleiben wir bei Herr von Werdenberg.« Er schlug auf die Glocke. »Räumen Sie ab und bringen Sie uns den Nachtisch in einer halben Stunde«, befahl der dem mittlerweile ins Schwitzen gekommenen Butler.

»Sehr gern, die Herren«, erwiderte der vorbildliche Hausdiener, deutete eine Verbeugung an und schob sowohl Philipp als auch seinem Dienstherren ein kleines Rolltischchen zur Seite, auf welchem sich Spirituosen und Tabakwaren befanden.

Von Werdenberg wartete, bis sie allein waren, und zündete sich dann eine Zigarette an. Philipp wählte eine mittelstarke Tubo von Zino. Sie rauchten eine Weile ruhig vor sich hin. Die Warterei ging Philipp zunehmend auf die Nerven. Die Zigarre wollte ihm unter diesen Umständen nicht richtig schmecken.

»Ich soll Ihnen liebe Grüße von Horowitz ausrichten. Sie lässt sich für heute Abend entschuldigen. Und gleich noch für den Rest ihres Lebens …«, provozierte er seinen Gastgeber.

Von Werdenberg hob die Schultern. Er war nicht so einfach aus der Reserve zu locken, stritt aber auch nichts ab.

»Schade um Horowitz. Schon ihr Vater hat für uns gearbeitet. Sie war ein Profi und wollte immer im Einsatz sterben. Immerhin kann sie jetzt keine Geheimnisse mehr ausplaudern. Besser für uns beide.«

»Kannte sie Ihre Geschichte? Die ganze Wahrheit? Hat sie darum meinen Assistenten spitalreif geprügelt?«

Von Werdenberg blickt Philipp angewidert an. »Ich konnte Sie von Anfang an nicht ausstehen, Humboldt. Sie sind ein Weichei. Haben keine Ahnung davon, was es heißt, in völliger Armut und ohne Perspektive aufzuwachsen. Sie haben ja nicht einmal eine Ahnung davon, dass Sie keine Ahnung haben«, höhnte der kranke Mann. Er wurde von einem wüsten Hustenanfall unterbrochen. Die Kerzen flackerten unruhig und ließen Schatten an der Wand tanzen.

»Meinen Sie wirklich?«, fragte Philipp. »Sie haben zusammen mit Ihrem Bruder die Identität der von Werdenbergs angenommen. Womöglich sind Sie sogar für deren Tod verantwortlich. Auf jeden Fall haben Sie sich deren Familienvermögen unter den Nagel gerissen. Ihr späterer Erfolg und die Stiftung in allen Ehren – schlussendlich ist alles auf einer Lüge aufgebaut.«

»Sie können uns überhaupt nichts nachweisen. Man wird Sie für verrückt halten«, erwiderte von Werdenberg.

»Schon möglich. Aber ich habe genug in der Hand, um ihrer Stiftung zu schaden ...«

Von Werdenberg verlor die Contenance und schoss auf, musste sich jedoch gleich wieder mit schmerzverzerrtem Gesicht setzen. »Lassen Sie Julia außen vor. Sie hat nichts mit alldem zu tun und ist der einzige gute Mensch in diesem ganzen Schauspiel. Sie eingeschlossen«, sagte er mit einem hinterhältigen Ton.

Philipp wagte einen Schuss ins Dunkel. »Ich bin mir nicht sicher, wen man finden würde, wenn man das Grab Ihres Bruders öffnen würde ... mit den heutigen Methoden könnte man im Nu feststellen, ob es sich wirklich um Johannes von Werdenberg handelt oder sonst einen armen Tropf.«

Von Werdenberg blickte Philipp hasserfüllt an. »Ich hätte Sie eigenhändig erledigen sollen, als ich es konnte«, zischte er, beruhigte sich aber gleich wieder. Er musste mit seinen schwindenden Kräften haushalten. »Haben Sie überhaupt eine Vorstellung davon, warum wir Sie engagiert haben, Sie Möchtegern-Detektiv?«

Diese Frage hatte sich Philipp schon lange gestellt. Es trieb ihn um, die Antwort zu erfahren. Doch er ließ sich seine Ungeduld nicht anmerken. Es war wie bei einem Pokerspiel. Wer zuerst die Nerven verlor, verlor das Spiel.

»Um die letzten Beweise, die verfaulten Leichen im Keller zu finden, nehme ich an. Und das habe ich dummerweise getan.«

Von Werdenberg lachte laut auf. »Sie sind ein Schwachkopf. Meine Frage war nicht, *warum* wir Sie engagiert haben, sondern warum wir *Sie* engagiert haben.«

»Erleuchten Sie mich, Herr Hauser. Sind Sie eigentlich Hans oder Walter?«

Von Werdenberg klingelte zweimal. Der Butler brachte ein schweres ledernes Buch herein und übergab es feierlich dem Hausherrn. Geräuschlos verschwand er wieder. Von Werdenberg blätterte durch die Seiten und schüttelte seinen Totenschädel. Er wirkte mit jeder Minute morbider. Aber auch lebendiger. »An diesem Buch des Grauens oder der Freude – wie man's nimmt – haben wir 50 Jahre lang gearbeitet. Es ist eine Enzyklopädie über den Schweizer Bankenplatz geworden. Keine glänzende Marketingbroschüre, dafür ein Dark Book. Kein Palast, dafür ein stinkendes Kellergewölbe. Keine Lobhudelei, dafür eine ehrliche Liste. Wie ein Eichhörnchen im Herbst seine Nüsse sammelt und für den Winter beiseitelegt, haben wir darin

Skandale und Fehltritte unserer Konkurrenten zusammengetragen. In diesem Buch wimmelt es nur so von Bordsteinschwalben und anderen schrägen Vögeln. Sie können mir glauben, Humboldt, da ist so einiges an Verbrechen zusammengekommen. Ich finde zum Beispiel Ihren Werdegang äußerst spannend. Wir haben Ihre Karriere mit großem Interesse verfolgt, und ich habe früher sogar Sympathie für Sie empfunden. Wir haben die eine oder andere Gemeinsamkeit.«

»Ich habe weder Ihren Assistenten verprügelt noch Ihnen einen Killer auf den Hals gejagt«, widersprach Philipp.

Von Werdenberg lachte hustend. Er setzte sich eine dicke Lesebrille auf. »Wissen Sie, Humboldt, mein Bruder und ich haben nie an Zufälle geglaubt. Schon gar nicht, wenn sie gehäuft auftreten. Wo Rauch ist, gibt es auch Feuer. Wo es Unfälle gibt, gibt es einen Verursacher. Wo es Tote gibt, ist der Täter nicht weit ...«

Von Werdenberg wurde vom Butler unterbrochen, der den Dessertwagen in den Salon schob. Philipps Magen verkrampfte sich ... bitte nicht noch mehr! Der Wagen war mit Köstlichkeiten überladen. Fruchtsalat, Eiskugeln in den buntesten Farben, eine Silberschüssel voller Schlagsahne, Mousse au Chocolat, Cremeschnitten und Crème brûlée, Schokoladentorte, Kaiserschmarren und weitere Kalorienbomben. Die Haushälterin servierte Kaffee. Philipp ließ sich dankend eine Tasse einschenken und wählte dazu einen Cognac. Das Glas wurde gefüllt wie bei einem Weißwein. Von Werdenberg war weniger zurückhaltend und begrub eine Portion Kaiserschmarren unter einem Berg von Schlagsahne. Gierig schob er sich eine gefüllte Gabel in den Mund und schluckte ohne eine ersichtliche Kaubewegung. Philipp nippte an seinem Cognac. Eine wohlige Wärme durchflutete seinen Körper. Er spielte mit, aber seine Sinne blieben geschärft. Wie hatte schon Dürrenmatt gesagt? Eine Geschichte ist erst fertig, wenn sie die schlimmstmögliche Wendung genommen hat – oder so ähnlich, dachte sich Philipp.

Von Werdenberg strich sich mit den Handrücken den Mund ab, schob den Teller etwas zur Seite und blickte wieder in das ominöse schwarze Buch, das Sündenregister der Bahnhofstrasse. Er las ein wenig darin und blätterte konzentriert durch die raschelnden Seiten. »Ihr Nachfolger Tuchel oder den Verwaltungsratspräsidenten der Zürcher Investment Bank lassen wir mal außen vor. Ich bin ja nicht geschwätzig und sie haben uns viel bezahlt. Sehr viel sogar. Wo sind wir doch gleich stehen geblieben …?«

»Bei den Zufällen«, ergänzte Philipp und zog an seiner Zigarre. Er atmete langsam aus und sah dem Qualm nach, der nach oben schwebte und sich an der weißen Stuckdecke auflöste, als würde er von ihr aufgesogen.

»Ja, genau. Erinnern Sie sich noch an den Unfall Ihres Stellvertreters in London?« Die Frage kam überraschend wie ein linker Haken von Joe Frazier. »Laut Polizeibericht fiel er über eine Brüstung. Und zufällig waren Sie anwesend. Wir haben jahrelang alle Nachrichten über Unfälle und Tötungsdelikte mit unserer israelischen Software analysiert. Und natürlich um eigene Beobachtungen und Nachforschungen ergänzt.« Er schob sich erneut einen Haufen Kaiserschmarren in den Mund. Diesmal kaute er genüsslich. »Dann der schwere Unfall Ihres damaligen Kollegen Tuchel. Und wer war wieder mit dabei? Hotelsoftware ist extrem leicht zu knacken … und die künstliche Intelligenz unserer Systems kann eins und eins zusammenzählen.«

Philipp wurde langsam klar, in was für eine Situation er sich hineinmanövriert hatte. Bis anhin hatte er nur die Spitze des Eisbergs gesehen. Das Geschäftsmodell der von Werdenbergs war definitiv einmalig und genial. Jetzt verstand Philipp auch den Mehrwert, den die Bank ihren illustren und halbseidenen Kunden geboten hatte. Kein Wunder, dass die Bank zu einer wahren Goldgrube geworden war.

Von Werdenberg war regelrecht in Fahrt gekommen und genoss den Augenblick in vollen Zügen. »Nicht zu vergessen der tragische Unfall der damaligen Lebensgefährtin Ihrer lieben Frau. Fast gleichzeitig die Reparatur Ihres Geländewagens. Was für ein Zufall! Sie sind uns dermaßen aufgefallen, dass wir Sie persönlich beschatten ließen. Sie wissen schon – damals, als ein neuer CEO bei der Zürcher Investment Bank gesucht wurde. Die belastenden Unterlagen, die beim tragischen Tod Ihrer erpresserischen Sekretärin abhandengekommen waren … Können Sie sich jetzt vorstellen, wo diese gelandet sind? Sicher nicht bei einem zufälligen Handtaschendieb. Sie haben viel erlebt, Humboldt. Sie sollten unbedingt einen Roman schreiben. Wie wäre es denn mit ›Eine todsichere Karriere am Paradeplatz!‹?« Er lachte und hustete gleichzeitig.

Philipp empfand die ganze Sache weniger lustig. »Das ist völliger Quatsch«, log er. »Und selbst wenn es so wäre, würden Sie nicht gegen mich vorgehen«, sagte er überzeugt.

»Ich habe Krebs, im Endstadium«, knurrte von Werdenberg. Das kam nicht überraschend, sein Aussehen hatte darauf schließen lassen. »Sie können mir nichts anhaben. Egal, was Sie unternehmen, es wird mich nicht tangieren. Wenn Sie Julia Schaden zufügen, müssen Sie mit schwerwiegenden Konsequenzen rechnen. Wenn Sie uns schlagen wollen, überfahren wir Sie mit einem Lastwagen. Wir können Ihnen immer mehr Schmerzen zufügen als Sie uns. Wenn Sie aber Ihr vorlautes Maul halten, dann geschieht niemandem etwas. Im Gegenteil. Julia wird viel Gutes tun, Sie bekommen Ihren peinlichen Titel und die Universität wird mit Geld überschüttet. Vermasseln Sie das nicht … Die Entscheidung liegt bei Ihnen.«

Von Werdenbergs Augen starrten Philipp aus dunklen Höhlen an. Seine Haut war ledrig wie die einer Mumie. Und die Mumie aß weiter und weiter, als hätte sie 3.000 Jahre ohne Nahrung aufzuholen.

Philipp überdachte seine Lage. Er war instrumentalisiert worden, daran bestand kein Zweifel. Armands Bauchgefühl war wieder einmal begründet gewesen. Hätte er es bemerken müssen? Vielleicht, aber im Nachhinein ist man immer klüger. Er konnte sich keinen Vorwurf machen. Gerne wäre er aufgestanden und hätte das Ekel auf der anderen Seite des Tisches am Kragen gepackt und zum Fenster hinausgeworfen. Aber der Anstand verbot ihm, einen todkranken Greis zu verprügeln. Also analysierte er nüchtern seine Situation. Von Werdenberg lag nicht ganz falsch. Er würde in Kürze Geschichte sein. Sein einziger Schwachpunkt war seine Tochter. Philipp dagegen stand in der Blüte seines Lebens. Seine Karriere und sein Ansehen waren für ihn nicht lebensnotwendig. Seine Schwachstelle war ebenfalls die Familie. Im besten Fall herrschte also eine Pattsituation zwischen den beiden Rivalen. Bluffte von Werdenberg vielleicht nur? Kaum. Philipp hatte früher seine dunkle Seite nicht immer unter Kontrolle gehabt. Die von ihm, wenn auch nicht abschließend, genannten Beispiele entsprachen leider den Tatsachen. Von Werdenbergs Aufzählung weckte so manche böse Erinnerung. Er stand mit dem Rücken zur Wand. Ein unkontrollierter Angriff, zumal aus einer für ihn schlechten Position, könnte unabsehbare Folgen haben. Das lehrte bereits Machiavelli. Ein geordneter Rückzug war manchmal die beste Verteidigung. Philipp musste Zeit gewinnen und in aller Ruhe nachdenken, mit Armand diskutieren. Einen Joker hatte er noch, und diesen zog er nun.

Als von Werdenberg erneut von einem wüsten Hustenanfall geschüttelt wurde und sich für einen Augenblick abwandte, nahm Philipp unauffällig zwei Smartphones aus seinem Jackett, nestelte daran herum und steckte eines wieder zurück in die Innentasche.

Dann stand er auf und verabschiedete sich. »Machen Sie sich keine Sorgen. Ich habe einen Geheimhaltungsvertrag unterschrieben, der mir verbietet, Interna über die Bank von Werdenberg auszuplaudern, und ich halte mich an Verträge. Hier ist übrigens Emma Loppachers Geschäftstelefon. Sie benötigt es nicht mehr. Ab Januar arbeitet sie für mich.« Er warf das Smartphone abschätzig auf den Tisch.

An der Tür drehte er sich noch mal um. »Besten Dank für den Romanée-Conti. Wirklich unbeschreiblich – in diesem Punkt sind wir uns einig.« Mit diesen Worten ließ er den todkranken Mann allein zurück.

Draußen war es etwas wärmer geworden, und der Himmel war mit schweren Wolken bedeckt. Große, feuchte

Flocken schwebten der Schwerkraft folgend zu Boden. Philipp klappte seinen Mantelkragen hoch und stieg in den Wagen. Dort steckte er sich das kabellose Headset ins Ohr und kontrollierte, dass sein Smartphone auf stumm geschaltet war. Danach startete er den Motor, und das schwere Tor öffnete sich wieder wie von Geisterhand. Er rollte langsam hinaus und fuhr die kleine Privatstraße hinunter. Der Empfang war gut. Sehr gut. Emmas Smartphone lag also immer noch auf dem Esstisch und niemand hatte seine Finte bemerkt. Das Klimpern von Geschirr war deutlich zu hören. Der erstklassige Butler verrichtete seinen Dienst. Zwischendurch vernahm er die schweren Atemzüge von Werdenbergs.

»Bringen Sie mir einen Averna auf Eis«, hörte er den Patron sagen. Philipp schmunzelte. Ein Digestif war von Werdenberg nach der imposanten Fressorgie nicht zu verdenken. Dann wurde es einige Zeit still. War von Werdenberg eingeschlafen? Hatte er den Raum verlassen oder vielleicht den Telefontrick durchschaut? Philipp blieb geduldig und wurde dafür belohnt. Nach weiteren zwei Minuten wurde die Salontür knarrend geöffnet. Der Gastgeber knurrte einen unverständlichen Satz.

Die zweite Person im Raum antwortete mit tiefer, weicher Stimme. »Komm jetzt, ich bring dich auf dein Zimmer. Du musst dich ausruhen.«

»Ich habe bald genügend Zeit, um mich auszuruhen«, kam die Antwort.

»Kompliment. Das hast du toll gemacht heute Abend. Ich hoffe, Professor Humboldt wird die richtige Entscheidung treffen.«

»Umbringen sollte man den Bastard …«

»Ist schon gut. Komm jetzt.«

Philipp hörte, wie sich von Werdenberg mit einem tiefen, schmerzvollen Seufzer vom Stuhl erhob und den Raum verließ. Dann fiel die Tür ins Schloss und es wurde still.

Totenstill.

Philipp beendete die Verbindung. Sein Plan war aufgegangen. Die zweite Stimme, tief und weich, war ihm bekannt. Und sie gehörte nicht dem Butler.

TOD AM 4. ADVENT

Zürich, 23. Dezember

Die Nachricht erreichte Philipp, als er gerade in der Bahnhofstrasse unterwegs war, um sich mit Sophie und den Kindern zu treffen. Es war noch Nachmittag, aber die Weihnachtsbeleuchtung funkelte bereits. Mit jeder Minute, die es dunkler wurde, erschien die Bahnhofstrasse umso heller.

Philipp wollte gerade den Paradeplatz in Richtung Münsterhof überqueren. Wie jedes Jahr sang hier die Heilsarmee christliche Lieder. Obwohl ihm die Organisation etwas suspekt und zu frömmlerisch war, respektierte er den Einsatz von Menschen, die sich für ihre Überzeugungen einbrachten. Er ging einige Schritte zurück und steckte einen Hunderter in die Kasse. Dann erhielt er den Anruf.

»Herr Humboldt? Hier ist Julia von Werdenberg. Ich wollte Sie informieren, dass mein Vater gestern am 4. Advent überraschend verstorben ist.«

Ihre Stimme klang aufgewühlt. Sie schien vom Tod ihres Vaters überrascht worden zu sein. Wirklich überraschend, dachte Philipp. Bei dem Versteckspiel der beiden von Werdenbergs konnte man schon mal die Übersicht verlieren. Die Brüder zauberten bis zum bitteren Ende. Philipp kondolierte der trauernden Julia von Werdenberg, diesen Namen sollte ihr niemand streitig machen, und versprach, bei der Beerdigung dabei zu sein.

Philipp durchritt rasch die Nebengasse zur Bahnhofstrasse, um auf den Münsterhof zu kommen. Dort angekommen liefen ihm seine Kinder fröhlich entgegen. Michelle war eine richtige junge Dame geworden. David, der Lausebengel, warf mit einem Schneeball nach ihm, verfehlte das Ziel jedoch bei Weitem. Nacheinander umarmte Philipp seine zwei Kinder und küsste dann Sophie, innig und lang. Niemand würde sich jemals zwischen ihn und seine Familie drängen. Obwohl die Situation nach wie vor vertrackt war und ein gutes Ende objektiv nicht garantiert werden konnte, fühlte sich Philipp unbeschwert. Sie bummelten noch ein wenig über den Platz und betrachteten die hübschen kleinen Verkaufsstände. Philipp bestellte an einem Getränkestand vier Tassen heiße Schokolade. Den angepriesenen Glühwein mied er wie der Teufel das Weihwasser. Er konnte dem Modegetränk, das seiner Meinung nach nach rotem oder weißem Zahnsteinlöser schmeckte, wenig abgewinnen.

Nachdem sie ihren Rundgang und die Schokolade beendet hatten, nahm Philipp Sophie die Tasche mit den Einkäufen ab und sie gingen glücklich und unbeschwert nach Hause. Der Weihnachtsbaum wartete darauf, geschmückt zu werden. Die Kinder waren schon ganz zappelig.

Der Vater auch.

NOCH EINE BEERDIGUNG

Zürich, 4. Januar

Die Beerdigung von Werdenbergs verlief würdig und ohne Kitsch. Es versammelten sich gut 50 handverlesene Gäste in der Kapelle des Friedhofs Fluntern. Julia von Werdenberg hatte sich eine kleine Trauerfeier gewünscht und mit der Bestattung ihres Vaters bis ins neue Jahr gewartet. Der Friedhof lag hoch über der Stadt und grenzte direkt an den Zoo. Einige bekannte Persönlichkeiten, wie James Joyce, waren hier zu Grabe getragen worden. Neben einfachen Grabsteinen und frisch eingesetzten Holzkreuzen gab es imposante Familiengräber mit individuellen Skulpturen und gepflegtem Grabschmuck. Auch die von Werdenbergs hatten ein Familiengrab mit einem großen Stein, auf dem jetzt drei bronzene Plaketten angebracht waren. Laut dieser Beschriftung lagen darin nun die beiden Brüder von Werdenberg sowie Julias Mutter. An deren Grab hatte Alexander von Werdenberg bislang jeden Sonntag eine Rose für seine viel zu früh verstorbene Frau niedergelegt. 40 Jahre lang.

Heute wurde Alexander von Werdenberg offiziell selbst begraben. Die friedhofseigene Kapelle war an diesem nasskalten Januarmorgen gut zur Hälfte gefüllt. Die Aufbewahrungshalle mit dem Leichnam war nur für Julia von

Werdenberg und die zwei Hausangestellten zugänglich. Philipp war froh darüber. Er mochte keine Leichen. Sie verströmten etwas Unpersönliches. Alles Menschliche war dem Körper entwichen und zurück blieb eine Sache, ein Ding. Gespenstisch. Er war heute alleine gekommen. Seine Familie hatte von Werdenberg schließlich nie persönlich kennengelernt.

Zum Glück.

Dafür waren Rektorin Fries und CEO Tuchel erschienen. Fries saß mit würdiger Miene in der ersten Reihe neben von Werdenbergs Tochter Julia. Die hellen Augen der Rektorin glänzten. Es mussten Freudentränen sein. Nicht weil die Rektorin eine makabre Seite hatte, aber die Tatsache, dass die Universität gerade noch rechtzeitig ihre vertraglichen Verpflichtungen hatte einhalten können und so in den Genuss eines warmen Geldregens gekommen war, schien die Leiterin der historischen Institution sichtlich mit Stolz und Dankbarkeit zu erfüllen. Tuchel hatte seinerseits in der letzten Reihe Platz genommen. Er war Philipp aus dem Weg gegangen. Tuchel sah aus wie sein eigener Großvater und saß in sich zusammengesunken wie ein Häuflein Elend. Auch er dachte mit Sicherheit an seine vertraglichen Verpflichtungen und den überhöhten Kaufpreis. Seine Tränen waren definitiv echt und der Aktienkurs der Zürcher Investment Bank im Minus. Er verließ die Kapelle schon vor dem Ende des offiziellen Teils.

Ein schlechter Verlierer.

Nach der Trauerfeier ging Philipp auf Julia von Werdenberg zu. »Ich kondoliere Ihnen zum schmerzlichen Verlust Ihres Vaters. Sollten Sie irgendwann Hilfe benötigen bei der Publikation des Buches oder bei der Verwaltung der Stiftungsgelder, können Sie jederzeit auf mich zukommen. Ich helfe Ihnen gerne«, sagte Philipp aufrichtig. Die Menschen beginnen meist erst zu weinen, wenn sie getröstet werden. So auch Julia von Werdenberg. Die tapfere Frau fing sich aber sofort wieder. Sie hatte nicht nur das Vermögen, sondern ebenso den Charakter und die Stärke ihres Vaters geerbt.

»Danke, Herr Humboldt. Mein Vater hat nur in den besten Tönen über Sie gesprochen. Bei unserem letzten Mittagessen hat er mir gesagt, ich solle mich an Sie wenden, falls ihm einmal etwas zustieße. Ich kann immer noch nicht glauben, dass er Schilddrüsenkrebs im Endstadium hatte. Er war so lebensfroh und zeigte keinerlei Anzeichen der Krankheit.«

Der Tod schreibt in der Regel das letzte Kapitel. Allerdings nicht hier und heute, dachte sich Philipp. Philipp konnte nichts mehr überraschen. Er hätte viel früher darauf kommen können. Wie hatte doch schon Emma Loppacher gesagt: »Alexander von Werdenberg ist rund um die Uhr zu erreichen. Seine Arbeitszeiten sind legendär … Manchmal neigt er jedoch zu abrupten Stimmungsschwankungen. Und das in kürzester Zeit, wie ein Wetterumschwung in den Bergen … Es ist, als ob zwei Personen im selben Körper wohnen würden. Ich weiß nicht, ob du mich verstehst, Philipp.«

Jetzt konnte Philipp sie nur zu gut verstehen.

Armand wartete vor dem Friedhofsgelände auf seinen Freund. Er hatte darauf bestanden, Philipp zu begleiten. Er traute der Ruhe noch nicht, was zweifellos seinem Beruf geschuldet war. Ein guter Kriminalbeamter musste nun mal misstrauisch sein.

»War es das jetzt?«, fragte er seinen Freund.

»Nicht ganz, Armand. Eine Sache muss noch erledigt werden«, antwortete Philipp.

WAHRE LIEBE

Zürich, 12. Januar

Es dunkelte bereits ein, als am späteren Sonntagnachmittag ein in Schwarz gekleideter Mann das Gelände des Friedhofs Fluntern betrat. Es war bitterkalt und der Atem des Besuchers dampfte wie der Kamin einer Lokomotive. Der Kies knirschte unter seinen schweren Winterschuhen. Er blickte sich um, aufgeschreckt durch ein Rascheln. Philipp sah gerade noch, wie ein stattlicher Fuchs das Weite suchte. Es wimmelte in der Stadt von diesen Tieren. Obwohl es seit dem 23. Dezember nicht mehr geschneit hatte, waren die alten Fichten weiß vor Frost. Philipp hielt sich mit der einen Hand den Kragen zu. Er ging direkt zu von Werdenbergs Grab. Die Kränze waren bereits etwas verwelkt. Philipp interessierte sich aber nicht für dieses Grab. Er zog eine kleine Taschenlampe heraus und beleuchtete den großen Grabstein. Schnell fand er die gesuchte Plakette.

»Martina von Werdenberg, 1946–1979«.

Das Grab von Martina von Werdenberg lag zwischen dem ihres Mannes Alexander und ihres Schwagers Johannes. Zumindest stand ihr Name zwischen denen der Männer. Philipp bückte sich zum alten Grabstein hinunter. Er fand wie vermutet eine frische rote Rose. Der

Mensch, selbst wenn offiziell verstorben, ist nun einmal ein Gewohnheitstier. Wie an jedem Sonntag seit 1979 hatte Alexander von Werdenberg auch heute wieder eine frische Rose am Grab seiner viel zu früh verstorbenen Frau niedergelegt.

Wahre Liebe!

Philipp erhob sich und schüttelte die Kälte ab. Dann verließ er mit festem Schritt das Friedhofsgelände und ging den Weg zur Villa von Werdenberg zu Fuß. Die Tram mied er auch heute.

Kurze Zeit später stand Philipp vor dem Tor des stattlichen Anwesens. Das Haus lag im Dunkeln, lediglich aus dem Salon drang mattes Licht durch die Vorhänge. Philipp drückte die Klingel. Noch einmal. Und noch einmal. Endlich öffnete sich die Eingangstür und der Butler kam mit eiligen Schritten zum Tor.

»Sie wünschen?«, fragte er kühl, passend zur Außentemperatur.

»Ich wünsche Herrn von Werdenberg zu sprechen«, sagte Philipp bestimmt.

Der Butler zögerte kurz. »Guten Abend, Herr Professor. Ich habe Sie zuerst gar nicht erkannt. Aber ich verstehe Sie nicht. Herr von Werdenberg ist verstorben. Sie waren doch an der Beerdigung?«

Philipp mochte die altmodische Höflichkeit des Butlers. Sie hatte etwas Anachronistisches, völlig aus der Zeit Gefallenes. Heute war ihm jedoch nicht nach langer, unnötiger Konversation zumute. Philipp schob einen weißen Umschlag durch das Gitter. »Dann können Sie dieses Couvert ja verbrennen. Es war eigentlich für Alexander von

Werdenberg gedacht. Nichts Wichtiges, nur einige Fotografien und Notizen.«

Der Butler nahm es schnell an sich. »Ich werde dafür sorgen, dass Ihre Unterlagen in die richtigen Hände kommen.« Mit diesen Worten verneigte er sich höflich und verschwand im Haus.

Philipp blieb noch ein wenig stehen und blickte auf die Villa. Das letzte Licht erlosch und eine zahnlose Fassade blieb zurück. Alle Geschenke und Geheimnisse waren nun ausgepackt und gelüftet. Philipp hob die Hand und winkte ins Dunkle.

Ruhe in Frieden.

SPÄTE RACHE

Zürich, 31. Januar

Die Aula der Universität Zürich war an diesem Freitagabend zum Bersten gefüllt. Professorinnen und Professoren, die Presse und bekannte Gesichter aus Politik und Wirtschaft hatten sich eingefunden. Rektorin Fries, die Gastgeberin dieses exquisiten Anlasses, wirbelte emsig wie eine Bienenkönigin umher und schüttelte jede Hand, die nicht gerade in einer Hosentasche steckte oder ein Glas Champagner hielt. Ihre Nervosität und Hyperaktivität waren nachvollziehbar, denn schließlich ging es um nichts Geringeres als die Zukunft der Schweiz, ja Europas. Oder wie es der Titel des Anlass nannte: »Fit for Future: Digitaler Wissenstransfer von der Universität Zürich in die Schweizer Wirtschaft und Politik«. Die Hauptreferentin des Abends war die Leiterin des ausgerufenen Jahrhundertprojektes, Professorin Nadja Schelbert. Die Vorsteherinnen und Vorsteher aller wichtigen Fakultäten, die Lateiner und Altgriechen einmal ausgenommen, hatten zusammen unter Schelberts Führung einen Prozess entwickelt, der die Forschungsresultate der Universität Zürich eins zu eins auf einer digitalen Autobahn direkt mit Wirtschaft und Politik vernetzten sollte und dort ähnlich dem Saatgut, das die Bauern im Frühling aussähen, den tristen grauen Alltag in eine blühende Gesellschaft transformieren würde. Am Ende dieses Prozesses, so war zu hoffen, würde nicht nur die Welt eine bessere sein, sondern Frau Professorin Schelbert höchstpersönlich in Stockholm den Wirtschaftsnobelpreis entgegennehmen, und zwar, das hoffte sie inständig, nicht erst post mortem oder noch schlimmer als alte zittrige Wittib, sondern in der Blüte und Schönheit ihres Lebens. Also auf gut Deutsch: so schnell wie möglich.

Schelbert selbst hatte sich lächelnd in einem knallroten Deuxpiece vor dem historischen Rednerpult postiert, hinter welchem bereits Sir Winston Churchill am 19. September 1946 höchstpersönlich gestanden und eine gewaltige Rede gehalten hatte. »Let Europe arise!« Noch heute erinnerte man sich in der Zwinglistadt mit Stolz an diesen Tag, der die Universität Zürich für einen kurzen Augenblick zum Nabel Europas, vielleicht sogar der Welt gemacht hatte. Aber heute würde kein übergewichtiger, alter weißer Mann, sondern Frau Nadja Schelbert, eine Frau, die Intelligenz, Schönheit, Charme und Karriere in einem repräsentierte, hinter das Pult treten. Schon vor der Präsentation ließ sie sich von der Menge umschwärmen und ihr gratulieren. Sie genoss die Huldigungen, während ihre steife Körperhaltung dennoch auf eine gewisse Anspannung schließen ließ.

Absolut verständlich.

Ein Skorpion ist laut Sternzeichen belastbar, furchtlos, intelligent, willensstark und zuverlässig, aber eben auch jähzornig, rachsüchtig, unversöhnlich, skrupellos und vor allem nachtragend. Alle diese Eigenschaften trafen auf Philipp zu. Die angemessen Antwort auf Schelberts Verrat an seiner geliebten Sophie war durch die Vorkommnisse um die Familie von Werdenberg nur aufgeschoben, jedoch keinesfalls aufgehoben worden.

Nachtragend eben.

Philipp war alleine zum Anlass erschienen. Sophie hatte keine Lust gehabt, sich noch einmal vor versammeltem Publikum von dieser impertinenten Schelbert beleidigen zu lassen. Hätte die Ökonomin direkt und mit offenem Visier mit Philipp gekämpft, dem ihre Missgunst zweifellos galt, wäre das für ihn absolut in Ordnung gewesen. Ein Kampf unter Gleichgestellten. Aber einen Stellvertreterkrieg zu starten und seine Frau mit Schmutz zu bewerfen, war eine Feigheit, die eine adäquate Antwort verlangte. Und durfte man unmoralische Menschen nicht mit einer unmoralischen Tat bestrafen?

Unbedingt.

Philipps Lippen verzogen sich fast unmerklich zu einem bösartigen Lächeln. Sein Entschluss stand fest. Leider würde er selbst dadurch eine schlechte Nacht verbringen. Doch das Ergebnis wäre die bevorstehenden Magenkrämpfe wert.

Philipp schlenderte so unauffällig wie möglich, was ihm überraschend schwierig vorkam, zum Buffet und ließ sich zwei Gläser Champagner reichen. Er ging mit den zwei Gläsern in eine ruhige Ecke und stellte sie auf einen verwaisten Stehtisch. Mit dem Rücken zur Menge entnahm er seiner Hosentasche zwei kleine Sojaspritzer in Form eines Fisches, wie man sie in jeder Sushi-Box findet. Der Inhalt der Fischchen war in diesem Fall allerdings nicht schwarz, sondern durchsichtig mit einem leicht gelblichen Stich, wie Rizinusöl in unverdünnter Form nun einmal aussieht. Er drückte das hochdosierte Abführmittel rasch in beide Gläser. Außer einer kurzfristigen Reaktion der Kohlensäure hinterließ es keine Spuren. Perfekt.

Dann nahm Philipp die Gläser und ging mit festem Schritt in Richtung Rednerpult. Zu seinem Missfallen wurde er immer wieder aufgehalten und die Zeit drohte ihm davonzulaufen. Eine Gruppe von Ökonomen wollte mit ihm über das Potenzial der Aktienmärkte sprechen. Eine weitere Gruppe von Medizinprofessoren interessierte sich für seine Meinung hinsichtlich des neuartigen Coronavirus, das gerade Teile Chinas lahmlegte. Den Historikern, die ihm seine erfolgreiche Unternehmensgeschichte neideten, konnte er gerade noch aus dem Weg gehen und lief dafür Rektorin Fries und der Stadtpräsidentin in die Arme.

»Ah, da sind Sie ja, Professor Humboldt. Darf ich Ihnen unsere Stadtpräsidentin vorstellen?« Ein Nicken und kurzer Smalltalk musste reichen. Philipp befürchtete bereits, dass ihm die beiden Damen den Champagner abnehmen würden. Mit schlimmen Konsequenzen. Schnell machte er sich aus dem Staub, hart an der Grenze zur Unhöflichkeit. Aber es galt, die Prioritäten richtig zu setzen.

Endlich hatte er es geschafft und stand vor Professorin Nadja Schelbert. Diese begrüßte ihn mit einem künstlichen Lächeln. »Es freut mich außerordentlich, dass du heute gekommen bist, Philipp. Bist du alleine hier?«, fragte sie scheinheilig.

»Wenn du die 200 geladenen Gäste nicht mit einrechnest, ja«, antwortete Philipp nicht weniger arglistig. Er hielt ihr ein Glas Champagner hin. »Heute ist dein Tag. Das hast du dir verdient«, schob er ernstgemeint nach.

Schelbert betrachtete Philipp argwöhnisch. Hatte er etwa nichts von ihrer gezielten Kritik an Sophie mitbekommen? Unwahrscheinlich. War es ihm egal? Wohl kaum. Wollte er sich in diesem Moment des Triumphes mit ihr verbünden und sich in ihrem Licht sonnen? So musste es sein. Die Bewunderung und Lobhudelei, die gerade mit Eimern über sie gegossen wurde, ließ sie unvorsichtig werden. Auf den Kopf gefallen war Schelbert deswegen noch lange nicht. Sie ignorierte das Glas, das ihr Philipp hinhielt, und griff nach dem anderen, weiter von ihr entfernten Champagner.

»Sei mir nicht böse, aber ich bin nun mal abergläubisch«, sagte sie mit einem entschuldigenden Augenklimpern.

Philipp war ihr nicht böse, denn er hatte diese Möglichkeit ja miteinberechnet. Er hob feierlich das Glas. »Das ist dein Moment. Zum Wohl!«

Sie tranken einen Schluck, ohne sich aus den Augen zu lassen. »Oh, das tut gut«, sagte Schelbert und leerte das gekühlte Glas mit einem weiteren Schluck. Philipp tat es ihr widerwillig nach. Nur nicht auffallen.

Der Rest war schnell erzählt und die Details wenig erbaulich. Der Anlass ging buchstäblich in die Hose. Bereits während der Einleitung von Rektorin Fries konnte sich Philipp vor lauter Krämpfen kaum auf dem Stuhl halten. In weiser Voraussicht hatte er seit 24 Stunden nichts mehr gegessen und schon am Vorabend ein leichtes Abführmittel genommen. So war sein Magen leer und die Krämpfe verpufften im Nichts, wenn auch schmerzhaft. Er spürte, wie er bleich wurde und sich kalter Schweiß auf seiner Stirn bildete. Da am Rednerpult wesentlich Schlimmeres geschah, nahm ihn niemand wahr. Nachdem die Rektorin ihre Ansprache beendet hatte, bat sie Professorin Nadja Schelbert auf das Podest. Diese zierte sich zunächst und die beiden Frauen steckten die Köpfe zusammen. Fries zischte der zitternden Professorin etwas in Ohr, wahrscheinlich eine wüste Drohung, und stieß sie förmlich nach vorn. Die arme Schelbert konnte sich kaum auf den Beinen halten und stolperte zum Rednerpult. Man hätte meinen können, die Absätze ihrer High Heels seien abgebrochen. Noch bevor sie das Pult erreichte, klappte sie zusammen wie ein Schweizer Sackmesser und die roten Sohlen ihre Louboutin-Schuhe kamen voll zur Geltung. Nach einer Schrecksekunde in absoluter Stille stürzten die Stadtpräsidentin und der CEO einer bekannten Pharmafirma, beide selbstverständlich mit Platz in der ersten Reihe, zu der bemitleidenswerten Professorin und knieten sich neben sie. Nach einer kurzen Diskussion halfen sie dieser wieder auf die Beine und führten sie aus dem Raum. Schelberts naturfarbene Wolford-Strümpfe waren dunkelbraun eingefärbt. Sie ließ nicht nur eine übelriechende Spur zurück, sondern zudem ein fassungsloses Publikum.

Philipp hatte die Aufregung genutzt, um sich unbemerkt aus dem Staub zu machen. Jeder seiner Muskeln war zum Zerreißen gespannt, als er seinen Körper zu einem ruhigen aufrechten Gang zwang. Er schaffte es mehr schlecht als recht bis in sein Büro, wo er sich eine Stunde auf den kalten Fußboden legte und sich vor Schmerzen krümmte. Hier lag vor einigen Wochen schon Horowitz. Sie, wie auch Schelbert, hatte seine Willensstärke unterschätzt. Mit gravierenden Folgen. Er war immer bereit gewesen, für seine Familie Risiken einzugehen. Schmerzen und Gefahren inbegriffen. Auch Verbrechen. Auf seine dunkle Seite war Verlass.

Sophie empfing ihn aufgeregt, als er seine Wertsachen auf die japanische Kommode im Eingangsbereich ihres Zuhauses deponierte. Das Buschtelefon war wieder einmal schneller gewesen. »Das mit Nadja Schelbert muss ja grauenhaft gewesen sein. Weißt du, wie es ihr geht?«

Philipp umarmte Sophie und fiel dann erschöpft in den bequemen Lounge & Ottoman Lesesessel im Wohnzimmer. »Mach dir keine Sorgen. Sie hatte einfach akute Magenkrämpfe. Sicher die Nerven. Morgen wird der Spuk vorbei sein. Zumindest körperlich. Ihr Ego wird länger zum Verdauen brauchen.«

»Was ist denn genau passiert?«

»Nun, es war kein schöner Anblick. Ihr Darm muss sich vor dem ganzen Publikum entleert haben. Alle in den ersten zwei Reihen haben es gesehen und der Rest wird es gerochen haben.«

Sophie hielt sich entsetzt die Hand vor den Mund. »Die arme Nadja, das ist ja grauenhaft.«

Philipp war weniger empathisch als seine Frau. »Sie hat es verdient, wenn man bedenkt, wie sie dich bei der letzten Tagung im Oktober öffentlich beleidigt hat. Manchmal siegt die Gerechtigkeit. Auge um Auge, Zahn um Zahn«, sagte er kühl.

Sophie sah ihn überrascht an. »Wir leben mittlerweile in der Neuzeit und nicht mehr zur Zeit des Alten Testaments. Ich habe diese Geschichte schon lange vergessen.«

»Ich nicht«, erwiderte Philipp.

Sophie nahm zärtlich seinen Kopf in ihre Hände und küsste Philipp auf die Stirn. »Du bist mein Held, das ehrt dich. Weißt du was? Ich öffne uns einen Weißwein und dann läuten wir das Wochenende ein!«

»Du bist mein Engel!« Philipp atmete tief aus und streckte entspannt seine langen Beine aus.

Vor dem Kühlschrank in der offenen Wohnküche drehte sich Sophie nochmals um. »Weißt du, Philipp, ich frage mich gerade, ob du etwas mit dieser Sache …« Sie brach die Frage mitten im Satz ab und schüttelte lachend den Kopf. »Vergiss es, ich hatte gerade eine völlig absurde Idee!«

EPILOG

Zürich, im Juli

»Auf unseren frischgebackenen ordentlichen Professor.« Armand hob den Negroni und prostete Philipp zu. Dieser nickte bescheiden zurück und tat es seinem Freund gleich. Der italienische Klassiker aus Gin, Wermut und Campari war momentan ihr Lieblingsapéro.

»Danke, Armand. Aber seien wir ehrlich, das hätte ins Auge gehen können. Vielen Dank für deine Hilfe – einmal mehr.«

»Nichts zu danken. Ich hätte den ganzen Plot früher durchschauen müssen. Je mehr ich sah, desto weniger verstand ich.«

Schweigend saßen die beiden zusammen und betrachteten das bunte Treiben auf der Josefstrasse. Es war ein lauer Sommerabend. Sie befanden sich draußen an einem kleinen Tisch eines Restaurants, das den Namen der Straße trug. Was früher eine Selbstverständlichkeit war, genossen die Freunde heute in vollen Zügen – einfach zusammen in einem Restaurant zu Abend essen und sich einige Drinks und eine schöne Flasche Rotwein genehmigen. Das heimtückische Virus war auch in der Schweiz sesshaft geworden, was zu einem zwischenzeitlichen Lockdown, inklusive der Schließung aller Restaurants geführt hatte.

Unvorstellbar.

Jetzt, in der heißen Jahreszeit, waren die Restriktionen wieder gelockert worden. Für den Moment. Doch das war heute nicht das Hauptthema von Philipp und Armand.

»Kein Wunder, dass die von Werdenbergs mir den Auftrag gaben. Zwei unglaubliche Geschichten haben so zusammengefunden. Die Rechnung ist schlussendlich für beide Seiten aufgegangen«, sagte Philipp.

Armand nickte lächelnd. »Das kann man laut sagen. Du lässt aber nach. Als ich dir bei unserem ersten Abenteuer aus der Patsche geholfen habe, gab es noch eine Tasche voller Geld. Jetzt nur ein Abendessen ...«

Eine Antwort erübrigte sich und die Männer lachten laut auf. Die anderen Gäste drehten sich nach ihnen um.

»Wurde eigentlich Horowitz nie gefunden?«, fragte Philipp und spürte, wie er feuchte Hände bekam.

Armand zeigte professionelle Abgeklärtheit. »Anfang Juni hat ein Förster eine Leiche gefunden. Sagen wir besser ein Skelett. Die Gerichtsmedizin ging zunächst davon aus, dass es sich um ein seit Jahrzehnten verjährtes Verbrechen handeln müsste. Du weißt schon, wegen den ...«

Philipp unterbrach seinen Freund mit einer abrupten Handbewegung und leerte seinen Negroni mit einem Schluck. Dann wurde auch schon das Essen serviert und die Freunde widmeten sich den Speisen in Tapasform.

Seit der Beerdigung von Werdenbergs war ein halbes Jahr vergangen und alle Versprechungen waren eingehalten worden. Philipp war von Fries zum ordentlichen Professor befördert und sein Institut deutlich aufgewertet worden. Er hatte nun genügend Mittel und Mitarbeiter zur Verfügung, um seine Forschungen zum Finanzplatz voranzutreiben. Der versprochene zweistellige Millionenbetrag für die Universität war aus der Erbmasse von Werdenbergs überwiesen worden. Das restliche Vermögen des Bankiers kam der Von-Werdenberg-Stiftung unter der Führung von Julia zugute. Die Unternehmensgeschichte der Privatbank von Werdenberg war veröffentlicht worden und hatte hervorragende Rezensionen erhalten.

»Wie geht es eigentlich Jan?«, fragte Armand, als er den ersten Heißhunger gestillt hatte.

»Alles bestens. Seit er Assistenzprofessor geworden ist, scheint er einige Zentimeter gewachsen zu sein. Und da Emma nun fest bei uns im Institut arbeitet, schwebt er sowieso auf Wolke sieben. Die beiden wollen sogar zusammenziehen. Es scheint ihnen ernst zu sein.«

»Recht haben sie. Liebe verleiht Flügel. Sie müssen nur aufpassen, dass sie nicht zu nahe an der Sonne fliegen. Ich kann ein Lied davon singen«, sagte Armand.

Philipp tröstete seinen Freund. »Deine Trennung von Verena tut uns leid. Sophie mochte sie übrigens sehr gern.«

»Zum Glück bin ich nicht der einzige Single in Zürich. Vielleicht passt eine ausgebuffte Verbrecherbraut besser zu mir … Die Horowitz hätte mir ja wirklich gefallen.«

Philipp brachte seinen Freund mit einem strengen Blick zum Schweigen. Mit der Serviette wischte er sich den Mund ab und griff in seine Jackentasche. Er schaute sich kurz um, bevor er ein Blatt Papier zu Armand hinüberschob. »Das habe ich gestern bekommen.«

Armand entfaltete den Brief, dann legte er den Kopf leicht in den Nacken, streckte die Arme aus und hielt das Schreiben weit von sich. Lange Arme sind ein Segen im Alter. Sie erlaubten Armand, den Brief ohne Brille zu lesen.

Lieber Herr Professor Humboldt,

ich habe erfahren, dass Sie und Ihr Assistent die wohlverdienten Beförderungen erhalten haben. Zudem sind Ihrem Institut die versprochenen Mittel gutgeschrieben worden. Also steht Ihrem weiteren erfolgreichen Werdegang nichts im Wege, und ich entsende Ihnen und Ihrer Familie meine besten Wünsche. Vermutlich haben Sie sich gefragt, was denn aus dem richtigen Alexander von Werdenberg geworden ist. Ich bleibe aus Gewohnheit bei diesem Namen. Der Name Hauser ist mir fremd geworden und wurde in den düsteren Jahren des Zweiten Weltkrieges begraben.
Nachdem mein krebskranker Bruder an meiner Stelle beerdigt worden ist, notabene mehr als 40 Jahre nach seiner eigenen Beerdigung, genieße ich nun meine wohlverdiente Pension. Es ist wie eine Wiedergeburt, wobei dieser Begriff kaum zutreffend ist für einen Mann in meinem Alter. Ich bin froh, dass ich noch einige Orte besuchen kann, die schon lange auf meiner Wunschliste standen. Ich war ja nicht der Weltenbummler wie mein Bruder. Dieses schlimme Virus hat mir zwar kurzfristig einen Strich durch die Rechnung gemacht und ich saß bis Ende Mai in meiner Zürcher Villa fest. Es wäre für Sie ein Leichtes gewesen, mich

dort verhaften zu lassen. Aber ich wusste, dass Sie mich verstehen – ein Leben verläuft nun einmal nicht immer geradlinig. Im Moment bestaune ich Paris. Wo meine Reise mich danach hinführen wird, behalte ich für mich.
Zum ersten Mal in meinem Leben spüre ich so etwas wie Langeweile. Es ist herrlich! Neulich habe ich sogar einer älteren Dame geholfen, ihre Einkäufe nach Hause zu tragen. Eine gute Tat aus purer Langeweile – kann ich jedem empfehlen.
Ich schreibe Ihnen, um mich für den Brief zu bedanken, den Sie meinem Butler im Januar dieses Jahres übergeben haben. Ihre Analysen stimmen in allen wesentlichen Punkten. Nur eine Sache möchte ich richtigstellen: Mein Bruder und ich haben die von Werdenbergs nicht verraten. Wir waren ehrlich befreundet, ohne Hintergedanken. Der wahre Übeltäter wurde bestraft. Von uns. Wir haben lediglich die Chance genutzt, die sich uns unverhofft geboten hat. War das hinterhältig und feige? Ich weiß es nicht. Manchmal muss man einfach sein Schicksal in die eigenen Hände nehmen, den Fährnissen des Lebens trotzen, Grenzen überschreiten. Das wissen Sie genauso gut wie ich. Sie haben dasselbe getan. Wir sind uns ähnlich, Herr Humboldt! Das habe ich Ihnen schon bei unserem ersten Treffen gesagt. Wir haben Regeln gebrochen und Menschen verletzt. Allerdings nie leichtfertig. Wir konnten nicht anders. Dabei ist Unrecht geschehen. Aus Bösem ist aber auch Gutes entstanden, Ihre Familie und unsere Stiftung. Gegenüber

den Aktionären der Zürcher Investment Bank habe ich kein schlechtes Gewissen. Natürlich war der Kaufpreis zu hoch und viele unserer ehemaligen Kunden sind abgesprungen. Sie können sich ja denken, warum. Unsere Abteilung mit den ›speziellen Dienstleistungen‹ haben wir natürlich vorzeitig eingestampft und alle Unterlagen vernichtet. Der CEO und der Verwaltungsrat der Zürcher Investment Bank hatten die Wahl: Sie haben sich für den Schutz ihres scheinheiligen Rufes und gegen das Wohl der Aktionäre entschieden. Nun, ihre Entscheidung hat mich nicht überrascht.

Vielen Dank, dass Sie meiner Tochter geholfen und ihr die Wahrheit verschwiegen haben. Sie weiß nichts von alledem. Johannes und ich haben ihr unser Doppelspiel immer verheimlicht. Der inszenierte Abgang meines Bruders damals in Rehetobel geschah noch vor ihrer Geburt und die ganze Schulzeit hat sie im Internat verbracht. Wenn sie zu Hause war, hielt sich Johannes woanders auf. Nur unsere Hausangestellten, inklusive der bemitleidenswerten Horowitz und ihres verstorbenen Vaters, wussten von unserer wahren Identität.

Auch Sie können beruhigt sein. Als Zeichen des Vertrauens lege ich Ihnen diesem Brief unser schwarzes Buch bei. Alle Schandtaten der Bahnhofstrasse der letzten 50 Jahre sind darin festgehalten. Machen Sie damit, was Ihnen beliebt. Ihre Geheimnisse bleiben also behütet.

Grüßen Sie Armand von mir. Wir sind uns nie persönlich begegnet, aber wir hatten natürlich Kennt-

nis von ihm. Die Verbrecherwelt in Zürich wird mit einem so talentierten Polizisten einen schweren Stand haben.

Ich verbleibe mit herzlichen Grüßen
Alexander von Werdenberg alias Walter Hauser

»Das war's also. Ende gut, alles gut?« Armand schob den Brief zu Philipp.

»Ja, ich denke schon. Das Buch habe ich verbrannt – und das werde ich auch mit dem Brief machen.«

»Nein!«, rief Armand enttäuscht. »Der Inhalt des Buches wäre sicher interessant gewesen.«

Philipp lächelte und tippte an seine Stirn. »Warum verwendest du den Konjunktiv? Der Inhalt ist interessant. Wenn du möchtest, erzähle ich dir die pikantesten Geschichten bei einem Schlummertrunk.«

Armand schlug mit der flachen Hand auf den Tisch. »Und ob ich das will. Sollen wir uns gleich noch eine Flasche Wein bestellen?«

DANKSAGUNG

Vielen Dank, dass Sie meinen Roman gelesen haben. Ich hoffe, er hat Sie gut unterhalten. Ich würde mich freuen, Sie weiterhin zu meinen Leserinnen und Lesern zählen zu dürfen. Bleiben Sie über meine Webseite auf dem Laufenden oder schreiben Sie mir eine Nachricht. Ich freue mich über jede Rückmeldung.

Ihr Andreas Russenberger

www.andreas-russenberger.ch